HELOÍSE NÃO

PODE SAIR

HELOÍSE NÃO 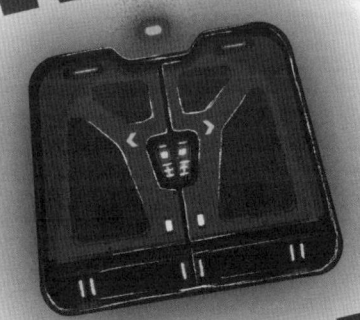 PODE SAIR

CÍNTHIA ZAGATTO

Copyright © 2023 by Cínthia Zagatto

Direitos de edição da obra em língua portuguesa no Brasil adquiridos pela Livros da Alice, selo da Editora Nova Fronteira Participações S.A. Todos os direitos reservados. Nenhuma parte desta obra pode ser apropriada e estocada em sistema de banco de dados ou processo similar, em qualquer forma ou meio, seja eletrônico, de fotocópia, gravação etc., sem a permissão do detentor do copirraite.

Editora Nova Fronteira Participações S.A.
Av. Rio Branco, 115 – Salas 1201 a 1205 – Centro – 20040-004
Rio de Janeiro – RJ – Brasil
Tel.: (21) 3882-8200

Dados Internacionais de Catalogação na Publicação (CIP)

Z18h Zagatto, Cínthia

　　　Heloíse não pode sair / Cínthia Zagatto. – Rio de Janeiro: Livros da Alice, 2023.
　　　288 p. ; 15,5 x 23 cm

　　　ISBN: 978.65.85659.01-7

　　　1. Literatura infantojuvenil brasileira. I. Título.

　　　　　　　　　　　　　　　　CDD: B869
　　　　　　　　　　　　　　　　CDU: 82-31(81)

André Queiroz – CRB-4/2242

Conheça outros
livros da editora

Para todos que já escutaram
que não podem existir da maneira que existem.
Vocês não estão sozinhos.

Prólogo

Neno

Estou na ponte de comando quando vejo pelo vidro frontal o relógio marcar duas da manhã. Heloíse está obcecada por algo que lê no computador. Já passou da hora de ela dormir, e o fato de ainda estar acordada é o motivo de eu ter vindo parar aqui também: observando a garota na cadeira do piloto, alguns passos à minha frente, enquanto jogo videogame de pernas para cima no apoio de braço da poltrona da Capitã. Faz alguns minutos que despertei e descobri que alguém ainda estava acordado. E cá estou, perdendo meu tempo de descanso para me certificar de que estamos seguros.

Escuto um terceiro suspiro, que chega aos meus ouvidos como se estivesse debaixo d'água. É sinal de que não estou no front, com o comando do corpo, mas perto o bastante para estar coconsciente do que acontece no mundo externo. A curiosidade me faz mudar esse cenário enquanto me aproximo e olho por sobre o ombro de Heloíse, assumindo também o cofront. O reflexo disso é que ela enrijece a coluna lá fora ao sentir seu controle sobre os movimentos mudar, embora eu não esteja fazendo esforço para tomá-lo. É por isso também que ela não se importa, mesmo que agora saiba que estou por perto. Demoro piscando os olhos e enfim encontro o que ela está lendo.

Em muitas culturas, estados de possessão semelhantes são parte normal da prática espiritual. A forma de possessão que ocorre no Transtorno Dissociativo de Identidade difere pelo fato de que a identidade alternativa é indesejada e ocorre involuntariamente, causa muita aflição e deficiência e se manifesta em tempo e lugares que violam as normas culturais e religiosas.

Seguro uma risada antes que ela saia pelo nosso nariz. Prefiro sussurrar no ouvido de Heloíse:
— *Eu viiim te possuiiir.*
É uma estupidez tão grande que não consigo levar a sério, mas ela não está encarando o texto da mesma forma que eu.
— *Não é engraçado, Neno.*
— Ah, é um pouco engraçado, vai. — A ênfase nessa insistência me faz escutar duas vozes. A minha, aqui dentro, grave e com o som de um "s" alongado. E a nossa lá fora, com esse chiado criando um efeito artificial ao passo que a voz macia de uma garota de dezessete anos tenta parecer firme. O modo como eu falo *versus* o modo como o corpo consegue reproduzir.
Isso acontece de vez em quando, enquanto conversamos internamente. Algumas palavras escapam pela boca, até se misturam pela metade ao tentarmos falar ao mesmo tempo. Heloíse não está tão animada, então sua voz soa apenas dentro de nossa cabeça, alta feito todo som que reverbera dentro de uma caixa fechada.
— *É absurdamente hilário se você quiser ser exorcizado de novo.*
Engulo o sorriso à menção do episódio que deixei para trás há um bom tempo; tanto tempo que prefiro não pensar nisso. Eu tinha oito anos e ainda era duas pessoas diferentes. Nem sabia que não deveria morar em um corpo com mais gente. Heloíse tampouco

estava alerta de que havia tantos de nós por aqui, mas, até onde eu consigo me lembrar, sempre fomos mais de um.

Só entendo o porquê de ela ter tocado nesse assunto quando encontro o cabeçalho do site em que está fazendo sua leitura pouco saudável para essa hora da noite. DSM, ele diz. É o manual oficial de diagnóstico para transtornos mentais. Leio e releio o parágrafo sobre possessão e cultos religiosos, a seta do mouse ainda pousada nele.

— *Isso é quase tudo que encontrei em português.*

Dou um passo para trás e perco a coautonomia sobre o corpo. Já não posso ler o que está escrito na tela. Estou de volta à nave. Ela tem razão, isso não tem a menor graça. Não é possível que esse seja o texto mais relevante sobre o assunto em todo um idioma. Nunca parei para pensar por que cruzamos o oceano em busca de um diagnóstico, mas consigo prever o que vai acontecer assim que pegarmos o avião de volta.

Acabamos de ganhar um cupom dourado de entrada para a Fantástica Fábrica de Cocôlate. Levamos dois anos para entender que somos mais fortes juntos. Ao que tudo indica, dentro de alguns dias, não seremos nada mais do que uma garota tomada por oito demônios.

Capítulo 1

Neno

DESPERTO DE UM SONHO que não tenho certeza se era meu. Não tive controle da maior parte, mas consegui contornar uma situação desagradável do meu jeito, então talvez fosse um coautor. Escuridão, gritos e sangue costumam ser coisas do Sombra, que também estava por lá, mas não consigo senti-lo perto o suficiente para me comunicar e ter essa confirmação.

    Não sou eu quem costuma acordar no corpo, mas não me surpreende que isso tenha acontecido após um sonho desses. Eu nos protejo. Cada um tem o seu trabalho, e este é o meu. Estou suado, trêmulo, e o coração está disparado. Levanto e vou até a escrivaninha em que Heloíse deixa os remédios. É ela quem os administra diariamente, mas todos nós sabemos que existe um específico para cortar esse tipo de sintoma. Pânico, ansiedade, medo irracional.

    Só umas gotinhas disso e as coisas vão ficar melhores, até porque não fui eu quem alimentou os pensamentos que desencadearam a taquicardia. Algum de nós está se cagando do lado de dentro, e às vezes isso se reflete aqui fora. Com a intensidade da dor de cabeça, não tenho como saber quem é. Isso costuma afastar todo mundo do front, que é onde estou agora.

Vendo por essa perspectiva, talvez eu não tenha dividido o sonho com Sombra, ou pelo menos não só com ele. Pode ser que mais alguém tenha visto aquelas imagens, e eu admito que não eram agradáveis. Dou um gole na garrafa d'água para tirar o gosto do remédio da boca e aproveito para engolir um analgésico.

Rosqueio a tampa de qualquer jeito a fim de me arrastar o mais rápido possível de volta para a cama, mas o desleixo só me atrasa. Abaixo os olhos para fechar a garrafa com a pouca paciência que me resta. O dia vai ser longo, viagens são sempre exaustivas e... Espera aí.

Por que o organizador dos comprimidos está cheio? Sei que Heloíse faz parte da seita esquisita que ainda conta a semana a partir de domingo, e hoje já é a madrugada de sexta-feira.

Era só o que me faltava.

Talvez os sintomas não sejam culpa do sonho. Talvez o corpo esteja reagindo ao fato de termos pulado cinco dias de medicamento! Me sinto uma fraude enquanto enfio na boca a dosagem que deveria ter sido tomada mais cedo. Eu tinha que ter percebido antes! Como deixei isso passar?!

Engulo os comprimidos com tanta força que não preciso de água para fazê-los descerem garganta abaixo, mas encho as bochechas com mais do líquido mesmo assim, para tentar me acalmar. Não resolve. Continuo tão puto que quase me escorre baba para fora da boca assim que afasto a garrafa.

Agarro o *post-it* e a caneta sobre a escrivaninha. Temos pares desses por todos os cantos da casa, mas, com a viagem pela manhã, só sobrou um fora da mala. Deixo na folha um garrancho mal-educado e, com um tapa mais firme que o necessário, colo o recado no pote. Ele reage à agressão feito um chocalho.

Tome os remédios, Heloíse!
O corpo não é só seu, inferno!

A agitação me faz levar algumas horas até pegar no sono de novo. Deve ser por isso que não estou descansado o bastante para despertar de vez quando tenho a impressão de que algo está exigindo que eu saia da cama pela manhã. A cabeça ainda lateja, e isso faz com que eu queira ficar bem quieto aqui no fundo, porque esse tipo de problema não é meu. Na verdade, nem é de quem costuma lidar com isso.

Imagino que a dor de hoje se deva ao estresse da mudança; se fosse por culpa de algum tipo de paulada na cabeça, teríamos alguém correndo para assumir o controle. Se é que esse alguém ainda lembra que é bom em resolver esse tipo de situação, já que faz anos que não temos um acidente assim e agora mal vemos a cara dele por aí. Quer dizer, vemos sua cara toda vez que nos olhamos no espelho, mas aqui dentro não cruzamos muito com ele. E, para ser sincero, talvez seja melhor desse jeito. Alguém se importa? Eu não.

Continuo com a sensação de que estou sendo convocado para assumir o controle, mas não estou muito disposto. É uma das poucas vezes que me arrasto pelo corredor até chegar à ponte de comando. Em momentos assim, normalmente sou puxado para a frente sem muita opção, mas estou sonolento demais. Tanto que, mesmo trombando com a imagem mais caótica que já vi, ainda demoro a entender que é isso o que faz a nossa cabeça parecer em ebulição.

Prila está sentada na cadeira do piloto, e Capitã se debruça sobre ela. O que cada uma delas tenta dizer se mistura lá fora enquanto gritam com Ricardo, nosso padrinho. Ele é oficialmente o padrinho de Heloíse, mas todos nós o adotamos assim. O homem balança as mãos para acalmá-las, mas elas não são o único problema. Tem outras duas pessoas com o nariz quase colado ao vidro tentando fazer parte da conversa, e Cookie está sentada debaixo da mesa de controle. Ela chora como a garota de cinco anos que é e repete sem parar:

— *A gente vai morrer! Eu não quero morrer!*

Dou um passo para trás na tentativa de enxergar a confusão de uma distância razoável, que me permita pensar enquanto nosso cérebro parece prestes a derreter. Não consigo entender o que estão dizendo e ninguém dá a mínima para a minha chegada, o que é difícil de acontecer nesses momentos em que estamos com um problema.

— Vamos resolver isso daqui a pouco. Eu queria falar com o Neno, se vocês não se importarem. — A voz lá de fora chega abafada aos meus ouvidos.

Capitã olha para trás e é a primeira a se afastar da cadeira.

Ela empurra Sombra para longe do caminho, e abro espaço entre ele e Nico para conseguir me aproximar. Paro ao lado de Prila e espero que se levante. O olhar que recebo indica que isso vai demorar a acontecer, então me sento em uma ponta e bato com meu quadril no dela até que caia para o outro lado. Tirá-la à força faz o estômago revirar quando começo a ter consciência do corpo como sendo meu.

— *Já chega. Vão fazer alguma coisa* — peço ao perceber a enxaqueca se acentuar. Não consigo lidar com ela a essa hora da manhã. Visualizo enfim a imagem embaçada de Ricardo me encarando do lado de fora. Ele sabe que estamos dissociados, então espera em silêncio até que alguém tome a frente outra vez. Olho para Prila. — E leva a Cookie daqui, por tudo que é mais sagrado. — O pedido escapa também pela boca, e agora escuto Ricardo dar uma risadinha.

Aos poucos, a ponte começa a esvaziar. Capitã e Sombra ficam comigo. Capitã sentada em sua cadeira, a uma boa distância das minhas costas — é a mais velha, a mais madura, para quem peço conselhos; Sombra estirado em outra poltrona qualquer, de braços cruzados. Costumava aterrorizar a maioria de nós, alguns mais que outros. Agora vive vagando quieto por aí. Dá a impressão de que não sabe mais onde se encaixa.

Miro o vidro outra vez e sinto que meus olhos oscilam para os cantos. Pisco demorado para tentar me ambientar e, por fim, estou aqui fora. Passo tanto tempo do lado de dentro, que sempre tenho alguma consciência do que está acontecendo na nave. É um desafio assimilar que faço parte do mundo externo, mas agora vejo a sala da casa que chamamos de nossa pelos últimos dois anos.

— O táxi já tá aqui na frente. — Ricardo aponta para a porta, calmo e prático. Não pede que eu raciocine. — Preciso que você pegue as malas e ande.

Me inclino com a cabeça pesando três toneladas e de repente descubro por que ela ferve mais do que deveria. Envesgo os olhos para cima e percebo uma boina xadrez amarelo-mostarda que nunca soube por que compramos. Não sei quem escolheu o figurino do dia, mas desaprovo. Pego as duas malas que encontro no caminho e sigo Ricardo para fora.

— Eu não faço ideia do que tá acontecendo. Acabei de acordar — digo para me livrar da culpa do que quer que o deixe com essa cara emburrada.

— Sei disso. Hélio tentou te acordar mais cedo, mas não conseguiu.

A notícia não me surpreende. Eu e Hélio não temos uma relação muito boa, o que deixa nossa comunicação pior do que eu gostaria. Ricardo termina de encaixar o que sobrou da nossa vida dentro do porta-malas e se vira para mim. Não tenho tempo de dar uma última olhada na nossa casa no subúrbio de Londres, porque a última coisa que ele diz se liga de maneira confusa à próxima:

— Ele descobriu por que a dor de cabeça não passa, e eu descobri que você tem mentido pra mim.

Engulo um protesto enquanto entro no carro, porque é isso mesmo o que tenho feito. Me arrasto para o lado oposto do banco. Sei que venho mentindo para ele, mas não achei que fosse grande coisa. E ainda não acho, mas, após pedir ao motorista que siga para o aeroporto, ele continua a tagarelar como se eu tivesse invocado o fim do mundo:

— Era o nosso único combinado, Neno. O único! Que vocês não se passariam uns pelos outros. Não pra mim, não pra sua psicóloga. E você enganou nós dois em uma semana. E eu sei que foi você. Eu sei que foi você porque só você imita a Heloíse tão bem.

Parece que ele nunca mais vai parar de falar, e eu não tenho escolha a não ser ficar em silêncio, com os ombros encolhidos. Não entendo por que está tão decepcionado. Talvez eu tenha fingido ser Heloíse uma ou duas vezes porque sei que ela anda estressada demais com a ideia de voltar para casa e não esteve por perto para resolver alguns assuntos que eu pude resolver para ela, mas não cometi nenhum crime.

— Só tentei ajudar, dar um tempo pra Heloíse digerir a situação no canto dela...

Ricardo não me dá ouvidos. Essa não deve ser a explicação que estava esperando.

— Quando foi a última vez que vocês dois conversaram?

Passo a língua pelos lábios, em um tique nervoso que Veneno carregava e depois transferiu para mim. Tenho poucas características dele, que no geral afloram no modo de falar. O "s" cortante, o "x" chiado em excesso — essa frase, por exemplo, é um inferno na minha boca. Meus traços mais fortes vieram de Nando. Isso significa que eu nasci da integração de dois outros protetores mais antigos, que não viram sentido em existir separadamente após as coisas se acalmarem em casa.

Carrego suas memórias, mas não penso igual a eles, até discordo de coisas que fizeram. Me sinto mais seguro e consciente do que os dois; esse fortalecimento é um dos motivos de a fusão existir, no fim das contas. Sou por inteiro um novo alter — é o nome que damos a cada um de nós, cada parte diferente, cada identidade *alter*nativa —, mas alguns vícios que peguei deles são difíceis de abandonar. Nando e Veneno fazem parte da minha história.

— Nós dois? Pff... — Estreito os olhos e gesticulo, porque eu e Heloíse conversamos o tempo todo. Então preciso de um tempo para pensar. Sinto as sobrancelhas, antes erguidas em desafio, caírem devagar. Não consigo encontrar uma resposta tão óbvia quanto imaginei. Então me pego compenetrado em relembrar nossa última conversa. Não foi ontem, e ela não estava terça-feira na terapia. Começo a sentir os pelos dos braços arrepiarem quando não resgato lembrança nenhuma de Heloíse nos últimos dias. — Domingo — decido. — Na madrugada de domingo, no computador. Ela não tá gostando nada dessa viagem, sabe? A gente tentou te dizer — torno a justificar o motivo de estar mentindo para protegê-la, mas Ricardo ergue a mão em frente ao meu rosto para me interromper.

— Vocês não se falam desde domingo e você acha que um *post-it* mandando ela tomar os remédios vai resolver?

Sinto os ombros tensionarem pelo ódio do que escuto. Odeio que tentem nos ensinar a melhor forma de lidar com nossas questões internas. Duvido muito que Heloíse tenha ido reclamar para Ricardo por causa daquele recado. Ela, mais do que ninguém, deve saber que merecia escutar aquilo.

De repente, me lembro do que ele disse no início da conversa, e o que presumo ganha mais sentido.

— Ah, o Hélio veio chorar pra você? — Coloco as mãos nas bochechas e não controlo o tom irônico. Não costumo falar assim com Ricardo, mas não consigo evitar quando se trata do gêmeo imprestável. — Porque a cabeça tá doendinho? E ele vai ter que parar de ser um preguiçoso e resolver?

— Você não vai usar esse tom comigo! — O dedo dele está no meu nariz. Baixo a cabeça e peço desculpas. — Hélio acordou hoje cedo. Talvez porque a cabeça estivesse doendo, sim. Mas Hélio viu o pote de remédios cheio, viu o seu recado... E Hélio foi atrás da Heloíse, o que você aparentemente não tem feito.

Ignoro a maneira com que Ricardo enfatiza duzentas vezes o nome do garoto para contrariar minha insinuação. Já era algo que eu deveria esperar dessa *lambeção* que um tem com o outro. Enquanto escuto a bronca, que ainda não tenho certeza do motivo de merecer, vasculho a nave atrás de Heloíse. Reviro cada ponto a que consigo ter acesso aqui da frente. Nossa comunicação é impecável.

Sinto rastros de Prila e Cookie por perto. Nico e Sombra já desapareceram. Capitã ainda está às minhas costas, e até consigo reconhecer Hélio em um canto muito afastado, mas nada de Heloíse. Nenhum sinal dela. Se tem uma coisa que eu sei, é que isso nunca aconteceu. Ricardo não espera que eu conte o que acabei de concluir, só segue com o discurso como se já soubesse desde antes:

— E eu vou te dizer o que é essa dor de cabeça que tá atormentando vocês há dias, Neno. São vocês dançando aqui na frente o tempo todo, porque Heloíse desapareceu, e alguém poderia ter reparado antes se você não tivesse se passado por ela. — Ele se vira para a janela só por um segundo, mas decide que ainda não terminou. Estica o dedo para mim. — E deixa eu contar outra coisa pra você. Foi o preguiçoso do Hélio quem descobriu.

Meus ouvidos estão tampados. Eu já não me sinto dentro do carro, e o corpo parece leve demais para que eu esteja de verdade nele. Normalmente, esse seria o momento em que outro de nós tomaria a frente, porque é um assunto com o qual não sei lidar e alguém poderia; mas, se eu tivesse que definir a nave neste instante por meio da imagem de um desenho animado, seria a de oito pessoas correndo em círculos com os braços para o alto. Somos nós. Ninguém quer sair agora que sabemos o que há de errado, então permaneço no controle, embora mal me sinta nele.

Penso nas muitas vezes em que acordei no corpo nos últimos dias, ou nas inúmeras ocasiões em que larguei o posto porque fui puxado para trás com um safanão que costuma nos deixar enjoados. Pensei que fosse Heloíse reassumindo sua função — ela, a nossa anfitriã, que carrega o nome com que nascemos e passa a maior parte do tempo aqui fora para tocar a vida do jeito que deve ser tocada — e fui embora sem checar quem era.

Que belo protetor eu sou. O primário, eles dizem. Aquele que deveria estar de olho em tudo, mas não consegue ao menos perceber que estamos passando o comando um para o outro a ponto de desencadear uma enxaqueca contínua — porque essa troca desenfreada dói.

Quando recupero bem ou mal as sensações, os movimentos, viro a cabeça para Ricardo. Ele já não me olha mais. Está com o rosto pressionado contra o vidro do carro, e eu sei que, por dentro, também está correndo em círculos com os braços para o alto. Porque cruzou o oceano com a filha da mulher que ama desde a adolescência e, por ironia da nossa vida cheia de merda, está voltando sem ela.

Capítulo 2

Neno

Ainda é o meio da tarde no fuso horário brasileiro, e a sensação de que voltamos no tempo me deixa zonzo. O segundo táxi que pegamos hoje para em frente a uma casa que desconheço, e é assim que dou meu primeiro suspiro de alívio. Mesmo olhando pelo lado de fora, não se parece em nada com o lugar em que crescemos.

— Bem-vindos! — Ricardo arrisca, em uma espécie de *surpresaaa* que parece ter planejado durante semanas, mas não consegue ser tão convincente. Talvez porque não fosse para mim que ele quisesse dizer isso, mas, com Heloíse desaparecida, é sensato que eu seja o próximo no comando.

Evito um comentário amargo sobre eu não ter sido o único guardando segredos. Sei que estou apavorado com a ideia de a minha melhor amiga em nosso sistema ter sumido do nada. *Puft*. Nunca ouvimos falar de algo assim acontecendo com outras pessoas múltiplas. Por isso preciso separar bem o que é a minha irritação do que é legítimo.

O primeiro fato que consigo isolar é que Sheila, a mãe de Heloíse, foi muito empática em fazer isso por nós. Não costumo dar tanto crédito a ela, então acredito que tenha sido ideia de Ricardo, mas a mudança não teria acontecido sem sua cooperação. O segundo é que voltar à casa antiga era um dos nossos maiores pesadelos; as lembranças estariam por toda parte. Eu, Nico e Sombra guardamos as piores, mas Heloíse e Hélio têm sua cota. Ela, especialmente, não queria voltar para lá. Sendo assim, o terceiro pensamento que destaco é que saber dessa tal surpresa poderia ter evitado que ela ficasse tão atormentada nos últimos meses.

Concluo que a culpa de tudo o que está acontecendo é de Ricardo. Nós estávamos bem na Europa. Tínhamos nossa terapeuta, nosso psiquiatra, colegas que não se metiam na nossa vida, uma boa casa, uma escola legal e uma rotina saudável. Eu não entendo qual é o sentido de nos tirar de lá só porque passamos pela primeira fase do tratamento. Porque Sheila não conseguiu um trabalho em Londres? Ninguém nunca fez tanta questão de tê-la por perto. Se Heloíse fizesse, não teria evaporado desse jeito com a ideia de voltar para perto dela.

Tsc.

Sei que isso é só minha cólera falando mais alto. O problema de Heloíse nunca foi a companhia de Sheila, nem a casa em si. O problema é que *ele* ainda está por aí. Ele. Desde que os gêmeos fizeram seis anos e ele fugiu com a cara inchada de porrada de Ricardo para nunca mais voltar. Foragido.

Desperto dos pensamentos diante da abertura da porta de entrada. Sheila para bem no meio da passagem, com as mãos unidas em frente ao peito.

— Filha!

Estou puxando o ar para ensaiar um sonoro "não?", que despeje toda a minha frustração em cima da cabeça loira dela, quando sinto a mão de Ricardo em meu ombro. Ele aperta com mais força do que o necessário, e eu entendo o recado. Não a corrijo. Soltando uma risadinha aflita, ele anuncia, transbordando o carinho que sente por nós — por mim, Heloíse e todos os outros que vivem aqui dentro, mas por Sheila principalmente:

— Sã e salva, como prometido.

Mas ué! Agora o bonito quer que eu me passe por Heloíse.

Dou uma espiada pelo canto dos olhos. O sorriso de Ricardo é tão amarelo que está quase virando verde. Sheila nem repara; em vez disso, abre um sorriso três vezes maior e desce os degraus da frente até me encontrar na calçada. *Eu não quero um abraço, eu não quero um abraço, eu não quero um abraço.* Ela me abraça. E eu faço exatamente o que Ricardo espera de mim. Controlo o som do "s" com muito cuidado e amoleço um pouco a voz até alcançar a suavidade que Heloíse sempre teve.

— Oi, mãe. Fiquei com saudade.

Ergo as mãos até estarem nas costas dela, então percebo que não é assim que deveria abraçá-la. Protetor demais, firme demais. Escorrego horrorosamente os braços por sua cintura, até estar tão próximo que ela consegue amassar meu rosto contra os peitos. Está virando uma tortura até eu sentir uma segunda presença, de alguém que não estou muito acostumado a ter por perto.

O gêmeo, descubro assim que a tensão em meus ombros desaparece por um momento. Sei que estamos dividindo o front, mas agora ele assume um pouco mais o comando. Ajeita nossos braços, enrola os dedos na parte de trás do vestido dela e acomoda a cabeça em seu colo. Eu sinto tudo, mas já não parece fazer parte de mim. A situação deixa de ser brutal.

— Fiquei com muita saudade. — Nos escuto repetir com mais ênfase, mas já não soa como eu tentando imitar Heloíse, soa como Hélio.

Sheila nos conhece pouquíssimo para perceber, então aperta um pouco mais o nosso corpo contra o peito.

Sei que o garoto não está apenas emocionado por estar em casa, de volta com a mulher que entende ser sua mãe. Sei que, no cerne desse abraço, está a ânsia que ele tem de agarrar uma de suas poucas chances de receber algum carinho. Está a mágoa que sente por nunca ter sido reconhecido pela mãe. Sheila nunca reconheceu nenhum de nós, para dizer a verdade.

O abraço vai se desenlaçando, e noto Hélio se afastar com tanta rapidez quanto apareceu. Deixa em nossos lábios um sorriso tranquilo, que trato de engolir assim que me desencosto de Sheila.

— Eu tô um pouco cansss... — Pigarreio quando o sibilo me escapa. Embora não me conheça a fundo, Sheila vai saber que esse não é o sotaque da filha dela. Deixo a frase morrer, dando a impressão de que enrolei a língua e perdi a voz. Me controlo para não lamber os lábios agora que fiquei nervoso. — Ai, ainda tô pensando demais em inglês — forço o tom suave, e a desculpa cola mais fácil do que eu imaginava. — Tô um pouco cansada. Posso deitar e a gente conversa melhor mais tarde?

Ricardo é quem entra com as malas, enquanto Sheila faz questão de me abraçar pelos ombros, o que dificulta a subida das escadas. Não vejo nada surpreendente no quarto novo. Gosto assim. As coisas que deixamos no Brasil aos quinze anos de idade estão aqui. Digo, o corpo tinha quinze anos. Nando já tinha amadurecido para dezoito, e Cookie sempre teve cinco.

Me despeço sem cerimônia e vou direto me aliviar. Se já não gosto de fazer isso aqui, nunca mesmo entraria em um banheiro de aeroporto, nem com Ricardo a tiracolo, e alguém provavelmente tomou muito refrigerante no avião. Não sei quem foi. Passei a maior parte do tempo do lado de dentro, quieto em meu quarto, tentando ter uma ideia genial para encontrar Heloíse.

Assim que me sento no vaso sanitário para um simples xixi, uma das piores coisas que preciso fazer estando no corpo de uma garota cis, começo a sentir a visão embaçar. Luto para permanecer no controle, mas não posso usar nenhuma das técnicas que aprendi para me fixar aqui fora, porque não quero olhar ao redor. Estou cansado, e o corpo também. Não sei a que horas Hélio acordou hoje, depois de eu ter ido dormir tão tarde. Quero cochilar um pouco. Talvez assim possamos voltar à funcionalidade que tivemos pelos últimos anos.

Sei que as coisas não vão acontecer dessa forma quando alguém me dá um tombo. Experimento aquela sensação de estar caindo no meio de um sonho, despencando do topo de uma montanha-russa. Odeio esse frio no estômago e logo estou de volta à nave. Não na ponte de comando, com fácil acesso à frente; muito atrás, porque não tenho intenção de ver ninguém no banheiro justo agora. Eu odeio banheiros. Todos nós odiamos banheiros.

Todos, com uma exceção.

Ester

Criançada porca, penso, como em todas as vezes que tenho a chance de dar uma olhada aqui do lado de fora. Eu tento fazer isso ao menos uma vez por dia, mas, do jeito que as coisas estão, não tem sobrado muito tempo para mim. Acabei ouvindo alguns boatos, mas nada disso importa, porque finalmente chegou a minha hora. A primeira nojeira em que reparo, ainda sentada no vaso sanitário, são as unhas encardidas. Alguém também arrancou sangue das cutículas. Depois percebo que nunca estive aqui antes, neste banheiro.

Eu me livro da boina enquanto ando até a pia e, no caminho, tenho o cuidado de trancar a porta. Não sei por que faço isso, mas sinto que alguém sempre me diz para fazer. Dou uma olhada no cabelo loiro-claro; está oleoso e diferente. Sei que Cookie andou cortando a franja sozinha porque pego uma falha no meio da testa.

Perco alguns segundos fascinada observando o rosto neutro, de olhos pequenos e escuros, que encontro debaixo do cabelo pixie, o único penteado que agrada à maioria; a cicatriz na sobrancelha dá um ar ainda mais selvagem para o olhar incisivo. Certamente os meninos não vão ter muito trabalho escondendo os seios com binder no futuro, porque são quase inexistentes. Também não temos muita marcação de cintura.

É exatamente por isso que o corpo me fascina. Eu nunca vi nada parecido. Ouvi falar que tem gente aqui dentro que o odeia, que o culpa pelo *começo de tudo* — e não tenho muita ideia do que isso significa —, mas eu acho poético como ele parece feito para todos nós ao mesmo tempo.

Acabo não demorando demais ao observar o corpo que já estou acostumada a ver sem roupa. Eu sou a responsável pela higiene, por isso não me alongo no comando. Eles costumam tomar o controle de volta quando estão apresentáveis — o que acho um tanto injusto, mas não consigo evitar. Dizem que é porque sou um fragmento, não um alter, embora escutar isso me chateie.

Sinto a água morna escorrendo e fico debaixo dela por alguns minutos, porque é a sensação mais deliciosa do mundo. Espero até que o cabelo esteja grudado no rosto e o jato da ducha massageie a nuca. Não sei por que eles esquecem que um banho pode ajudar com a dor de cabeça — dessas que sempre sentimos, que indicam que ela está fervendo porque trabalha pesado demais.

Abro todos os frascos de xampu e sabonete que a mãe de Heloíse deve ter escolhido para nós. Nunca consigo lembrar o nome dela. Não são minhas fragrâncias preferidas, mas dão para o gasto por hoje — talvez o primeiro banho decente nos últimos três dias, não sei bem quando foi a última vez que consegui um desses. Ao sair, enrolada numa toalha felpuda, garanto que a porta do quarto e a janela também estejam trancadas antes de encontrar o kit de unhas na mala.

Tesoura, lixa, alicate, uso um de cada vez. Penso em ligar a televisão enquanto isso. Penso em ligar a televisão sempre que estou fazendo as unhas ou depilando as pernas — o que não é uma necessidade hoje —, mas não sei por que não ligo. Acho que deve ser hora de mudar essa rotina de só pensar, mas fico apenas achando até terminar o que preciso fazer. Passo uma base transparente para finalizar, porque é só o que compram para mim. Nunca participo dessas decisões.

Vou atrás de uma roupa. O cansaço bate forte assim que tudo está pronto, e eu poderia relaxar um pouco assistindo a um filme pela primeira vez. A ideia é tão emocionante que eu nem saberia começar a escolher.

Sento na cama, passando pelos braços um camisetão que usamos para dormir. Sento na cama antes que eu caia, porque estou mesmo muito cansada.

Nada de filme para mim hoje.

Neno

— Não, não, não — repito em meio a piscadas fortes até dar de cara com o guarda-roupa. — Não era pra eu voltar aqui.

Com um resmungo, eu me rendo e deito para trás. Todos estão ocupados, mas eu seria de maior utilidade lá dentro em vez de isolado no comando do corpo. A sensação do colchão novo me engole e, por um instante, quase esqueço que estava reclamando. Suspiro. Estamos mesmo exaustos e precisamos dormir, mas também temos tantas coisas para resolver que a indecisão me frustra.

Me lembro de estar em uma conversa importante com Prila no refeitório da nave, mas a transição aqui para fora deixa os detalhes nublados. Não deveria ter confiado que Ester conseguiria ficar uma hora inteira no corpo. Ela ainda é um fragmento, o único que temos. Apesar de já ter muito mais entendimento de si mesma do que quando chegou, ainda não tem tempo de front suficiente para se desenvolver como um alter. Talvez porque tenha vindo com uma função bem específica e ainda não se comunique com a gente direito.

Se pudesse entender o problema, se conseguisse passar só um pouco mais de tempo acordada, Ester ajudaria ficando aqui enquanto lidamos com o que é importante. Mal concluo esse pensamento e sinto uma luz acender sobre minha cabeça. Me levanto e olho ao redor. Deve estar aqui em algum lugar. E, se estou certo, se Prila estava em nossa reunião agora mesmo, o biscoitinho de que preciso não está sob a supervisão atenta que é de costume.

Subo na cama depois de abrir o armário e descobrir que muitas das quinquilharias antigas foram guardadas em caixas na prateleira mais alta. Olho dentro da primeira, mas não vejo nada de interessante. É na segunda que encontro o que quero. Pego o coelho cor-de-rosa que um certo alguém chorou por meses ao descobrir que tinha ficado para trás na mudança para Londres.

Sei que não é legal fazer o que estou planejando, mas digo a mim mesmo que é pelo bem de todos. Além disso, não estou envolvendo ninguém que poderia se incomodar de verdade, e sim uma garota de cinco anos que raramente deixamos sair. Tenho certeza de que ela não vai se importar de ganhar um tempo extra aqui fora. Fazer esse tipo de coisa é o mesmo que violar nosso próprio corpo, mas tento me convencer de que estou usando um bom gatilho. Acho que posso me perdoar.

Me acomodo com segurança no centro da cama. Encaro a pelúcia e aperto sua barriga, torcendo para que ainda funcione. O bicho fala comigo, diz que hoje vai ser um dia muito divertido. Eu aperto outra vez, e ele garante que está feliz em me ver. Já não o enxergo direito. Em um movimento quase automático, aperto novamente.

É tão rápido que mal sinto o tombo, mas o lugar onde acabo não é nem perto de onde precisaria estar se quisesse retomar a conversa com Prila. Os gritos extasiados de Cookie ainda reverberam pela cabeça, em algum lugar distante, quando paro no meio de um corredor — o corredor escuro que desce para a sala de máquinas e a engenharia, mas de resto não sabemos bem para onde dá. A maioria de nós não quer chegar até aqui. A maioria de nós não pode.

E, se eu cheguei, só pode significar uma coisa: eu passei pelo cerco da Capitã.

Capítulo 3

Neno

Já era de se esperar que eu não duraria muito tempo em uma área não autorizada da nave, mas, já que eu tinha chegado até lá, não posso me condenar por ter tentado abrir algumas portas. Talvez carregue a culpa de ter tentado arrombar algumas delas — e para isso eu só tinha meu próprio ombro contra um sistema automático, então não preciso dizer que não deu certo —, só que nem por isso Capitã ficou menos furiosa ao me descobrir lá atrás.

Eu não estava muito arrependido, mas pedi desculpas mesmo assim. A nave é dela, afinal. Só temos um abrigo porque, quando ela apareceu sendo uma nova identidade, depois de muitos de nós termos ficado obcecados pelo remake de *Star Trek*, Capitã soube trazer consigo um espaço físico que ninguém mais tinha conhecimento para criar.

O mundo interno, nosso *headspace*, é uma manifestação, mas é também onde vivemos. A grosso modo, nós existimos e a nave não, mas ela é a conexão entre todos nós. Foi essa noção de espaço que nos fez dar conta de quantas pessoas tínhamos aqui antes de começarmos a pensar em nós mesmos como um sistema — todos concordamos que não saberíamos ser a única pessoa dentro do corpo. Nem Heloíse, que costumava ser quem passava a maior parte do tempo no front, sabia viver sozinha nele. Droga. Não gosto de falar nela no passado.

Eu posso garantir que estar consciente em um espaço vazio pela maior parte da vida não é uma experiência agradável. Mas, se algum dia decidíssemos voltar à escuridão de antes ou tivéssemos a opção de transformar a nave em outro ambiente, tudo desapareceria. Menos nós. Nós ficaríamos, todos os nove. E isso significa que Heloíse precisa estar em algum lugar. Alters não somem assim. Eles se integram, da maneira que eu fiz, e às vezes adormecem se não conseguirem mais suportar o dia a dia; cada um de nós carrega conhecimentos e vivências que um cérebro não pode apagar com um estalar de dedos.

E esse também era um dos motivos de Capitã não estar nada feliz quando me tirou de lá de trás e me escoltou até o quarto. Eu não a obedeci só porque a nave é dela; eu a obedeci porque ela é nossa *memory holder*, uma guardiã das memórias. Isso significa que nosso sistema tem alguém com acesso à maior parte das lembranças — algumas nem foram processadas ainda, são o trauma soterrado no subconsciente —, e esse alguém é responsável por não deixar que informações vazem. Tanto por detrás dessas barreiras quanto de um alter para outro, porque saber de tudo nem sempre é seguro.

Eu, como protetor primário, deveria estar consciente de que tentar derrubar uma divisória dessas é uma baita estupidez. Meu papel é fazer o sistema operar de maneira saudável, e, se essas portas estão trancadas, há um motivo para isso. Mas eu tenho a impressão de que Heloíse está atrás de uma delas e, pelo olhar de Capitã, tem alguma coisa que ela está me escondendo. Talvez até tenha percebido muito antes de Hélio que Heloíse já não estava entre nós. Sei que ela faz isso para nos proteger, mas o silêncio tem me incomodado. Porque guardar esse segredo de mim é o mesmo que não me deixar fazer meu trabalho de manter as coisas organizadas.

Apesar de tudo, foi uma boa ideia ter me recolhido mais cedo. Até porque o dia seguinte começou pesado para nós. Enquanto Ester se ocupava em nos arrumar para a escola, a reunião que deixamos para hoje foi bem menos trabalhosa do que eu imaginei que seria. Era óbvio que ninguém tomaria a frente para dizer "sim, eu aceito ser aquele a suportar o ensino médio". Era claro que essa função sobraria para mim. Eu nunca fui um anfitrião, um *host*. Esse papel era só de Heloíse, até ela estar cansada ou alguém ser puxado por um gatilho.

Sendo assim, por mais que me esforce para me manter aqui fora, percebo que meu nível de dissociação está muito alto. Minha atenção fica ininterruptamente voltada para dentro, porque minha preocupação sempre foi com os outros, não com a rotina de uma garota de dezessete anos. Falando nisso, tem o agravante da disforia de gênero, porque eu não sou uma garota de dezessete anos, e viver no corpo de uma é frustrante.

Por outro lado, sei que montamos um esquema sólido para sobreviver ao primeiro dia. Capitã e Nico estão na ponte de comando, o que me passa mais segurança. Sei que, se qualquer coisa acontecer, Capitã vai nos fazer virar a mãe da turma. Já Nico, eu espero que não dê em cima de ninguém; é nossa parte sexual, e os hormônios da adolescência têm sido brutais para ele. Quem me preocupa mesmo é Cookie. Podemos até parecer uma alma velha ou a nova aluna saidinha, mas jamais uma pirralha eufórica — acabaria com a nossa vida escolar na primeira semana.

Por isso, ela está ocupada na sala de convivência, desenhando com Prila, nossa cuidadora. É muito bom que Prila tenha um grande afeto por crianças, porque passou boa parte da noite junto de Capitã na missão de tirar Cookie do front, depois da minha ideia maravilhosa de oferecê-lo a ela. E, se Capitã já não estava muito feliz comigo, esse trabalho todo fez com que ela me lançasse olhares ainda mais tortos pela manhã. O incidente a lembrou de que, sendo nossa *gatekeeper* — o alter que deveria poder controlar o front —, seu controle ainda não é total. Acho que faz um ótimo trabalho, mas isso não é o bastante para ela.

Só é o bastante se estiver perfeito, como agora, que estamos bem estruturados novamente. Se não aparecer um unicórnio de lantejoulas coloridas em nossa frente, vai ficar tudo bem.

Desço as escadas para encontrar Ricardo na sala. Ele se levanta com um sorriso que eu gostaria de estapear para longe de sua cara; se estamos começando as aulas dois dias antes do início da semana letiva, é porque ele teve a ideia mais estapafúrdia que o mundo já registrou.

Não bastasse o mundo nos ver como um circo itinerante, ele decidiu nos transformar em personagens. Seria até interessante dizer que vão fazer uma série sobre a nossa vida, mas não é o que está acontecendo neste fim de semana. Em pleno sábado, estamos a caminho de uma escola nova para conhecer uma seleção de adolescentes que a coordenadora do ensino médio fez com *todo o cuidado e recomendação das professoras de português*, nas palavras dela. Aguarde um segundo em prol de uma pausa dramática:

Escritores de fanfic.

Aparentemente, na cabeça de todos esses adultos muito bem vividos, criar algumas histórias que a escola não os obriga a escrever faz com que alguns alunos se tornem mais empáticos e, consequentemente, sejam colegas agradáveis para nós. Aqui, dentro da nossa cabeça, entendemos que qualquer passo em falso vai nos transformar em um estudo de caso para adolescentes perturbados o bastante a ponto de trocarem seu último sábado de férias por uma oficina de escrita com um cara que — e eu adoraria enfatizar esta parte — nem é escritor!

Ricardo está chamando de *equipe de apoio*, para caso algo saia do controle — como se andasse prevendo que o retorno para casa nos tiraria do eixo. Talvez ele só nunca conseguisse ser criativo o suficiente para imaginar que o eixo fosse logo desparafusar da base, quebrar no meio e sair rolando, do jeito que aconteceu.

Na melhor das hipóteses, esse bando de coitados vai chegar em casa com um punhado de informações desconexas na mão e começar uma história sem pé nem cabeça sobre um monte de gente dividindo um mesmo corpo. Digo que essa é a melhor das hipóteses porque já existe um bocado de filmes retratando nosso transtorno de forma equivocada por aí, então seriam só mais algumas obras bizarras. Na pior das hipóteses... bem, eu não tenho ideia do que pode acontecer se descobrirem que nós somos um exemplo.

É fácil sumir com os pensamentos durante a viagem de carro. Quando dou por mim, já estamos estacionando. A diretora me recebe tão bem que me sinto o novo rei da Inglaterra. Aposto que, se tivermos qualquer problema, ela vai nos convidar a nos retirarmos rapidinho. A coordenadora é a próxima, e eu sei que deveria, mas não consigo memorizar o nome de nenhuma das duas. Sinto que nem estou presente enquanto elas se apresentam, mas me convenço de que não é uma falha grave; posso perguntar a Ricardo depois.

— É um prazer conhecer você, Heloíse — uma delas diz após apertar minha mão.

— Sou o Neno. A Heloíse sumiu — respondo sem pensar.

Tudo bem, talvez eu esteja sendo propositalmente idiota para testar o quanto elas estão dispostas a lidar com a situação, mas não consigo evitar. Não consigo confiar que vão se importar com a gente caso precisemos de verdade.

Vejo o olhar que as duas trocam, e um sorriso divertido passa pelo rosto da diretora. Ela se vira em busca de Ricardo para se certificar de que já pode achar graça do quanto Heloíse é piadista sobre sua própria condição, mas começa a fechar o sorriso porque ele apenas pressiona um lábio no outro em um pedido de desculpas.

— Não deu tempo de comentar sobre isso, é muito recente.

As mulheres ainda estão em silêncio, sem saber o que fazer com a informação que acabaram de receber embrulhada em um lindo laço vermelho; um presente do intercambista que vai se hospedar na casa delas por um ano inteiro.

— Podemos? — Ricardo é quem quebra o gelo, indicando a sala de aula com as luzes acesas, em um palpite de que é para onde devemos ir.

Elas apontam o caminho, apressadas, enquanto tentam ser cordiais. São os palhaços do nosso circo, rodando ao redor de si mesmas e se trombando sem nenhum motivo para tanta confusão; seria cômico se não fosse trágico. Não permanecem com a gente depois de nos acomodarem. Talvez achem que já ouviram o bastante ou não queiram levantar suspeitas. Por que o alto escalão da escola assistiria a uma aula?

Encontro uma das mesas nos fundos da sala, onde me instalo sem ao menos dar a chance para alguém dizer que deveria me sentar à frente. Quero ter uma visão definitiva de tudo que estiver acontecendo e, diante da esquisitice que o dia de hoje pode se tornar, não gostaria de dar nenhum indício de que conheço Ricardo.

Por que um grupo de adolescentes iria querer vir à escola em um fim de semana para ouvir sobre um transtorno psiquiátrico? Por que alguém iria querer se voluntariar em um projeto de escrita que começa durante as férias?

Não sei quais respostas os pirralhos que começam a passar pelo portão do estacionamento têm para essas perguntas, mas consigo vê-los pelas amplas janelas da sala. A primeira garota tem a ponta dos cabelos tingida de rosa; a segunda tem toda a parte de baixo do cabelo descolorida. Um garoto bem pequeno, de óculos de grau, usa um gorro de um bicho que não sei se é de um anime ou o quê.

Uma garota de bochechas redondas é a única que parece entender que não precisa usar o uniforme da escola em um fim de semana; sua camiseta exibe com orgulho uma banda de rock adolescente já meio ultrapassada — ou foi a que viralizou de novo uns tempos atrás, com uma *trend* na internet? O quinto a completar o clube tem os cabelos espetados e um bando de quinquilharias barulhentas penduradas na mochila. É mais colorida do que todos eles conseguem ser juntos.

— Oi, turminha — Ricardo começa à frente da sala, e o silêncio que recebe me faz afundar na cadeira.

Escondo o rosto na mão por um segundo. Nós todos gostamos muito dele por motivos particulares, mas a verdade precisa ser dita.

Ricardo é um grande panacão.

Não tem como isso dar certo.

Capítulo 4

Neno

Transtorno Dissociativo de Identidade (tdi) está escrito no centro da lousa, e eu acho que a enxaqueca causada pelas trocas era menos penosa. O motivo para minhas têmporas latejarem agora é a quantidade de comentários absurdos que escuto em tão pouco tempo; de repente, cinco adolescentes parecem cinquenta e cinco dentro desta sala de aula. Deve ser a décima vez que lambo os lábios na tentativa de evitar uma resposta, mas, depois de escutar que alguém gostaria de ter outras *personalidades* para trocar com ele na hora de uma prova, não consigo me controlar.

Não é assim que chamamos cada parte. Seguro o impulso de dizer que ele pode, sim, ter diversas personalidades, como qualquer um pode ter ao mudar de ambiente. Quero saber, por exemplo, se, mesmo quando ele se comporta feito um bom menino ao lado da avó, a personalidade dele é tão irritante quanto está sendo agora! Apesar disso, tento ignorar o incômodo que o termo me traz e focar no que por ora me parece mais importante:

— Não é assim que funciona!

Minha voz sai um pouco mais alta do que eu planejei, a frase chia demais na minha língua, e eu me arrependo de imediato. Seis pares de olhos se voltam em minha direção. Os de Ricardo estão arregalados, porque não estou seguindo o plano — embora não tenha a menor intenção de contar para esse bando de cabeçudos que conheço bem o assunto do dia. Já alguns deles dão sinais de perceber nossa presença pela primeira vez.

— De onde ele surgiu?

Escuto uma das garotas de cabelo colorido sussurrar para a amiga.

— Você estuda aqui? — o menino de gorro dispara. Eu faço que sim com a cabeça, e ele continua. — Qual é o seu nome? Eu nunca te vi.

— É Heloíse — respondo contra minha vontade.

A essa altura, já deixei de me esforçar para evitar a ênfase no "s". Se pudesse transformá-lo em um chicote, como soa, daria na cara de todos eles.

Observo atentamente o rosto de cada um. A maioria não entende o nome feminino; a garota que me chamou de "ele" vira para a amiga com os olhos arregalados e uma careta divertida que sugere: *ops*. É assim que registro a primeira piadinha desrespeitosa sobre nossa aparência.

Ninguém diz mais nada, mas noto um movimento diferente vindo de uma das mesas. A garota de gosto duvidoso para músicas alinha a coluna, como se algo em sua atenção a tirasse da postura desleixada de antes. Olhando para mim, depois para Ricardo e então para mim de novo, ela solta o ar pela boca antes de seus olhos oscilarem por diversos pontos do chão.

De repente, meio que gosto dela.

É a aluna inteligente da turma e está calculando.

Sei que ela desconfia quando ergue a cabeça para mim de novo e se vira em silêncio para prestar atenção nos rabiscos na lousa. Também sei que está errada. Aposto que qualquer coisa que esteja pensando em relação ao nosso nome e nossa aparência faria um grande desserviço a outras pautas importantes, mas, apesar da lógica capenga e problemática, é quem chega mais perto da verdade. Para os outros, somos apenas a aluna nova, com cara de garoto, que também se inscreveu no projeto de literatura ou sei lá o que da escola.

— O que Heloíse quis dizer — Ricardo vem em meu resgate — é que você poderia trocar com algum outro alter durante a prova, mas ele provavelmente não saberia resolver as questões por você, se é você quem vem estudando. Cada alter tem a própria experiência, e eles muitas vezes não sabem o que os outros fazem durante seu tempo no corpo.

A garota do cabelo descolorido tomba a testa na mesa de madeira com um som oco. Todos olhamos para ela antes de escutarmos um resmungo rendido:

— Eu não tô entendendo é nada.

Olho para Ricardo e chacoalho a cabeça para confirmar que ele não está mesmo indo para lugar algum. *Qual é? Você é muito melhor do que isso!* Quero verbalizar o pensamento, mas seria mais uma prova da ligação entre nós. Ele respira fundo e se vira para a lousa, determinado como nunca.

— Tá bom, vamos começar de novo. Me digam um nome.
— Livy.

O grupo todo dá risada de uma piada que não entendemos, e ele nega com a cabeça porque, seja lá quem for essa garota, não concordamos com zombar de alguém que não esteja presente.

— Não, esse não. — Ainda está com a caneta azul erguida para escrever. — Outro, rápido.

— Joana — alguém diz com pouco entusiasmo.

— Esse é o cérebro da Joana. — Ele começa a desenhar algo grotescamente parecido com um. Eu envesgo os olhos, porque um círculo teria o mesmo efeito. — Quando a Joana tinha três anos, ela comeu maçã pela primeira vez e descobriu que não gostava. Ela assistiu a uns desenhos e escolheu os favoritos; ganhou umas bonecas e uns jogos de tabuleiro, mas decidiu que curtia mesmo era andar de bicicleta. Igual a todo mundo.

Algumas cabeças concordam.

— Vocês já devem ter visto uma criança no meio do choro enxugar o rosto e sair correndo pra brincar. Isso é porque ela transita muito fácil entre estados de ego diferentes. Eles ainda não se juntaram, mas estão todos lá.

Vejo uma das garotas formar um círculo surpreso com a boca. Seguro uma risada ao supor que ela tenha um irmão mais novo; é minha última tentativa de levar o dia de hoje com algum bom humor. Ricardo continua:

— Quando Joana faz uns sete ou nove anos, isso acontece. Tudo que ela descobriu se junta e cria uma identidade coesa. Mas e se algumas coisas ruins tivessem acontecido pra Joana muitas e muitas vezes, e, tendo consciência de tudo isso, ela não tivesse conseguido chegar até os sete ou nove anos da mesma forma que as outras crianças?

Em um dia comum, essa explicação não me afetaria, apesar de eu ter uma coleção de memórias desagradáveis que vieram de Nando. Mas a obrigação de resolver todos os problemas tem mexido comigo. Tento lutar para ficar, porque me dispus a fazer isso pela manhã, mas minha determinação dura pouco. Acho que, com esse assunto vindo à tona, perdi o resto da paciência que tinha para lidar com o ensino médio.

— *Não vai dar* — mentalizo.

É o suficiente para me tirarem daqui.

Capitã

Estou tão alerta que me localizo na sala de aula mais rápido do que o esperado. Ajeito a postura ruim que Neno tem enquanto ouço uma primeira voz, o que me fixa de vez no corpo.

— Que tipo de coisa? — uma das meninas pergunta.

Ricardo se demora na escolha das palavras.

— Um trauma que vai além do que a Joana tem capacidade de suportar.

Eu sei que o único exemplo em que ele consegue pensar agora é um pai monstruoso, mas provavelmente não quer entregar nosso passado de mão beijada assim. Não falamos sobre o trauma; quase ninguém fala sobre o trauma que carrega, porque para muitos de nós ele ainda não foi processado. Isso significa experienciar novamente a situação cada vez que ela vier à tona, com os detalhes mais vívidos que alguém em sua boa saúde mental jamais vai entender; porque, se não é uma memória, só pode estar acontecendo agora. Esse é outro transtorno, o de Estresse Pós-Traumático, mas TEPT é uma comorbidade em quase todos os pacientes de TDI.

— Muitas coisas podem ter acontecido. — Não me preocupo se estou interferindo. Minha voz é firme, mas tento não soar impaciente. — E essas coisas batem de um jeito diferente em cada um. Se você visse um acidente feio, ou sofresse um acidente grave, como acha que reagiria? Tem quem vá ficar com medo de fazer algo parecido de novo, mas tem gente que nem vai pensar duas vezes. Não dá pra dizer o que é impactante o bastante a ponto de fazer alguém quebrar.

Eu me arrependo da palavra assim que ela sai, mas já é tarde. Não consigo pensar em outra melhor para corrigir e odeio esse despreparo por nunca termos falado sobre nada disso em português.

— Então vamos dizer que alguma coisa que essa criança considere grave aconteça várias e várias vezes — Ricardo retoma antes que a atenção se volte para mim — e o cérebro dela precise resolver de alguma forma esse negócio que ela ainda nem entendeu. Se tiver essas lembranças, vai ser difícil continuar indo pra escola, ou até aguentar ficar em casa. Mas, talvez, se ela fosse um pouco mais inteligente, ou se fosse um menino, ou se tivesse poderes, essas coisas não acontecessem. Ou, se acontecessem, ela saberia resolver.

Ele faz uma linha separando parte do desenho, depois outra e outra, a cada alter que enumera. Vejo alguns rostos se torcerem, algumas bocas se abrirem, alguns olhos saltarem. E lá vamos nós ter de explicar que não é porque alguém imagina que possa ser uma criatura mágica que vá mesmo aprender a voar — ou se tornar uma fera que escala paredes e come pessoas.

— Não é algo que a criança escolhe fazer, mas é um recurso que o cérebro encontra pra deixá-la segura. Ele ergue uma barreira de amnésia — Ricardo aponta para as linhas —, e agora o trauma fica compartimentado. A criança dissocia para não sentir o que está acontecendo com ela, mas alguma outra parte da consciência está lá, passando por aquilo. E, se acontecer de novo, essa parte vai saber lidar melhor com a situação. Essa parte que deveria ser mais inteligente, ou esse menino, ou esse ser mágico, que vai aprendendo a viver à sua própria maneira.

A turma está em silêncio, como se acompanhasse uma história fascinante, mas tão enroscada que um piscar de olhos poderia lançá-la para fora da narrativa. Ricardo desenha símbolos para diferenciar cada um dos espaços entre as barreiras; uma luz de quem teve uma ideia, o pictograma de um homem, um raio que provavelmente deve indicar algo sobrenatural.

— Então, quando essa criança tiver entre sete e nove anos de idade, ela não vai se tornar a Joana do mesmo jeito que aquela outra se tornou, por exemplo, a Livy, porque ela não tem a totalidade dessas experiências pra criar uma identidade única. Cada parte dissociada só tem acesso ao seu lado da barreira. Uma delas vai ser Joana — ele escreve em uma das partes —, afinal, foi assim que chamaram essa criança a vida toda, mas vai haver outras, que podem ser parecidas ou completamente diferentes.

Um silêncio pesado toma a sala quando ele termina a explicação. Prila teria um entendimento melhor do que eu sobre o que está se passando nas cabeças ao nosso redor, mas tudo que consigo fazer é ficar parada e observar até alguém reagir primeiro. Uma garota de cabelos coloridos.

— Trauma? — ela pergunta com a voz baixa demais para alguém de aparência tão cor-de-rosa. — É assim que acontece? — O tom está se elevando agora. — Você machuca uma criança a ponto de ela quebrar, e quebrar, e quebrar? — A pergunta faz com que eu me arrependa em dobro por ter usado essa palavra, porque sei que ela está apenas repetindo. — Por que alguém faria isso?!

Ricardo está em silêncio. Eu tampouco tento me meter. Acho que, se alguém souber a resposta, é sinal de que deveria estar atrás das grades. A garota ao lado dela se inclina e coloca a mão em seu ombro.

— Não! — Do jeito que ela protesta até parece que a amiga estava mesmo dizendo algo com que pudesse discordar. — Olha o que ele tá falando! Que tipo de pessoa doente faria isso?

Ricardo segue em silêncio à frente da sala, encarando os pés. Sabe que temos um longo caminho a percorrer e que ela está misturando as coisas. Sabe que ela logo vai entender que ele não está sugerindo que alguém faça isso com uma criança, mas o mundo está acostumado a bater no mensageiro, então ele aceita apanhar até que ela consiga digerir o que ouviu.

— Esse é o exemplo perfeito de como algumas coisas afetam as pessoas de formas bem diferentes — acabo dizendo antes de pensar que talvez não seja o melhor momento. E de fato não é.

A garota se levanta e sai da sala. Não leva a mochila, o que deve significar que vai voltar. Ricardo olha para mim com cara de quem me repreende por ter piorado o clima, mas não estou muito arrependida. Prefiro ver esse tipo de reação do que a completa apatia. Não sei o nome dela, mas começo a gostar da garota.

Conseguimos recuperar o grupo cerca de quinze minutos depois, o que parece uma eternidade para nós que ficamos aqui dentro. Ela se desculpa com um murmúrio e se senta na cadeira, acompanhada pela amiga que foi buscá-la. Ricardo balança a cabeça para demonstrar que o pedido não é necessário.

— Podemos? — ele pergunta.

Eu vejo que a garota está respirando fundo para retomar a coragem, mas assente.

— Então nós temos a Joana, o Chico e a Berta. E não vamos comentar por que eles apareceram, ok? — Ricardo enfatiza, para dizer que estamos em um assunto seguro. — É só importante saber que todo alter tem uma história e foi criado por um motivo. A Joana, por exemplo, é encarregada do dia a dia. Ela está lá para não precisar lidar com os demais problemas, então muitas vezes nem sabe que tem mais gente convivendo com ela. Já os outros alters podem ser de sexo, gênero, etnias, cores ou até formas diferentes, mas não acontecem por acaso.

— Formas? — um dos garotos pergunta.

— Ah, sim. Nem todo alter é necessariamente humano. Se fizer sentido que ele seja um gato ou um robô, ele vai se identificar assim. Se você pensar que essa lógica acontece dentro da cabeça de uma criança, dá pra entender que às vezes ela só precisa de uma fada pra cuidar de tudo. Por que não?

A garota que ainda tem os olhos inchados de choro arrisca um sorriso tímido. Fico aborrecida com a referência próxima demais a nós, mas ao mesmo tempo gosto da capacidade que Ricardo tem de aliviar o peso. Há anos ele vem fazendo isso para a gente, então não me surpreende; só não deixo de reparar que, pela primeira vez, não é de nós que ele está cuidando.

— Então a Joana é conhecida por todos — continua. — É ela quem toma conta do corpo na maior parte do tempo. Se é ela quem estuda, quem trabalha, quem interage socialmente, ela é conhecida como *host*, a anfitriã. — Ele escreve na lousa enquanto fala. — Pensando que o cérebro encontrou todo esse caminho pra fazer com que uma parte fosse blindada, é muito comum que a princípio ela não saiba que carrega só uma parte das experiências, nem que existe mais gente pra lidar com as outras.

— Mas ela é a oficial, certo? — o garoto de gorro confere.

Sim, eu seguro firme o impulso de responder. *É ela quem ganha a CNH para dirigir o corpo.*

Conhecendo Ricardo, ele deve estar pensando uma besteira muito parecida, porque abafa o riso no nariz e, para disfarçar, murmura:

— Isso não faz dela a parte original — ele corrige a palavra, talvez para ser menos horrorosa, e parece evitar me olhar em busca de ajuda, mas sinto daqui que queria poder. Um instante depois, ergue um dedo com jeito de quem teve uma ideia e vai até uma das garotas com um caderno sobre a mesa. Pede uma folha e a rasga bem ao meio diante da turma. — Qual é a parte original?

A compreensão parece cair com um baque. Vem junto a um silêncio mais interessado do que eu poderia prever.

— A gente não gosta muito desse conceito de que alguma parte tem mais direito sobre o corpo — Ricardo continua, para sanar a dúvida e avançar na explicação. — Todas elas estariam lá com uma narrativa única se as barreiras não tivessem se erguido no caminho. A questão é que se ergueram, e esses outros alters, às vezes, precisam assumir o controle.

Resfriado, ansiedade, atividades específicas, alguns motivos vão sendo espalhados pela lousa.

— Quando alguma coisa que eles foram criados pra resolver puxa um desses alters pra frente, a Joana não sabe mais o que tá acontecendo no corpo. — Ele simplifica, apresenta a teoria isolada. Não vamos ter tempo para entrar no mérito de que Heloíse e Hélio sempre foram coconscientes, por exemplo. Deixo passar, sei que precisamos ser didáticos. — E ela vai começando a perder essa noção de tempo, porque de repente se arrumou pra ir pra escola de manhã e estudou, mas a mãe dela disse que iam pra algum lugar depois e ela não lembra de ter ido. Porque quem foi não foi ela.

E por isso muitas vezes parece que a Joana se comporta de um jeito estranho em alguns ambientes. É quieta em casa, mas toda vez que vê uma certa prima parece que tem quatro anos de novo. Ela é feliz, animada e até fala diferente.

A garota mais aplicada, que está na primeira fileira, olha para mim por cima do ombro. Eu sei que está olhando, mas finjo que não vejo; sigo com a atenção fixa em Ricardo. Entendo que ela pescou alguma coisa, mas sei que a culpa é menos minha do que de Neno e aquele bando de "s" exagerado que ele carrega.

— Não tem remédio pra isso? — o garoto de gorro pergunta.

Se eu tivesse alguma coisa ao alcance das mãos, jogaria na cabeça dele. *Não tava prestando atenção, não, ow?!*

Gosto do que Ricardo faz: ele bate a caneta sobre o quadro branco, bem acima do desenho do cérebro.

— Se você pensar em questão de trauma, o TDI vem acompanhado de alguns transtornos, tipo depressão e ansiedade, e de fato tem remédio pra tratar deles. Mas pensa melhor pela perspectiva de como os alters se formam e me responde você se é possível ter um remédio pra isso.

— Errr — uma das garotas, a que ainda está de olho na amiga emotiva, até parece tentar controlar a piada, mas acaba soltando mesmo assim e fazendo a maior parte dos outros dar risada.

— Não enche — o garoto resmunga de volta.

E assim o plano de Ricardo acaba dando mais certo do que imaginávamos. Mais alunos vão abrindo cadernos para tomar notas. Ele destaca a palavra "sistema" no topo da lousa, em outra cor.

— É um transtorno muito difícil de diagnosticar. Pode ser confundido com esquizofrenia, borderline, Transtorno de Estresse Pós-Traumático.

Ricardo olha para mim no momento em que eu dou uma espiada pela sala e balanço a cabeça. Ninguém quer saber disso, preciso que ele entenda. Vai dar um nó na cabeça dos garotos. Mas é tarde demais. Um deles se vira para a menina ao lado:

— Não é o que a Duda tem?
— É o que a Duda tem!

Neno tinha razão. Os adolescentes parecem se tornar cinquenta e cinco, mas Ricardo interrompe antes que as especulações se intensifiquem:

— Mas esse é outro transtorno, não vamos mudar o foco. Depois de diagnosticado, existem algumas maneiras de conviver com o TDI.

Pegando o gancho da impossibilidade de cura por remédios, ele explica que a integração pode ser uma alternativa. Com o processamento do trauma e terapia, alguns alters passam a se sentir prontos para derrubar as barreiras que separam suas memórias, como aconteceu com Veneno e Nando por aqui. No entanto, muitos de nós não se sentem confortáveis com essa fusão, porque a ideia de deixar de existir é assustadora.

Quando duas partes se integram, a mescla das experiências de cada uma delas cria um terceiro alter, feito Neno, com seus próprios trejeitos e crenças. Nunca é possível saber quanto de cada uma das partes integradas vai refletir nessa nova identidade, ou até se ela vai ter qualquer característica de uma delas. Sendo assim, para alguns, a finalidade do processo de cura não é a fusão, é integrar as memórias e aprender a conviver em grupo.

A partir daí, Ricardo faz uma lista de todas as funções que possuímos no nosso sistema, porque existem muitas outras, mas não temos tempo para isso.

Anfitrião
Parte aparentemente normal (PAN)
Criança
Protetor primário
Cuidador
Guardião do front
Guardião das memórias
Fragmento

Pisco algumas vezes diante do quadro, porque sei que algo está faltando. Não tem linhas o suficiente, até porque eu estou ali duas vezes nos papéis de guardiã. Demoro um pouco para ler e, quando percebo, chego a parar de respirar. Até o Hélio ele deu um jeito de pôr na lista, mesmo que ninguém saiba para que Hélio serve e PAN não seja uma função — *partes aparentemente normais* são alters que exercem melhor alguns cargos, como o de anfitrião, porque conseguem se fixar nos acontecimentos do presente e não carregam muitas lembranças do trauma.

De certa forma, foi por isso que brigamos tanto com Hélio antes de ele aceitar ficar do lado de dentro e decidir que faria isso bem longe da maioria de nós. Porque ele se sentia pronto para ser o Hélio aqui, do lado de fora, mas o mundo não estava pronto para aceitá-lo. Sheila e aquele outro marido dela, muito menos. E todos nós acabávamos pagando pela insistência dele em ser um coanfitrião para Heloíse.

Mas não é Hélio quem importa agora.

Ricardo acabou de esconder Sombra e Nico dos adolescentes.

E Nico está vendo.

Capítulo 5

Neno

Eu gostaria de ser uma pessoa melhor do que me sinto, seja lá o que isso significa. Gostaria de deitar à noite pensando que sou fiel aos poucos amigos e confidentes que tenho; que nunca, sob circunstância alguma, faria algo para decepcioná-los ou me vingar por qualquer, qualquer mesmo que seja o motivo; que posso engolir alguns sapos por respeito, por gratidão, por amor.

O problema é que, agora que Ricardo está em um prato da balança e são Nico e Sombra no outro, todo o meu lado ruim aflora. Ao que acelero escada acima, com a cabeça bagunçada e um nó na garganta — que me sugere que fomos traídos pela pessoa em quem mais confiamos e agora estamos machucados —, não tenho muito tempo para pensar no que estou fazendo.

— Filha — Sheila chama do sofá.

Parece ler, mas eu não estou muito consciente de qualquer coisa diante dos meus olhos para descobrir o quê.

— Eu não sou sua filha! — acabo gritando depois de já ter avançado alguns degraus. Viro na direção da mãe dos gêmeos e não enxergo seu rosto direito; talvez pudesse até ter passado sem notar sua presença se ela não tivesse se intrometido no caminho

que eu fazia em busca de um pouco de paz. Registro que Ricardo vai entrando, em silêncio, e gesticulo com exagero para apontá-lo.
— Por que você não pergunta pra ele o que aconteceu com ela?!

De repente me vejo no quarto. Não me lembro de chegar, nem de ter me deitado. A batida à porta me desperta de um pesadelo semiconsciente que parece ter durado o dobro do tempo que imagino de fato ter passado aqui sozinho. Sinto o corpo estremecer junto com minha visão, que oscila e para em um ponto qualquer da parede com aspecto de recém-pintada. Ainda assim, o susto não é o bastante para me reconectar com o mundo externo.

Começou dentro da sala de aula; o mal-estar apareceu e Capitã repassou o controle do front para mim. Agora é como se o quarto estivesse atrás de uma parede de vidro e eu não fizesse parte do ambiente. Não é a primeira vez que experimento a desrealização, mas fazia tanto tempo que não me lembrava do quanto ela é ruim. Nada parece ser de verdade, embora eu saiba que tudo ainda está do mesmo jeito de quando saímos para a escola, então precisa ser.

Escuto a porta se abrir em seguida, mas o som é distante, inalcançável. Vejo uma fumaça cinzenta adentrar pela fresta escura e se espalhar por todo o ambiente. Fecho os olhos com força. Não quero descobrir o que tem no meio dela, mas isso não me poupa de continuar enxergando, porque na realidade a visão não vem do corredor; está bem firme dentro da cabeça.

Não consigo contato com Nico desde que ele se afastou do coconsciente como se nunca tivesse estado naquele workshop idiota comigo e com Capitã. Ninguém consegue contato com ele desde que os flashbacks começaram, nem mesmo Prila. Sabemos que são dele porque já checamos os outros e todos estão bem. Bom, eu não estou. As memórias ainda não processadas de Nico são fortes a ponto de chegarem até mim aqui fora, na forma de uma série de alucinações, coisa que até agora só tínhamos escutado falar que pode acontecer.

— Neno?

Assusto pela segunda vez e demoro para diferenciar a voz externa e os sussurros incoerentes que escuto em pensamento. Abro os olhos de novo e levo um instante para girar na direção do chamado. Sei que Ricardo entrou no quarto e me esforço para separar o que é real do que não é, mesmo agora em que absolutamente tudo parece não ser. Me sento com as cobertas caindo pela cintura e recosto na cabeceira para dar atenção a ele. Se é que posso chamar isso de atenção.

Não reconheço seu rosto enquanto o vejo se acomodar na ponta do colchão. Sua fisionomia vai e vem, se distorce em meio à fumaça que chegou com ele. A confusão não me deixa encará-lo por muito tempo. Passo a observar o que devem ser meus pés sob o edredom, que a essa altura do ano me esquenta mais do que o saudável, mas simplesmente não sinto nada. Talvez em algumas horas, ao voltar a ter consciência do corpo; não agora.

Sei que ele está perguntando sobre Nico. Talvez não pergunte sobre Sombra, porque acho que os dois não se conhecem muito bem. Sombra só saiu para fazer terapia e alguns exercícios físicos a fim de canalizar sua raiva nos últimos anos, mas Ricardo sabe que Nico costuma ficar por perto. Alguma parte no fundo da mente registra o que escuto, mas não consigo me concentrar. Arrisco um murmúrio, mesmo sem a garantia de que o discurso terminou.

— Não sei quando Nico vai se sentir melhor pra conversar.

Pisco algumas vezes e tento olhar para Ricardo. As visões pioram. Agora ele é um borrão sem rosto. Sei que está pedindo desculpas, mas não consigo me importar. Não é para mim que ele deve nada. O dar e o receber são movimentos que andam em sentidos bem opostos para pessoas como nós. Eu nunca poderia dizer a Ricardo que não sou responsável caso Nico o ofendesse; eu sou, todos nós somos responsáveis pelo que todos os outros fazem. Eu teria pedido desculpas. Mas, agora que Ricardo magoou Nico dessa forma, não me sinto no direito de perdoá-lo no lugar dele.

Aquilo poderia ter sido feito de tantas maneiras mais simples. Nico é o nosso protetor mais antigo, um dos alters com a maior carga de trauma. Ninguém precisava ter dito que ele carrega experiências sexuais. A lista poderia sugerir que há protetores — no geral, eu e ele estaríamos inclusos nisso. Também poderia abranger alguns de nós ao dizer que há partes emocionais — as que carregam o trauma —, do jeito que fez com as partes aparentemente normais — as que evitam a lembrança dele a qualquer custo.

Em qualquer um desses cenários, ninguém teria ignorado a existência de Nico porque é vergonhoso demais falar sobre ele na frente de adolescentes. *Vergonhoso*, foi o recado silencioso que o empurrou da parte mais próxima do front para uma das áreas mais obscuras da nave. Como se ele tivesse alguma culpa pelo que nos aconteceu, qualquer culpa por ter aparecido há quase quatorze anos bem do jeitinho que é para nos resguardar.

Capitã está focada em não deixar que nada disso respingue nos outros. Já somos três decepcionados o bastante com Ricardo e não precisamos que Sombra, em especial, também descubra que foi escondido para não amedrontar um bando de pirralhos.

Agora que ele entendeu que não tem motivos para perseguir qualquer um de nós, ou que machucar o corpo não vai resolver nenhum problema, ninguém precisa lembrá-lo de que fazia essas coisas, o que já vem o deixando mal o bastante.

Pelo menos desconfiamos de que seja o caso, desde que ele passou a nos rodear em silêncio, buscando maneiras de compensar algo. Ou talvez só eu desconfie de que é isso o que ele anda fazendo, talvez esteja projetando nele conflitos que um dia já enfrentei. Pelas memórias que tenho de Nando, sei que ele passou por isso antes de integrar.

Não sei nem se esse não foi o motivo para Nando ter se integrado justo com Veneno, nosso *trauma holder*, um protetor que tinha nascido para blindar Hélio de um episódio traumático, para segurar as lembranças antes que se integrassem a ele. Hélio, o único que Nando perseguia desde cedo com a desculpa de que era necessário controlá-lo. Hélio, que tirou tantos de nós do sério, antes de eu chegar.

— Eu não tô bem pra conversar — sobreponho seja lá o que Ricardo esteja falando, porque não consigo entender.

Flashbacks são agressivos; eu não tive muitos, mas os que tive foram terríveis. A sensação de reviver segundo por segundo algo que viver uma única vez já teria ido além do que alguém mereceria; os sons, os cheiros, os toques. Nico está lutando contra eles, e enxergá-los aqui da frente feito imagens sem sentido não me deixa em condições de raciocinar.

Não sei bem quando Ricardo sai do quarto, mas me levanto ao toque do despertador com o aviso dos remédios que não estou acostumado a tomar, então preciso de um lembrete diário para não perder nenhum. Também não tenho certeza do momento em que acabo pegando no sono e as alucinações se tornam pesadelos.

Acordo apertado no começo da madrugada e descubro que Nico já conseguiu descansar. A nuvem cinzenta desapareceu. Ficou só a exaustão. Vou até o banheiro, o que desta vez me deixa especialmente dissociado — talvez seja o cansaço, talvez as lembranças de Nando à espreita, agora que algo nos remeteu àquela época —, mas sinto que a presença de Ester me livra do trabalho e volto para a cama esperando que os pesadelos já tenham ido embora.

O café da manhã no dia seguinte é o registro de que as últimas horas de férias não vão ser animadoras. Sheila se levanta da mesa assim que me sento em frente a uma travessa de ovos mexidos, torradas e frutas. O cardápio é tão familiar que tenho certeza de que foi Ricardo quem preparou. Eles conversavam sem indícios de qualquer aborrecimento até a minha chegada, mas então a mulher se vai como se não tivesse me visto. O recado de que não preciso me desculpar com Ric pelo que fiz ontem — porque isso não colocou a esposa contra ele — é bastante claro. Eles estão bem. O problema para ela sou eu, deduzo.

Eu, quem aparentemente engoliu Heloíse.

— Ela vai entender logo — Ricardo sussurra no lugar de um pedido de desculpas, assim que Sheila desaparece.

Enquanto me sirvo de um copo de suco de laranja, dou a única resposta que me ocorre:

— Sinceramente? Eu não me importo.

E sei que ele quer chamar minha atenção por falar assim, mas não está com crédito para bronca nenhuma. Em vez disso, pergunta com o mínimo de cuidado que eu espero que ele tenha:

— Como estão por aí?

— Melhores — respondo com as sobrancelhas erguidas, mas ainda não consigo encará-lo. Não quero correr o risco de ser muito bruto ou de tentar magoá-lo por vingança de novo. Acho mais seguro me concentrar na comida. — Só não sei se Nico já acordou. — Ao contrário do que planejava, acabo tagarelando mais do que deveria, porque ainda não quero dar o assunto por encerrado pelo mesmo motivo que não quero desculpá-lo. Não cabe a mim. — Sombra não sabe de nada, mas Nico tava vendo, entende? Foi muito duro pra ele.

— Eu imaginei — ele assopra, mas nem precisava. — Se eu pudesse fazer qualquer coisa pra consertar...

Passo a língua pelos lábios e, num olhar de soslaio, enquanto coloco uma colherada de ovos no prato, percebo que ele baixa a cabeça e já espera a resposta. Não é para menos, já que meu tique nervoso acabou de dar indícios de que estou afiando alguma, seja lá qual for. Não tenho tempo de segurá-la ao sentir que está no ponto:

— Se eu tivesse pensado direito, teria olhado seu roteiro e isso não teria acontecido. Mas não olhei, e a gente, melhor do que ninguém, sabe que não dá pra mudar o que já aconteceu.

Ele fica em silêncio e toma um gole de café. Sei que vamos perdoá-lo em algum momento, sei que até vou acabar pedindo desculpas, sim, por ter gritado nosso segredo na cara de Sheila — o segredo que ele pediu especificamente para mim. Já sinto meu estômago dar sinais de que não quero ficar magoado com ele por muito tempo, mas me permito sentir a decepção por mais alguns minutos.

    Quando me levanto para colocar o prato na lava-louças e aperto seu ombro, estamos resolvidos. Deixo que ele se acerte com Nico também, assim que puder.

Capítulo 6

Nico

A SEGUNDA-FEIRA CHEGA como se o mundo todinho fosse uma grande piada, então sou justo eu quem acorda para ele de braços abertos. Sei que o fim de semana de Neno foi horrível por minha causa — não que eu tenha me sentido em um parque de diversões, é claro —, mas acho que a carga emocional o fez precisar de um descanso. Deve ser por isso que ele não está por perto quando o despertador toca.

 Eu acordo melhor, mas não significa que gostaria de ser aquele a ir para a aula. Enquanto me enfio dentro do meu jeans skinny preferido e uma camiseta do uniforme que é maior do que eu escolheria — trato de colocar um lado para dentro da calça para minimizar o problema —, preciso me lembrar de que qualquer coisa que eu faça na escola para desafiar Ricardo vai ser pior para nós do que para ele.

 Dou uma olhada para o banheiro e sinto que preciso fazer xixi. Descubro que tenho companhia porque estou prestes a me virar de costas e segurar a vontade, mas escuto:

 — *Tá tudo bem. A gente pode ir junto.*

 A voz de Prila me acalma feito uma canção de ninar. Ainda hesito um pouco para dar o primeiro passo e não fico o tempo necessário para escovar os dentes, lavar o rosto, passar um desodorante ou fazer alguma dessas outras coisas que deveríamos. Só o fato de ter conseguido me aliviar já é o bastante para me trazer a confiança para seguir com a manhã.

Imagino se essa não era exatamente a intenção de Prila ao me incentivar a não desistir em vez de chamar Ester para o front, mas o pensamento fica de lado no instante em que encaro a porta. A próxima provação que preciso enfrentar é Ricardo.

— *Pensa no lado bom. Eu sinto o cheiro de pães de queijo.*

Prila continua a soprar nos meus ouvidos, como fez por todo o domingo. Como fez todos os dias em que eu mais precisei, desde que chegou aqui, algumas semanas depois de mim. É a criatura mais preciosa que o mundo já viu. Linda por dentro e por fora. Eu me encho de orgulho de poder dizer que é nossa. Com seus cabelos rosa-claro, os olhos de um violeta-azulado que mais parecem um campo de flores na primavera e o maior coração que eu já conheci.

Alguns de nós discordariam dessa opinião, mas pão de queijo é minha comida preferida, e só consigo me animar com isso antes mesmo de encontrar nosso padrinho porque Prila tem os sentidos mais aguçados que os meus. Assim, ao chegar à cozinha e me deparar com uma fornada ainda quente sobre a mesa, já encontrei um motivo para não odiar tanto a manhã de hoje. Começo a me perguntar se não foi isso o que me engatilhou a acordar antes de Neno, mesmo que eu não tenha reconhecido o cheiro conscientemente.

Ricardo se vira de frente para mim e o olhar alterna entre o meu, minhas roupas e a postura dos meus ombros. Numa regra geral, todos nós tentamos agir parecido com Heloíse — alguns conseguem melhor que outros, e é assim que nos apresentamos lá fora —, mas já faz alguns anos que nos sentimos seguros para sermos nós mesmos dentro de casa. Ele ameaça dizer algo, e eu nem me arrisco. Sei que já sabe quem eu sou, que nos reconhece como indivíduos há algum tempo, então deixo que comece.

— Eu queria mesmo poder te dar uns desses antes que vocês fossem pra escola.

Ele olha para a mesa. Me lembro de todas as vezes que fiz com que ele e Heloíse fossem a um mercado de importados em Londres para encontrar qualquer marca de pão de queijo que fosse.

— Obrigado — agradeço com a pouca voz que sai.

Aproveito para escapar até a geladeira e procurar meu requeijão cremoso favorito. Se é que temos isso por aqui; se é que Ricardo andou fazendo compras desde que voltamos; se é que Sheila ainda se importa em comprá-lo, sem saber que nunca era Heloíse quem enchia a cara com ele.

— *À esquerda na porta, querido* — Prila sopra para não perdermos tanto tempo na procura, porque já deve saber o que quero.

Não imagino o sufoco que seria passar um único dia sem ela conversando comigo. Pego um dos quadradinhos perfeitamente encapados em papel alumínio e vou me sentar à mesa. As bebidas vão aparecendo uma a uma à minha frente, enquanto me afundo nas bolotinhas de queijo. Acho que me esqueço de propósito de perguntar a Ricardo se ele também vai querer.

Tento não perder a fome ao vê-lo se sentar e morder um pedaço de misto-quente, com jeito de quem está apenas enrolando antes de dizer:

— Eu pisei na bola, Nico, me desculpa. — Ele não diz mais nada, mas entendo que não acabou. Só vai continuar se eu criar coragem de erguer o rosto, então faço isso de uma vez. Sua voz diminui agora que estou prestando atenção. — Você é importante pra todo mundo, e eu amo você mais do que poderia explicar.

Não gosto desse tipo de declaração que me dá vontade de chorar. Não sei se devo agradecer ou se prefiro deixar essas lágrimas que começam a pinicar meus olhos escorrerem. Não tenho tempo de decidir sozinho; escuto novamente:

— *Ah, Nico, olha pra esse sorriso pateticamente adorável! Você vai desculpá-lo, não vai?*

Deixo escapar uma risada baixa, ainda com a voz de Prila na cabeça. Ricardo me encara confuso. Sabe tanto de nós, mas ainda não percebe os momentos em que perdeu uma piada interna. Acabo assentindo para os dois, mas prefiro deixar claro:

— Eu sei a minha importância, Ric, não foi esse o problema — luto para dizer isso. Me dói dizer. Sempre entendi que eu não era como as outras crianças; nem as nossas, nem as de fora. Nunca me misturei com elas. — Só não esperava isso de você, mas entendo. — E é por isso que também me dói aceitar, porque nunca vou ser como elas, mas tinha alguma esperança de que com o tempo elas fossem se transformando um pouco mais em alguém como eu. — Se algum deles descobrir sobre nós, não quero que desconfiem do motivo.

Talvez eu só não estivesse pronto para ter essa esperança arrancada de mim. Não da maneira que ela foi. Talvez eu preferisse ter visto com nossos próprios olhos que o ensino médio ainda não é como eu sou, ou quem sabe ninguém nunca vai ser.

Tenho medo de começar a me agarrar a uma esperança diferente: a de que, em vez disso, eu possa ser um pouco mais como o ensino médio. E se eu não puder?

Ricardo encontra minha mão sobre a mesa.

— Eu sinto muito por ter feito do jeito errado.

— Eu vou sobreviver. — Aperto seus dedos para garantir, depois aponto para a travessa de pães de queijo quase vazia, sem nem lembrar a última vez que consegui comer uma todinha. — Se você conseguir um tempo de assar mais uma dessas pra eu levar na minha lancheira.

Só então percebo o quanto sempre quis fazer essa piada, porque nunca fui o garoto que vai à escola para ter uma dessas quadradinhas coloridas. Ele solta um riso forte pelo nariz e vai se levantando em direção ao forno. Por infortúnio, não temos uma lancheira azul do Spock — e eu aposto que conseguiria convencer mais alguns de nós a procurarmos uma por aí, com o argumento de que seríamos a garota mais descolada do terceiro ano —, mas o potinho que ganho antes de entrarmos no carro me deixa contente o bastante por hoje.

— *Você vai ficar comigo, não vai?* — pergunto ainda no caminho para checar se Prila continua por perto.

Pressiono entre os dedos a mochila cheia dos livros que Neno deve ter separado ontem à noite.

Fico ansioso com o que pode acontecer quando me jogarem em meio a outros adolescentes. Não temos assunto em comum, não sou ótimo em me passar por Heloíse e preciso me lembrar de que não posso fazer nenhuma besteira. É por isso que suspiro de alívio com a resposta.

Prila é quem sempre consegue me pôr de volta nos trilhos.

— *Eu não poderia pensar em outra coisa melhor pra fazer, benzinho.*

Neno

Nossa troca é brusca. Até poucos minutos atrás, acho que eu nem estava acordado, mas só preciso de um instante para me orientar na sala de aula e descobrir por que estou aqui. O caderno todo escrito em vermelho dedura mais pela cor do que pela caligrafia que era Nico quem estava no front. Ele não sabe chamar Ester, e nossa bexiga está prestes a explodir.

Ergo a mão, tentando me basear na vaga lembrança de como as coisas funcionavam em nossa última escola no Brasil e desejando que sejam mais ou menos parecidas por aqui. O professor finaliza o que está dizendo e, com todos os olhares da classe sobre mim agora, prefiro não dizer nada. Aponto para a porta com um gesto hesitante.

Ele assente e retoma a explicação da matéria, enquanto me levanto da forma mais silenciosa possível. A carteira em que estou sentado sugere que não fizemos amigos. Está localizada no centro da fileira mais à direita, de cara para a porta, nos dando uma rota fácil de fuga. Não há ninguém sentado logo à frente, ao lado, nem atrás. Nico encontrou uma ilha bem no meio de uma sala cheia, e eu me sinto mal por não ter estado aqui para dizer que ele não precisava disso, que não precisava se esconder.

Paro por alguns segundos em frente ao banheiro que me lembro de ter conhecido no sábado. Olho ao redor para ter certeza de que não tem ninguém em toda a extensão do corredor e então já não estou completamente no comando do corpo. Tenho a consciência de que entramos em uma das cabines, depois perco um pouco a noção do tempo.

Vejo nossas mãos sendo lavadas e a água encontrar nosso rosto em tanta quantidade que escorre pelo pescoço, encharca a franja. Ester não está preocupada em deixar nosso cabelo arrumadinho. Está preocupada com a sujeira que encontra ao olhar no espelho. Sei que nosso rosto estava oleoso e, se eu percebi o gosto pesado do sono noturno na boca, ela não ignoraria. Fazemos um bochecho com água pura, embora saibamos que não vai resolver.

— Você!

O susto é tão grande que não consigo dizer quando Ester desapareceu. Não sei qual de nós dois foi responsável por erguer o rosto para o espelho; se ela chegou a ver a garota parada atrás de nós ou se eu já tinha tomado a totalidade do front, com o coração acelerado, ao notarmos que tínhamos companhia.

— Eu.

Coloco a mão no peito, e aos poucos meus ombros vão caindo da posição atenta logo que reconheço uma das meninas que passaram o dia com a gente naquele falso workshop.

— Heloíse, né? — ela confirma ao se aproximar para lavar alguns pincéis na torneira ao lado da minha, que só então me lembro de fechar.

Apesar do riso leve por presenciar nosso salto, a garota não parece pensar que deveria pedir desculpas pelo susto. Qualquer hora, faz isso na presença de Sombra, toma um belo de um tapa quando ele for engatilhado em alerta, e a culpa ainda vai ser nossa.

— Isso, você é... — Hesito, porque não decorei o nome de nenhum deles.

Me pergunto também se deveria sair do banheiro, mas não me apresso como teria feito em outro momento, porque percebo que a garota não está envolvida em nada que seja íntimo.

— Bia.

Ela sorri através do espelho, com uma olhadinha por baixo da franja escura, que cai sobre os olhos agora que está com as mãos sujas demais para afastá-la. De cabelo solto, é mais difícil ver suas mechas descoloridas, exceto pela parte que escapa por trás de uma orelha. Controlo o impulso de arrumar para ela, experimentar entre meus dedos o cabelo que parece tão macio.

Engasgo com o pensamento. Tão rápido quanto veio, empurro para longe. Não importa que ela seja bonitinha. Também é menor de idade, mais do que eu jamais poderia aceitar. Se está tendo aula de artes, não é da nossa turma. Deve scr ainda mais nova do que já considero os alunos com quem vamos estudar. Não me sinto envelhecer a cada ano que passa, mas sei que tenho dezenove desde que cheguei.

— *Uhhh, Neno!*

A provocação tromba comigo para me dar certeza de duas coisas: meu pensamento escapou e, agora que eu peguei o comando, Nico está de volta no coconsciente como se nunca tivesse fugido para não ter que enfrentar a responsabilidade de entrar em um banheiro. De volta e me irritando.

Ignoro o comentário e presto atenção no que Bia fala:

— Você já decidiu se vai escrever alguma coisa pro fim do bimestre?

Tento resgatar alguma lembrança dos últimos minutos da tarde de sábado. Sei que a proposta de Ricardo, para dar algum fundamento àquela palestra toda, era a de oferecer uma contrapartida em alguma aula para os alunos que entregassem um texto sobre o assunto. Mas foi Heloíse quem acertou com ele os detalhes quando a ideia surgiu, tempos atrás, e, com o mal-estar de Nico refletindo em mim, também não tenho certeza do que foi sugerido ao fim do dia.

Escolho uma resposta mais evasiva, lambendo os lábios com todo o meu descontrole:

— Ainda não sei se vale a pena.

— Nada pra mim vale a pena se tiver que escrever sobre abuso infantil. — Seu tom é sério enquanto ela arqueia as sobrancelhas para os pincéis que enxágua.

Mal terminou de falar, eu já chacoalho a cabeça:

— Não precisa escrever sobre isso. Tem muita coisa depois disso pra escrever.

— Acho que você não entendeu o que ele disse. — Ela permanece de sobrancelhas erguidas e o olhar baixo enquanto fala, exalando um ar de quem não quer se aprofundar no assunto e se incomoda até de transitar pela superfície. — Se cada alter tem um motivo lógico pra existir, vou precisar saber o que aconteceu antes de todo o resto se eu quiser escrever personagens lógicos.

Ela tem razão, e acabo ficando em silêncio. Eu sei contra-argumentar. Existe toda uma série de problemas que poderia acompanhar a personagem que ela criasse: traumas físicos e psicológicos ligados a uma grande capacidade de dissociar — os três pontos básicos. Só não saberia explicar sem dar na cara que conheço demais o assunto, já que aparentemente não entendi nada do que Ricardo disse — apesar de ter quase certeza de que ele disse isso também.

Demoro demais pensando em um jeito de seguir com a conversa, enquanto a observo enxugar os pincéis com mais pedaços de papel do que precisaria. Sorrio com a percepção de que ela tem uma tatuagem de chiclete logo atrás da orelha; sei disso porque já está craquelando. Quando me distraio com a visão e não encontro nada inteligente para dizer, arrisco a primeira coisa que me vem à cabeça:

— Nada de pontos extras em literatura pra nós, então.

Por sorte, enquanto me preocupo em reproduzir a fala de Heloíse, o tom não sai tão sugestivamente amigável quanto antecipei na cabeça. *O que eu tô fazendo?!*

Não estava tentando dar em cima dela, mas parece que estou tendo um derrame. Só pode ser isso, para não conseguir parecer natural perto de uma garota de dezesseis anos, talvez quinze. Quase consigo ouvir outro risinho malicioso de Nico ao fundo, mas ele é sobreposto por um sorriso de Bia, no qual me obrigo a não reparar muito, embora seja tudo o que consigo enxergar agora.

— Em redação — ela corrige. — Você não entendeu nada mesmo do que aquele cara disse, né? Mas eu não posso te culpar. — Então ela abaixa a voz e se aproxima só um pouco. Com um riso contido, completa em um murmúrio que indica a gravidade do segredo: — Ele era mesmo uma gracinha.

Fico com um sorriso congelado no rosto, mas por dentro estou segurando uma careta ao ouvir uma adolescente insinuar o que quer que seja sobre a aparência — se eu entendi bem — de Ricardo!

Mal vejo Bia sair. Só sei que, em seguida, estou colocando parte da língua para fora em uma reação enojada. Embora não tenha sido o caso, não consigo deixar de sentir que levei um fora e fui trocado por um quarentão; é pior ainda o quarentão ser nosso padrinho.

— *E temos o gol da vitória!* — Nico parece saber o que estou pensando. A comemoração animada de narrador de videogame vem tão alta que não consigo abafar. — *São dois pontos pra menininha bonita e zero pro time da casa! Isso eu nunca imaginei que veria, Prila. O que você acha?*

— *Cala a boca, Nico.*

Saio do banheiro como se isso fosse me ajudar a fugir da resposta de Prila, mas, para a minha sorte, ela não engaja bem com esse tipo de brincadeira. Até sei o que está acontecendo do lado de dentro. Consigo imaginá-la com a boca tampada, as asas furta-cores fazendo o movimento do risinho que ela segura no peito. Mas ao menos ela não me provoca.

Capítulo 7

Neno

NA MANHÃ SEGUINTE, ainda sinto que toda a minha energia foi drenada pelos últimos minutos daquela aula de química a que precisei assistir. Nico havia enfrentado bem mais da metade da manhã e os intervalos, mas, mesmo assim, quando entrei no carro de Sheila, com os olhos pesados, não me restava mais uma gota de disposição.

— Como foi a aula?

Lembro que ela perguntou, mas não sei muito bem o que respondi. Qualquer coisa que eu tivesse verbalizado jamais sairia mais alta que a voz de Nico ao fundo:

— *Ah, Neno gostou bastante da pausa pro xixi...*

Então ele trocou de lugar comigo ainda no caminho de casa, e eu acho que dormi por quase todo o restante da tarde. Nenhum de nós pensou em checar se havia algum dever de casa até Ricardo entrar no quarto e perguntar como eu estava lidando com os estudos.

Só então me dei conta de que precisava me sentar à escrivaninha e tentar entender algo que havia me aborrecido tanto ou mais que o episódio com Bia no banheiro: o que é a droga de um mol. As anotações aleatórias de Nico misturavam matérias umas nas outras, com asteriscos mal desenhados para demarcar o fim da aula anterior e o começo da seguinte. Ainda assim, ele conseguiu ser mais bem-sucedido do que eu.

Seus rabiscos em vermelho estavam em maior quantidade do que os meus, em verde-escuro. Sei reconhecer a caligrafia de todos nós, mas alguns não sabem. Capitã, por exemplo, nunca teve paciência de me ouvir explicar que o meu "o" difere do de Nico no final da palavra porque o dele faz uma voltinha e se encerra em um risco alto, que cruza toda a letra, já o meu não tem voltinha nenhuma. É sempre a diferença mais evidente, já que até eu poderia me confundir às vezes.

É por isso que, tirando os casos em que temos só uma caneta à disposição e queremos nos comunicar por recados — os quais assinamos se sabemos que o receptor não vai identificar quem escreveu —, usamos nossas próprias cores. Nem lembramos mais quem definiu o padrão ou em que momento isso aconteceu, mas sempre soubemos qual deveríamos usar. Eu fiquei com a de Nando, já que Veneno nunca soube escrever.

O problema, no entanto, não era quem havia escrito mais. O problema era que, mesmo noite adentro, com um notebook ao lado, eu não conseguia sequer começar a entender o que aquelas anotações significavam. Elas partiam do princípio de que eu já sabia o que precisava para acompanhar a matéria, mas não era o caso. Eu só ficava de olho em Heloíse na escola para saber se ela estava bem, não para aprender a medir o peso do ar. Ou seja lá o que essa joça for!

Comecei a me questionar se a dificuldade de entender a matéria se dava porque não era eu quem estudava com afinco ou porque talvez houvesse alguma discrepância entre a grade curricular inglesa e a brasileira. E aí me bateu mais forte a realidade de que Heloíse não estaria aqui para conversar sobre isso comigo. Era o tipo de assunto que nos tomaria, se não horas, longuíssimos minutos de debate. Sempre começava assim, com uma questão sem importância aparente, e de repente tínhamos criado toda uma teoria conspiratória sobre, sei lá, por que a unha de um dos nossos dedões do pé é mais arroxeada que a outra.

De cabeça encostada no vidro do carro, a falta dela me acompanha até agora. Indo para a escola outra vez, não encontrei uma solução para o problema dos estudos e desconfio de que o antidepressivo não esteja fazendo o efeito que deveria. Heloíse desapareceu e me deixou aqui. Como um remédio poderia resolver isso por mim?

Me arrasto para fora do banco com um agradecimento baixo a Ricardo, que eu sei que fareja um problema, mas sempre nos dá um tempo antes de investigar. Muitas vezes resolvemos nossas questões sem precisar desabafar sobre elas. Outras vezes, feito agora, eu sei que ele entende que não vamos resolvê-las, mas que queremos um pouco de espaço. *Eu* quero um pouco de espaço. Gosto de morar com ele por isso.

— Boa aula!

Respondo com um sorriso, embora duvide que isso vá tranquilizá-lo antes de seguir para o trabalho, e me afasto para o portão. Ninguém me olha, ninguém se aproxima. É uma das vantagens que eu sempre senti em sermos nós: uma garota miúda, que talvez se passe por um garoto se não olharem direito, andando silenciosamente por aí, sem precisar se esforçar para não chamar atenção.

Talvez eu estivesse errado sobre o motivo de Nico não ter feito amigos. Talvez ele não tenha se afastado de propósito. Talvez nossos olhos, que já classificaram como rebeldes, sombrios e agressivos — e nunca pudemos evitar, já que nascemos com eles —, tenham feito o trabalho de nos afastar por si próprios. Escolho o mesmo lugar de ontem e não sei se posso dizer que venço as aulas de biologia e matemática. Talvez tenha conseguido um empate.

Nico está mais animado com o colégio do que jamais vi. Pergunto algumas vezes se ele quer trocar de lugar; ele desconversa ou diz um redondo *não*, mas nunca me deixa em paz e tem comentários sobre tudo. Sua voz é tão alta que me lembra de que não tenho o costume de estar no front, tão alta que quase não consigo me focar em mais nada. Ou talvez só esteja alta porque não consigo entender as coisas em que tenho tentado me concentrar, então ouvi-lo me enlouquecer é uma boa desculpa para me sentir menos incapaz.

Não reclamo de ter companhia enquanto vou até a cantina. Pelo que entendi, só ganhamos lanche preparado em casa ontem porque Ricardo queria fazer uma média com Nico, mas temos alguns trocados no bolso. Ele insiste para comprarmos pão de queijo — falou dessa droga ao longo dos dois anos que sobrevivemos de feijão enlatado em Londres —, e eu digo que não vamos comprar porque, do jeito que ele está tagarela hoje, não merece.

— *Num me irrita, hein? Te derrubo rapidinho!*

Dou risada com a ameaça. Sei que está fazendo piada com a maneira que eu descrevo o que acontece quando alguém me tira do comando. Um tombo, a sensação de estar despencando antes de voltar à nave. Só não consigo não imaginar Nico tentando me derrubar de verdade, pulando em minhas costas. Nico, com suas pernocas compridas, magricelas. Tenho a impressão de que poderia desenrolá-las da minha cintura e segurá-lo por elas, de ponta-cabeça, sem muito esforço.

Compro a droga do pão de queijo e o sinto no cofront enquanto voltamos para a sala. Estava quase vazia ao sairmos, então imagino que não vá encher demais até o sinal do retorno tocar. Eu posso tentar bolar uma estratégia para entender a matéria, ou talvez ficar em silêncio até a próxima aula — ou o mais perto disso possível, já que os pensamentos de Nico estão mais calmos agora que estamos de boca e barriga cheias.

Não consigo fazer todo o caminho de volta, no entanto. Na entrada do corredor, dou de cara com Bia. Quase nos trombamos. A garota para mais rápido que eu, ao lado da amiga de ponta de cabelo colorida, e eu penso que nós dois deveríamos aprender a não fazer curvas assim tão rentes à parede. Nunca se sabe o que nos espera do outro lado.

Acho que é Nico quem engasga com o pedaço grande que tinha acabado de morder enquanto eu me distraía nesse pensamento, então começamos a tossir.

— Oi! Eita... — a garota emenda e faz menção de alcançar minhas costas para dar alguns tapinhas.

Ergo a mão, mais em um reflexo do que uma decisão consciente de mantê-la longe, porque não sou muito chegado a gente encostando em mim. Acabo rindo da expressão questionadora que ela usa e engasgo mais. Acho que isso alivia o gesto meio rude de afastá-la, porque ela logo está rindo também. E as duas ficam paradas na nossa frente, esperando que terminemos de engolir o salgado pela via certa.

— Oi — falo em seguida e mantenho nossa mão bem firme perto do abdômen para que Nico não continue comendo enquanto conversamos.

Ele não demora muito a desistir da luta. Parece aceitar a espera.

— A gente tava falando sobre você ontem — Bia continua, e eu não tenho tempo de perguntar um surpreso "sobre mim?". — A gente pensou que fosse estar na nossa turma. Você é do segundo ano, então?

Levo um susto, porque entendo que ela é do primeiro — o ano que sobra —, ainda mais nova do que imaginei. Olho para baixo, com uma interpretação de Heloíse que é mais natural para mim do que eu gostaria que fosse, e sorrio como se a pergunta me trouxesse timidez em vez de pavor. Limpo a garganta antes de explicar:

— Ah, não. Sou do terceiro. — E agora sou eu quem não dá chance de ela perguntar um surpreso "do terceiro?". — Pelo visto, não parece, né?

Mas não é para esse lado que a conversa vai. Elas fazem um *ahhh* em coro e se entreolham.

— Você é do A! — a amiga conclui, o que me deixa mais confuso. Enquanto tento me desenroscar de todas as conclusões a que cheguei sozinho, ela continua. — Os meninos não comentaram que você tava na turma deles.

A informação vai se encaixando. Então quer dizer que temos duas salas de terceiro ano? A possibilidade faz com que eu me sinta um pouco menos absurdo de ter pensado em encostar no cabelo de Bia. Só bem pouco menos absurdo. Ao menos elas fazem parte do grupo mais velho da escola, junto a nós.

— Mas, é, você tem cara de novinha — Bia completa, só então concordando com o que eu disse.

Um aviso urgente surge no pátio.

— Cabeça!

Sei que é o tipo de coisa que faz todo mundo se encolher e olhar na direção do grito, mas ele vem de tão longe que não tenho esse reflexo. Bia e a amiga também não parecem se preocupar.

Nunca tinha ouvido dizer que temos cara de novinha, não desse jeito. *Um molequinho invocado*, nossos amigos ingleses costumavam dizer. Eu até gostava dessa definição vinda de quem tinha intimidade o bastante para brincar com a gente, mas não é de todo mal escutar o adjetivo no feminino. Embora eu não me reconheça nele, ele nos deixa seguros. Por aqui, é melhor do que seria se alguém tentasse insinuar que parecemos um garoto, como elas mesmas já fizeram.

E é aí que eu descubro meu erro; o tipo de erro acidental que pode me atormentar por semanas. Porque *eu* deveria ter previsto, porque *eu* deveria estar atento, porque *eu* deveria nos proteger melhor.

Sinto a pancada no lado esquerdo da cabeça, tão forte que me joga contra a parede. Para o desespero de Nico, o pão de queijo voa para longe. A tontura me alarma quando caio na direção de Bia. Ela se esforça para me segurar enquanto desvia da bola que quica entre nós. É tudo que consigo ver. Acontece tão rápido que a garota não me pega. O terceiro baque é com o chão.

Hélio

Dá pra gente fingir que aviões no céu noturno são estrelas cadentes? Eu poderia fazer bom proveito de um pedido agora, um pedido agora, um pedido agora, começo a escutar antes mesmo de perceber que estou acordando no corpo. Por um instante, penso que fui engatilhado pelos versos. São os meus preferidos, mas qualquer canção na voz de Hayley Williams surtiria o mesmo efeito.

    Não foi a vocalista do Paramore que fez com que eu me apaixonasse por música aos dois anos de idade — talvez antes disso —, mas ela faz parte do caminho que minhas memórias constroem de volta ao exato momento em que isso aconteceu. Minha lembrança preferida. E também a primeira que temos.

    Sei que não deveria falar assim, como se fosse uma verdade sobre o sistema, algo que envolve todos nós. Cada um tem suas próprias recordações e seus momentos que valem a pena carregar perto do coração, seja porque os considera muito bons ou apenas menos ruins que outros. O que eu quero dizer é que minha lembrança mais antiga é também a primeira lembrança de Heloíse. Nossa.

    Sempre fomos muito próximos. Antes até de entendermos que não deveríamos ser dois aqui dentro, nós brigávamos feito irmãos. Ela gostava de brincar com os poucos carrinhos que tínhamos — um conversível cor-de-rosa e uma kombi amarela —, e eu preferia os quebra-cabeças e lápis de colorir. Depois, ela passou a insistir que uma fada falava com a gente, o que me deixava irritado. A voz que eu ouvia era a de um garoto, e ele estava sempre tão alarmado que não se parecia nem um pouco com uma criatura mística.

    Quando essas vozes não estavam por perto, era a de Heloíse que eu escutava o tempo todo. Os únicos momentos que me lembro de passar sem ela eram aqueles em que tudo estava ruim, em que acordava sem saber o que tinha acontecido para sentir tanta dor. Heloíse sumia, e eu mesmo tinha a impressão de que estava fora de mim.

Apesar das discussões, sempre decidíamos o que fazer e brincávamos juntos. É por isso que não me surpreendo por dividirmos essa lembrança de quinze anos atrás. Entre as poucas coisas nas quais concordávamos com facilidade, estava o fato de que éramos fanáticos por Ricardo. Nosso padrinho tinha o abraço mais gostoso do mundo; ainda me lembro disso, apesar de pouco tempo depois ter descoberto que não suporto nenhum tipo de contato com a minha pele. A barba dele pinicava os dedos, e nós adorávamos ficar esfregando. Ele fazia as caretas mais engraçadas, trazia guloseimas gostosas e sempre vinha acompanhado pelas melhores músicas.

O único problema de Ricardo era que ele nunca estava por perto até o nosso aniversário de seis anos. Naquele fim de semana, ele nos deu uma bicicleta e a notícia que pareceu o melhor presente que poderíamos ganhar: ele estava voltando de vez. E eu não fazia ideia de onde. Entre a residência que fazia em outra cidade e sua nerdice incurável, eu não sabia o quanto ele viajava para estudar, se especializar, participar de congressos. Não importava de onde ele voltaria, o que importava era que o ato de voltar aconteceria pela última vez, porque a partir de então ele sempre estaria com a gente.

Toda essa ausência nos deixava ainda mais apegados a ele. Deve ser por isso que nosso padrinho está bem ali, no centro da nossa primeira memória. Weezer tocava ao fundo e minha mãe estava ocupada com o cheiro perfeito de bolo que vinha da cozinha. Não tenho como saber com precisão — a cena tem apenas alguns segundos —, mas acho que era uma manhã quente. Me lembro de estar de fralda no meio da sala e mal consigo enxergar o rosto de Ricardo sentado no sofá, porque eu e Heloíse estávamos em um bate-cabeça alucinado.

Buddy Holly é o tipo de música que pode hipnotizar um bebê, eu arrisco dizer, com suas repetições de *u-i-u* e *ô-ô* tão fáceis de pronunciar. Só sei disso porque o CD ficou com a gente depois desse episódio, é claro, e crescemos selecionando essa faixa para tocar sempre antes de todas as outras. Quatro anos mais tarde, em uma visita a Ricardo em sua nova casa, ele nos daria um último álbum que havia comprado em suas passagens por cá e acolá.

Rivers Cuomo, o vocalista da nossa amada banda, tinha uma música com o rapper B.o.B. gravada nele. O que Ricardo, Heloíse e nem eu esperávamos era que *Magic*, a canção que havia motivado o presente, perderia a importância para mim assim que eu ouvisse a voz de Hayley Williams em outra faixa. E eu não tinha ideia do que a letra dizia, mas acho que algumas coisas são obra do destino. Anos depois, ao aprender inglês, a analogia de cair na escuridão, trocar de voo e retornar no fim da noite faria mais sentido do que eu poderia ter imaginado na época.

Eu sou fascinado pelo cérebro humano. Não só pelo que o nosso foi capaz de fazer por nós, embora comece por aí. Eu sou fascinado também, por exemplo, pelo quanto de conexões eu consegui fazer nesses últimos segundos — entre o momento em que escutei a voz de Hayley ao despertar e o instante em que finalmente abro os olhos. O refrão repetitivo de *Airplanes* mal acabou quando encaro um teto branco.

É aí que descubro que o que me puxou para o front não foi a música, porque tento me sentar para checar onde estamos e o corpo não se move. Um arrepio me sobe pela espinha. Sinto os pelos da têmpora se arrepiarem junto com os poucos fios de cabelo perto da orelha. Enxergo um vaso de flores diante de uma porta aberta. *Que lugar é esse?*

Me esforço para movimentar as pernas. A pontada no cérebro causada pela claridade que vem do lado de fora é forte e irradia pelo rosto. Piora com meu reflexo de piscar com pressa para impedir que as lembranças que estão rodeando se aproximem. A última vez que senti algo assim, tínhamos acabado de ganhar pontos na sobrancelha e a companhia de Sombra. Não gosto de pensar nisso: na confusão que aquela voz tão brava comigo me causava, no quanto parecia me odiar por causa de um acidente que eu nem me lembrava de ter sofrido. Qualquer criança está suscetível a cair de cara na escada, eu acho.

O teto acima de mim está distante e fica mais embaçado a cada conexão que faço com esse episódio, a cada segundo em que luto para afastá-lo da cabeça. *Preciso sair daqui*, mentalizo em uma tentativa de me fixar no que está acontecendo dentro desta sala, mas a dor insuportável me leva para ainda mais longe.

É por isso que sou eu quem toma o front em momentos assim, porque ninguém mais consegue estar no corpo sem sentir que está. Se ficar aqui por mais dois minutos com a cara latejando desse jeito, vou começar a ter a impressão de flutuar, de ver a mim mesmo deitado no que agora percebo ser um sofá de dois lugares. Algo que me é tão familiar.

Falho em lutar contra a dissociação sozinho, mas o processo é interrompido por um movimento brusco ao meu lado. Eu retorno como se minha consciência nunca tivesse começado a se esvair. Olho na direção de um vulto e ameaço me levantar junto a ele, que parece estar se afastando de uma cadeira. Então a música para enquanto enfim noto um garoto mexendo no celular, e toda a dor piora de repente com o silêncio que engole a sala.

Primeiro consigo focar em seu cabelo castanho-claro, tão claro quanto o tom da pele branca. O topete está arrepiado à la Jeremy Davis em seus melhores dias. Ou talvez o pensamento sobre Paramore só esteja ainda muito próximo para que eu consiga me desvincular dele. O desconhecido chega mais perto e me dá a impressão de que estou prestes a sorrir; é inevitável ao notar que ele deveria ter um piercing na sobrancelha — só que ela é curta e parece que alguém errou sua altura ao fazer o furo, então ele só tem um piercing em um pedaço de pele na região, mas definitivamente não no lugar esperado.

— Você acordou — o garoto fala baixo. Talvez eu devesse conhecê-lo, mas não faço ideia do que responder porque nem sei seu nome. Minha comunicação com Neno já é péssima, então não

conseguiria acessá-lo em meio a essa dor de cabeça nem se tentasse muito. Sei que é ele quem está responsável por assistir às aulas.
— Desculpa, cara, foi sem querer de verdade.

As palavras demoram a fazer sentido. Quando vão começando a se encaixar, minha atenção se desvia para um segundo corpo que aparece na sala, vindo de uma porta mais ou menos atrás de mim.

— Heloíse, seu padrinho está a caminho — uma mulher me avisa assim que entra em meu campo de visão. — Como você se sente?

Ameaço responder, mas o garoto é mais rápido. Olha dela para mim várias vezes e ofega, soando arrependido por algo que fez, agora talvez em dobro.

— Ai, nossa.

Sua mudança de postura ao descobrir meu nome me faz perceber que, não, ele não me conhece. E agora repete a pergunta dela, inclinando o rosto para olhar o meu mais de perto. A voz cai para um sussurro cuidadoso:

— Eu te machuquei muito? Me desculpa mesmo.

— O que aconteceu? — A garantia de que não deveria ter cem por cento de ciência do motivo de ter vindo parar aqui me permite questionar.

— Francisco te acertou com uma bola de futebol — ela explica antes de olhar para ele. Em seguida, aponta para a sala ao fundo, e o garoto olha de mim para lá; suspira, depois desaparece pela porta, contrariado. — Vamos ter uma conversa sobre isso, sim, senhor Francisco. — A mulher o acompanha, mas se volta para mim. — Fica um pouquinho deitada, tá bom? Foram buscar gelo pra você.

Eu assinto, porque, do jeito que as coisas estão, não conseguiria ir para lugar algum. Fecho os olhos e demoro apenas um instante para não estar mais dentro dessa suposta coordenadoria, nem dentro de mim. Sou chamado de volta apenas para pegar o saco de gelo, que não vejo quem me entrega. Também não consigo dizer se o efeito dele largado sobre o rosto me machuca mais ou se de fato está aliviando a dor. Só dissocio novamente.

A próxima vez que abro os olhos é porque escuto um *psiu* conhecido. Não me assusto porque, apesar de saber que está próximo, sei de quem é. Ricardo se inclina sobre mim, de pé, e pega a bolsa de gelo enquanto analisa o machucado. Ele tem um sorriso carinhoso e me olha do jeito de sempre, se certificando por um segundo de que sabe quem está no front. Não sei por que dou uma piscada longa com os dois olhos como se isso fosse confirmar suas suspeitas, mas acho que funciona.

Ele deve ter saído tão apressado do hospital que ainda está de jaleco sobre as roupas claras. Aproveita a manga comprida para envolver uma mão e, com ela protegida pelo tecido, faz um carinho nas costas da minha. Conheço esse toque com familiaridade, desde que minha mãe o chamou para dar uma olhada na gente, quando tínhamos uns quatro anos, e eu me senti obrigado a puxar o braço para longe e fugir de um cumprimento assim. Com o tempo, ele entendeu que o afago sobre o lençol que sempre carregava comigo me deixava menos aflito.

Sei também o que vai vir em seguida. *Ei, bebê, como você tá?*, a voz sorridente de quem tem dó, mas muito carinho no peito. Eu escutava a pergunta sussurrada ao meu ouvido mesmo sem ele por perto; em alguns momentos, cheguei a acariciar minha própria mão. E, apesar de a situação em que o ritual acontece nunca ser das melhores, ele não deixa de surtir o efeito que deveria. Eu me acalmo só de vê-lo.

— Ei, cara — Ricardo murmura com cuidado, já que estamos sozinhos, mas alguém pode aparecer sem aviso. É assim que me chama desde que crescemos, o *bebê* caiu em desuso, e ele aprendeu a me diferenciar de Heloíse. Acho que aprendeu mesmo antes de entender que éramos dois. Quando eu desapareci por mais de um ano e metade do que éramos se foi comigo, do dia para a noite, a diferença entre nós, que antes costumava ser o que nos trazia tantos problemas, foi também o que o alertou de que, sendo um médico, ele estava deixando alguma coisa passar. Se não tivessem tomado meu posto de coanfitrião, se eu não tivesse sucumbido à pressão de ficar dentro da nave, talvez ainda não tivéssemos sido diagnosticados. — Como você tá?

Dou um sorriso fraco, ainda me sentindo dissociado demais para conseguir responder.

— Vamos checar se tá tudo certo aí dentro de casa, tá? — ele continua os sussurros, se referindo à nossa cabeça. Vem brincando assim desde que descobrimos que somos tantos morando dentro dela pela maior parte do tempo.

Nossa casa, mais do que qualquer outra. Eu gosto do termo.

Enquanto Ric me ajuda a sentar, Francisco e a outra mulher saem da sala aos fundos. Eu apoio os dois pés no chão, mas meu equilíbrio demora um pouco para se restabelecer. Tenho a impressão de que estou balançando. Quem corre para me socorrer é o garoto que aparentemente me machucou. Ele apoia a mão em meu ombro. Parece até que vou me estabacar se cair dessa altura.

— Tudo bem? — ele pergunta mais uma vez.

Eu assinto apenas quando tenho certeza. Ergo o rosto para ele e tento sorrir, mas estou um pouco magoado por não saber como tudo aconteceu. Ele não precisava ter nos dado uma bolada; e, apesar de imaginar que tenha sido um acidente, não queria ter que lidar com essa sensação de ter sido atropelado por um rolo compressor depois de tanto tempo livre dela. Embora também não goste da ideia de um desconhecido encostando em mim, tento não o empurrar para longe. Sei que só está sendo gentil e que logo vai se afastar.

— Francisco — a mulher chama com firmeza, o que parece lembrá-lo de algo importante.

Como previ, o garoto se distancia. Se ajeita em um pulo e sai da sala. Não me dá tchau, o que acho esquisito para alguém que vinha parecendo tão amigável, mas já estou acostumado a não esperar o mínimo de ninguém.

— Ricardo — ela cumprimenta em seguida, mas não o convida para a sala anexa, agora que estamos sozinhos.

— Oi — ele diz um pouco mais prático, aponta para a testa e parece confirmar algo que já sabe. — Você disse que ele levou uma bolada e caiu?

Diante da referência no masculino, desperto e me fixo mais no corpo do que gostaria neste momento. Quero perguntar o que ele está fazendo, mas a mulher não parece pestanejar. Ela vai indicando lugares aleatórios da própria cabeça enquanto fala, o que me deixaria confuso mesmo que já não estivesse trôpego desde antes.

— A garota que viu disse que ele levou a bolada de um lado, bateu na parede do outro, depois caiu de frente no chão.

Há um instante de silêncio. Ricardo puxa o ar pela boca.

— Uau — emenda inexpressivo.

Eu sei o que está pensando. Porque, à parte dos eventos que não pudemos controlar e não devem se tornar piada na boca de ninguém, nós sempre fomos profissionais em nos envolver nos acidentes mais absurdos. Despencar da pia direto para dentro do latão de lixo e ficar com a bunda entalada; correr para tentar rebater uma bola de frescobol e acabar com o pé preso em um arbusto que sempre pareceu tão inofensivo na lateral do quintal; cair de cambalhota com a bicicleta por cima — quem foi o gênio que achou que seria esperto colocar os freios no pneu da frente, afinal?

— Obrigado — ele arremata, talvez por não saber o que dizer.

Eu, em seu lugar, não agradeceria por ter que buscar meu afilhado arrebentado na escola, mas ele sempre foi muito mais educado.

Começo a me levantar, e seguimos até o portão. Precisamos cruzar todo o pátio para encontrar o estacionamento, e Francisco parece ter chegado nele alguns segundos antes de nós. Está conversando com o inspetor e se vira assim que o homem nos aponta.

Eu seguro a lateral do jaleco de Ricardo enquanto ando, só por precaução. O garoto vai tirando a alça da mochila que tem no ombro. Só percebo que é a nossa mochila quando ele olha para mim e a estica para Ricardo, junto com o fichário que não guardou dentro dela.

— A Heloíse vai ficar bem? — Francisco checa meu padrinho de cima a baixo e deve entender que está falando com alguém que sabe melhor sobre o assunto do que ele e a diretora, a coordenadora ou seja lá quem for aquela mulher. — Tem alguma coisa que eu possa fazer?

— Ela vai voltar nova em folha — Ricardo garante, colocando todo nosso material debaixo de um braço. — Não precisa se preocupar, é... — Ele hesita. — Francisco, né?

— Franco — o garoto corrige.

Aos olhos de qualquer um, a escolha do apelido poderia parecer um capricho adolescente, mas não para nós. Não para mim, que tentei ser chamado como deveria durante anos, e não para Ricardo, que viu tudo isso de perto.

— Franco — ele concorda, indicando que vai se lembrar. — Vamos, Hel?

Escuto tão pouco o apelido que olho para Ricardo com a impressão de que todo este dia valeu a pena. Heloíse sempre foi Helô, e Hel foi a maneira que ele encontrou de falar comigo na frente de outras pessoas, sem ter que contar para elas que não era com Heloíse que estava falando. Não que isso aconteça com tanta frequência, já que *eu* não aconteço mais com tanta frequência. Nunca fui bem-vindo no front pela maioria de nós e, depois de muita terapia, tive que aprender a conviver com essa decisão.

— Vamos — concordo e ergo a mão livre. — Tchau, Franco.

O garoto me responde do mesmo jeito. Mantenho a outra mão bem firme no jaleco de Ricardo e não percebo que estou apertando mais e mais até estarmos no meio do estacionamento. Viro o rosto para trás e checo se o tal Franco já desapareceu.

Só então noto que Ricardo está de olho em mim. Ele acompanha a espiada da qual estou voltando, vacila e enfim parece passar longos segundos decidindo o que fazer. Acho uma perda de tempo, visto que acaba optando por uma imitação implicante da vozinha doce que temos desde sempre:

— Tchau, Franco...

Demoro a entender o que ele insinua. Percebo que, naquele silêncio breve, deve ter debatido uma centena de vezes se o comentário me atingiria de um jeito ruim, mas descubro que não me incomoda. Na verdade, acabo rindo. Até porque não tem nada a ver.

Coloco as mãos nos ouvidos enquanto vou me sentando no banco do passageiro, aproveitando que ele abre a porta para mim:

— Nossa, espera. Acho que tô escutando o Nico ser desagradável.

Sei que ele entende a piada porque ri mais alto, talvez envergonhado de si mesmo, mas não parece arrependido. Embora o som da gargalhada faça minha cabeça latejar, ouvi-la me deixa feliz como poucas coisas. Alivia a pressão que costumo carregar no peito.

Capítulo 8

Neno

Acordo quinze minutos antes de o despertador tocar, sentindo o incômodo no rosto porque virei de mau jeito sobre a área ainda um pouco inchada, e noto Nico já no aguardo dos preparativos para o terceiro dia de aula. Eu me sinto um lixo e o mau humor me faz querer esfregar a cara dele no chão para que pare de falar por um minuto que seja.

Com tempo de sobra, deixo Ester cuidar de um banho, apesar de ainda poder sentir o cheiro do xampu de ontem no cabelo. Foi Hélio quem dormiu no corpo e acho que a maioria de nós não se atreveu a chegar perto do front após o acidente, então não sei bem o que aconteceu. Só sei que não me sinto bom o bastante para enfrentar a escola hoje. Não depois de não ter feito meu trabalho por lá direito.

Pego o material e chego perto da porta fechada, onde vejo a boina xadrez horrorosa pendurada na maçaneta. É o código geral que temos para não nos esquecermos de alguma coisa. Não sei quem deixou aqui, nem por que precisamos dela, mas puxo um pedaço do zíper da mochila e a soco lá dentro, junto com o fichário e o restante das apostilas que não confiro.

Mal entro na cozinha, Ricardo olha por cima do ombro e volta para o fogão com um sorriso. Não posso deixar de reparar que se tornou nosso responsável de vez, mesmo que estejamos de volta em casa. Com Heloíse sumida, Sheila não quer papo com nenhum de nós, apesar de ser obrigada a nos buscar na escola de quando em quando.

— Melhores? — ele pergunta em um tom animado, como se já soubesse.

Faz sentido que saiba, porque não é o garoto da dissociação suprema quem ele está vendo aqui na frente agora.

— Só incomoda um pouco fazendo assim. — Eu mostro o movimento difícil de piscar o olho esquerdo. Não lembro se por culpa da bola, da parede ou do chão, foi o lado mais afetado. — Parece que repuxa tudo.

Paro de tentar explicar logo que o percebo rindo. Ele tira os ovos mexidos da panela, e eu penso que devo ter feito uma careta muito idiota na demonstração. Sento à mesa, um pouco sem paciência para piadinhas.

Pensar em retornar àquele lugar me desanima tanto que mal tenho energia para comer. Nico fica feliz em fazer isso por nós. Ricardo suspeita do problema, eu sei que sim. A decisão de não dizer nada talvez seja menos para não ser invasivo e mais para evitar que a gente fique remoendo. Não podemos desistir das aulas, então preferimos manter tudo isso em silêncio até o momento em que, quem sabe, as coisas resolvam se acertar por conta própria.

Assim que chegamos à escola, no entanto, todo o clima do ambiente está mudado.

— Ei.

Descubro que o chamado é para mim só porque espio quase que por acidente, naquele breve segundo em que não controlamos para onde nossos olhos se viram; em que sabemos que o assunto não nos diz respeito, mas a curiosidade nos faz checar. No meu caso, eu gosto de tentar captar o instante em que alguém vai olhar o amigo do outro lado do corredor e abrir um sorriso que pode mudar o dia dos dois. Não sou de me aproximar muito das pessoas, mas curto observá-las.

Isso não acontece agora porque, assim que dou de cara com quem disse aquele *ei*, ele está esperando que eu responda alguma coisa. Diante da minha falta de reação, emenda:

— Você tá bem?

O garoto negro, de pele escura e black power, está encostado na parede ao lado de um outro rapaz branco, de cabelos cacheados. Continuo calado, porque não estava esperando que ninguém falasse comigo, e olho para trás a fim de confirmar se sou o único nesta direção do corredor.

— Tô, sim. — Me viro novamente para eles, mas sinto o alívio de ver o professor entrando na sala de aula. Ergo a mão para me despedir, um pouco rápido demais. Nem sei se teria motivo para continuar a conversa. Hélio não me contou o que aconteceu desde que apaguei. — Obrigada — agradeço, para encerrar o assunto.

Encontro a carteira dos últimos dois dias ocupada. A nossa ilha de repente foi invadida por alunos pertencentes ao outro lado da sala — não que eu devesse pensar que todo mundo já escolheu seu lugar preferido antes da metade da primeira semana, mas sinto minha privacidade ameaçada.

O professor ainda está arrumando as coisas em silêncio. Eu me instalo no primeiro lugar da fileira, em frente à porta. Acabo de ajeitar as pernas sob a mesa — e em momentos assim gosto bastante de o nosso corpo ser pequenininho, porque as minhas próprias pernas presas aqui provavelmente fariam com que eu me sentisse claustrofóbico — quando escuto outro chamado.

Demoro a entender. É tão baixo, tão hesitante, quase acreditando estar enganado, que eu mesmo duvido do que escutei. *Heloíse?* Tão incerto que passo perto de esquecer que Heloíse deveria ser eu.

Me viro sobre o ombro, talvez com algum atraso, e vejo três cabeças erguidas. São duas garotas e um menino. Uma desconhecida, a aluna das bandas do início do século e o garoto da mochila cheia de penduricalhos coloridos. Percebo pela primeira vez que estamos na mesma turma. Eles se esticam em minha direção com as pernas dobradas sobre as cadeiras para que possam espiar uns sobre os outros.

— Você se machucou? O que aconteceu? O Franco entrou aqui pra pegar suas coisas ontem, mas não disse nada.

E assim percebo o erro na primeira impressão que tive. A ilha não foi invadida; está sendo visitada.

— Ah — arfo, sem saber como continuar. Apesar da comoção de ter desmaiado no meio do pátio, o assunto me é íntimo demais para querer compartilhar. Talvez porque eu me sinta culpado pelo acidente e não queira enfrentar a lembrança. — Foi só um acidente, eu tô bem.

Jamais teria imaginado que um professor de física me deixaria tão contente ao iniciar uma aula. Com o assunto interrompido, abaixo para pegar o fichário dentro da mochila e, durante o movimento de volta, escuto o silêncio ao redor. Não acompanhei o que foi dito e, ao erguer o rosto, percebo que o homem está me encarando. Pisco demorado, sem ter ideia do que está acontecendo. Ele dá um sorriso divertido, quieto. A turma começa a rir. Eu não entendo nada.

— Ela ainda tá um pouco confusa da pancada — ele comenta para gerar mais risos.

Então eu percebo que perdi alguma coisa.

— Desculpa — peço logo, porque o tom da piada não é nem um pouco desagradável como costumo achar todo e qualquer comentário sobre nós. Na verdade, o jeitinho do senhor barrigudo e de bigode é reconfortante. Tem uma bondade doce no sorriso, a qual não consigo enxergar em muita gente. — Eu tava distraída.

— Eu perguntei se você tá melhor — ele repete tranquilo, assentindo como se dissesse que percebeu minha distração, mas que está tudo bem.

E, pela primeira vez desde que cheguei nesse colégio, não me sinto ameaçado.

— Tô, sim — respondo com um tom tão agradecido que mal me reconheço. Se eu não soubesse que é impossível, diria até que Heloíse está no cofront comigo, tentando me salvar da minha própria confusão. — Obrigada.

Então ele se vira para o quadro, e eu dou uma espiada nos colegas ao lado antes de voltar ao meu fichário. Checo a sala por um segundo apenas, mas travo ainda no processo de começar a abrir o zíper, porque registro com atraso a quantidade de olhos com que cruzei no meio do caminho. Demoro para decidir se me viro outra vez ou não, mas prefiro fingir que não percebi.

Nem alguém tão acostumado a andar pelos cantos demoraria tanto para entender o que está acontecendo, então não preciso de mais demonstrações. Assumi o papel de anfitrião para nos resguardar, ter certeza de que estaríamos seguros e passaríamos dias tranquilos na nova escola. No segundo deles, ficamos famosos.

É exatamente o tipo de atenção da qual não precisamos.

Faço um esforço tremendo para acompanhar a aula, talvez porque de repente eu não queira desapontar o professor de coração preocupado e olhar divertido. No entanto, a dobradinha de quase duas horas chega ao fim, e, diante dos rabiscos na folha, suspeito que talvez fosse mais fácil fazer nosso corpinho de um metro e cinquenta e quatro de altura erguer barras de oitenta quilos do que eu entender a matéria. Preciso sair da sala para jogar um pouco de água no rosto, porque sinto minhas têmporas fritarem.

— Heloíse!

O chamado vem da porta quando ainda estou me levantando, e a única coisa que tenho tempo de fazer é sentar de volta. Sou puxado para a ponte com tanta força, e a sensação de tombar me deixa tão enjoado, que não confio que quem quer que esteja pegando meu lugar vá conseguir se equilibrar a tempo.

Hélio

Estremeço em um susto ao me pegar frente a frente com Franco. Não é assim que os gatilhos funcionam para mim. Não é assim que sou puxado para o front, por uma música tão minha que não posso evitar, ou por efeitos de uma bolada. Passei tantos anos dentro da nave, que minha ambientação aqui fora costuma demorar a acontecer, até porque nunca estamos muito bem na minha hora de assumir. Agora que entendo meio rápido demais que estou numa sala de aula já quase vazia, não tenho ideia de por que vim parar nela.

Vendo os alunos saindo para o intervalo, tudo em que consigo pensar é que, na lista de coisas que não tenho a menor intenção de fazer, a primeira delas é arrancar Neno do comando. Nós concordamos que é ele quem deve estar aqui — não que eu tenha participado ativamente dessa decisão, mas sei qual é o papel de Neno e, ao contrário de como era na época em que Nando sugeriu que eu não deveria mais ser um anfitrião, reconheço a importância dele para nós.

Contudo, se não me vejo no direito de questionar as resoluções de Neno — já que tanto ele quanto Nando e Veneno sempre se dedicaram ao trabalho de nos manter seguros, coisa que agora preciso admitir —, entendo também que não havia nada que eu pudesse ter feito para que a troca não acontecesse do jeito que aconteceu. Observando Franco sorrir e entrar na sala, eu desculpo a mim mesmo, porque não vim parar aqui fora de propósito.

Sinto que tem alguém no coconsciente, mas a verdade é que, nesses quatro anos, nunca me habituei de verdade ao mundo interno e à comunicação que temos nele. No começo, quando alguém trocava de lugar comigo e eu perdia o front, tudo simplesmente escurecia. Eu voltava horas depois, às vezes no dia seguinte, sem ter ideia do que tinha acontecido no meio do caminho. E preferia essa coisa que chamamos de *apagão* a ficar preso dentro da nave.

Talvez seja por isso que, desde que me obriguei a permanecer nela, eu não me esforce para me conectar com os outros.

Dizem que não sirvo para nada, de qualquer forma. A única coisa que sei fazer é dissociar. Pego as dores para mim, mas não me sinto um protetor. Eu sempre me entendi como anfitrião, e todo mundo sempre protestou ou riu na minha cara por causa disso. Que péssimo anfitrião eu era, contando por aí o que todos os outros tentavam esconder para o nosso próprio bem.

Eu só não conseguia entender, com quatro, seis ou oito anos de idade, por que o corpo não podia ser meu se eu morava nele desde sempre. Por que não era meu, se mais tarde eu até descobriria que no mundo interno sou eu que carrega o rosto dele, apesar de Heloíse se identificar com o nome? Não entendíamos que éramos diferentes, só sabíamos que éramos castigados por algum motivo. Mas, mesmo antes de descobrirmos que nossa condição é um transtorno conhecido, eu achava injusto que me dissessem que eu era igual aos outros colegas de corpo, e não igual à minha irmã. Os outros, que eu pensava serem apenas vozes. Como eu podia ser igual a eles, se tinha vivido por tanto tempo aqui fora ao lado dela?

— Você veio hoje.

O comentário de Franco confunde ainda mais a minha ambientação. Demoro a entender enquanto vejo o garoto se agachar em frente à mesa. Me faz questionar se faltamos algum dia, embora eu ache que não. Se fosse o caso, teria sido eu a ficar outra tarde inteira em recuperação. Ele apoia os braços cruzados sobre meu fichário para pegar estabilidade.

— Tá se sentindo melhor?

Assinto, mas não sei o que dizer, porque tudo que me lembro é de ter passado o resto daquele dia — ontem, suponho — jogado no sofá, de uma maneira que não me agrada. É exatamente assim que me lembro de ter ficado todas as vezes que nos machucamos ou nos machucaram. Escolho a resposta menos subjetiva em que consigo pensar:

— Só dói se encosta. Disseram que eu podia ter tido uma concussão e tudo, mas não aconteceu nada grave, então acho que demos sorte.

Mordo a língua com a percepção do que fiz. Depois de tanto tempo de contato restrito com Ricardo e a psicóloga, o plural me escapa naturalmente. Solto o ar que prendi em aflição assim que vejo o garoto dar uma risada espontânea.

— Demos, sim. Minha mãe já gritou o bastante comigo porque disse que desmaiei uma garota, imagina só se eu chegasse dizendo que ela teve uma concussão.

— Eu tô bem. — Acabo assoprando um riso baixo graças ao jeito dele e, antes que possa evitar, encosto o dedo na ponta do nariz. — Minha coordenação motora continua boa.

Ele ri mais um pouco e apoia o queixo nos braços cruzados. Não sei de onde vem o impulso, mas volto as pernas para dentro da carteira, já que, quando assumi, o corpo estava virado de lado. O movimento me põe mais próximo de Franco, e de repente esqueço onde estou; esqueço que tem mais gente ao redor; esqueço que eu nem deveria estar aqui.

Aproveito para espiá-lo de olhos baixos na direção do meu fichário. Seu cabelo é tão fino que a escolha de usar o spray fixador faz com que acabe com algumas falhas no meio da cabeça. Ele não deve saber disso; só sei por estar olhando de cima, então prefiro não comentar.

— Você escreve de verde? — Ele passa o dedo sobre as anotações, que vê de ponta-cabeça.

Elas decerto não dizem nada de importante. Só fazem parte da matéria.

— Ah, a aula começou e eu peguei a primeira que encontrei — minto.

A minha caneta é a azul desde que não tínhamos uma regra de cores, e por isso eu acabei com ela, porque até então nunca tinha escolhido qualquer outra para usar.

Me inclino sobre a mochila para buscar minha própria caneta, por ora, ou encontrar uma preta mais fácil — a que Heloíse sempre usou. No entanto, ao pescar o estojo, sorrio com a visão do tecido amarelo-mostarda embolado ao pé de uma apostila. Volto já com a boina nas mãos, a desamasso e afofo, depois coloco na cabeça. A boina que eu e minha irmã compramos juntos. A única coisa em que concordamos em muito tempo.

Vejo Franco dar um sorriso, que parece uma aprovação, e acabo sorrindo de volta. Procuro a caneta azul, então mostro para ele, indicando que tudo vai ficar dentro dos conformes agora.

Ele abaixa a cabeça para afundar o rosto nas mãos e simula um choro ao toque do sinal, o que imagino que indique que teremos mais aulas. Se levanta ameaçando dizer alguma coisa, mas um professor já entra na sala o pegando pela camiseta e o carregando para a turma certa. Parece conhecê-lo há anos. Eu me assusto a princípio, mas depois dou uma risada junto com ele e o restante da classe.

— Depois eu volto — Franco avisa antes de ser tirado da sala.

A promessa faz minhas mãos formigarem, e a sensação me obriga a me mover na cadeira. Não lembro a última vez que senti de uma forma positiva essa coceira que a ansiedade traz. Normalmente não tenho nada de bom para esperar. Há muito tempo, entendi que só me restava aguardar o momento em que tudo terminaria. Torcer para que nosso tratamento prosseguisse, para que pudéssemos passar pela primeira fase — a da estabilidade, em que acreditamos estar agora —, então seguir para a segunda, de processamento de memórias traumáticas, e depois chegar à terceira, de integração.

Só assim, talvez me sentindo uma pessoa nova caso uma fusão completa ocorresse, eu poderia ver a luz do dia outra vez, e esperar que coisas boas acontecessem para mim, e acordar traçando planos e tendo metas, e afazeres, e anseios — embora eu mal possa imaginar como seria depois de integrar com toda essa gente que vive por aqui e com quem eu mal converso. Se tenho medo de ser engolido por eles, tenho ainda mais medo de passar o resto da vida preso dentro da nave.

— Quem tá no front? O gêmeo? Isso vai ser um desastre!

A voz da Capitã, que com certeza não é um recado direto para mim, faz com que eu perca um pouco da expressão animada que vinha ensaiando. Pensamentos vazam, mesmo quando tentamos evitar, e esse é um dos lados ruins de ter mais gente compartilhando sua cabeça. Não dá para fugir deles, e muitas vezes você não quer escutá-los.

É assim que descubro que Capitã está por perto, mas sua surpresa em me ver também indica que não era ela no coconsciente comigo esse tempo todo. Não tenho ideia do que está acontecendo do lado de dentro. Minha única capacidade aqui fora é a que tentei usar por um ano inteiro, assim que começamos a brigar sobre eu ter ou não o direito de ficar com o corpo: se quiser, consigo empurrar todo mundo para trás. Não me orgulho mais disso, mas poderia tirar qualquer um da ponte de comando. A maioria com facilidade.

Fazer isso me trazia uma sensação enferma. A cada um que bloqueava, uma parte do corpo sofria. Ainda me lembro da sensação das asas de Prila rasgando nas costas, das presas de Veneno parecendo ser arrancadas da boca. Heloíse me doía no peito, Nico no estômago. Nando me trazia uma baita dor de cabeça.

Sei que dei motivos para muitos deles não gostarem de mim, só que hoje eu não faria as coisas do mesmo jeito. Eles se desculpam a todo tempo por cada erro que cometem, mas ninguém tem interesse em saber se deixei de ser aquele pirralho egoísta. Se hoje entendo que não existe o conceito de apenas um de nós ter nascido com o corpo, então não tem por que brigar para ser essa pessoa. Nenhum dos outros quer pensar em nada disso desde que conseguiram o que queriam e eu deixei de ser o alter que mais vê a luz do dia. E reconheço que não fui bom para nós nos últimos anos em que tentei ser anfitrião.

Uma professora que desconheço aparece na sala, e eu me permito dissociar. É a única maneira que encontro de abrir espaço para Neno tomar o front, já que desta vez não vou dormir com a exaustão das dores me consumindo. Imagino que, se não for ele, qualquer um que estiver por perto vai preferir pegar o comando a me deixar aqui.

Exceto que nada acontece. Meus olhos se fixam de novo nas anotações, e, embora eu tente me lembrar de que deveria voltar para dentro, acabo aproveitando a demora deles para checar o que tem acontecido na escola.

Percebo que Nico assistiu a algumas aulas e que o método de organização que ele estipulou e Neno seguiu é o de textos corridos pausados por asteriscos; matérias diferentes começando e terminando na mesma folha. Com cuidado para não fazer barulho, observo a professora e passo os segundos seguintes montando o fichário novo, que tem a cara de Heloíse, mas imagino que ela não tenha tido tempo de mexer nele em meio aos preparativos para a viagem.

Conto uma quantidade razoável de páginas para todas as matérias e vou tirando as divisórias dos ganchos para reorganizar. Acabo não considerando que talvez não devesse fazer isso, já que, se não sou eu quem vai estudar, não deveria tomar esse tipo de decisão. Pego a caneta permanente no estojo e vou tentando lembrar de cabeça as matérias mais comuns, pois não encontro nosso quadro de horários impresso para saber quais temos.

A professora começa a falar, então descubro que estamos assistindo à aula de literatura. Ninguém aparece. Pego a esferográfica azul, avanço até uma das divisórias que nomeei e me esforço para acompanhar o assunto. Se estou aqui, preciso deixar tudo anotado do jeito mais compreensível possível para Neno entender depois.

Mordo a tampa da caneta com a atenção fixa no que a mulher fala, animada demais para essa hora da manhã. Faz muito tempo que não estudo, embora eu ficasse bastante no coconsciente de Heloíse sempre que Nando e depois Neno não estavam por perto.

Era o único jeito de eu me sentir um pouco mais humano outra vez, indo para a escola de carona, aproveitando um pouco da companhia da minha irmã, lembrando que o mundo do lado de fora um dia tinha existido para mim e que talvez ainda voltasse a existir.

Só não queria que fosse assim, com Heloíse desaparecida e o front bagunçado. Minha atenção se fixa na matéria quando esse pensamento quase me alcança. Estudar é a maneira que encontro de desviar dele. Dizem que é um problema nosso, de PANS como eu e Heloíse; nos obrigamos a fugir do que mexe com a gente com tanta determinação que, mais cedo do que prevemos, estamos com uma carga toda encapsulada, mergulhados até o pescoço na depressão que para outros de nós pode ser um problema mais leve.

Anoto sem parar, porque tem um monte de coisas que não sei o que significam. Faço uma lista do que Neno vai precisar pesquisar e registro os livros que a professora apresenta. Cada aluno deve escolher um deles para a leitura do trimestre. Vou desenhando asteriscos ao lado dos meus títulos favoritos enquanto ela resume as histórias.

O crime do padre Amaro, e eu definitivamente não vou ler esse livro. A lembrança vaga da entrada daquela igreja para onde fomos levados aos oito anos — e que nem sei se tinha um padre — é o bastante para me fazer repugnar a ideia. Outra culpa da qual tento me libertar.

O cortiço me parece interessante, mas desisto diante da menção a sexo. A recordação de Heloíse gritando naquela aula de educação sexual em que teve um primeiro flashback, aos doze anos, me atordoa. É verdade: não fosse isso, não teríamos recebido nosso primeiro diagnóstico, de Transtorno de Estresse Pós-Traumático, e um encaminhamento para a terapia, por pior que ela tenha sido — e essa não é a questão. Aprender sobre o assunto é necessário. Foi um momento de virada para começarmos a entender tudo o que nos aconteceu. Isso não quer dizer que eu ainda não tenha medo de passar por um episódio desses.

Escolho *Dom Casmurro* para me afastar das lembranças e porque, pela breve descrição do protagonista, já estou apostando que a moça não o traiu.

A voz que vaza agora é tão baixa, tão distante, que enquanto presto atenção na matéria ela mal me incomoda. É Neno, e só me fisga por um segundo porque ouvi-lo me obriga a ignorar a dor no estômago que a saudade de Veneno me traz.

Não sobrou nada dele desde a integração com Nando. Às vezes consigo ouvir um pouco de suas sílabas arrastadas, mas Neno me odeia tanto quanto Nando odiava. E, justamente por ter perdido meu melhor amigo há pouco tempo — dois anos não são o bastante para superar a falta de alguém —, não estou pronto para já tentar desviar do luto pela segunda vez.

— *Deixa, Capitã. Deixa.* — É o que ele diz.

Aceito o conselho como se fosse para mim. Engulo o nó que vinha se formando na garganta e, enquanto mordo a tampa da caneta para me concentrar no que a professora fala, deixo todos esses pensamentos para lá.

Capítulo 9

Hélio

O SEGUNDO INTERVALO CHEGA com a percepção de que essa coisa de estudar por horas a fio toma muito mais energia do que eu tenho para dar ao corpo. Sinto os olhos pesados. Noto também que estou com fome e, embora haja uma série de coisas que tenho saudade de comer, deito o rosto entre os braços cruzados sobre a mesa para deixar que alguém cuide disso. De todo modo, Neno precisa voltar aos seus afazeres, e sei que o guloso do Nico talvez esteja interessado em tomar o meu lugar.

Dissocio.

Sinto o corpo anestesiado.

A sala escurece.

— Ei. — Um chamado me faz olhar para cima.

Demoro um instante até me ambientar e chacoalho a cabeça. Olho ao redor. Não tenho certeza de como cheguei ao corredor. Escuto a voz de Franco tagarelando, mas ela ainda soa abafada.

Uma sensação familiar na maneira com que retomo a consciência arrepia meus braços. Eu tive um apagão. Aquilo que acontece quando não estamos no front e também não estamos na nave. Aquilo que costuma acontecer com os anfitriões quando eles não têm conhecimento de que há outras identidades no corpo. Aquilo que acontecia comigo quando eu ainda achava que não precisava me acostumar com o mundo interno, porque ele não era o meu lugar.

— Desculpa — peço assim que respiro fundo e me afasto dos pensamentos que fazem minhas mãos formigarem de nervosismo. Esfrego os dedos na palma para ver se passa. — O que você disse?

Franco dá um sorriso de canto e ergue uma sobrancelha. Não é irônico; é divertido, quase suspeito. Ele hesita por um instante, retoma devagar:

— Tudo bem, não precisa responder se não quiser.

Decido parar de tentar entender o motivo de estar no corpo de novo e foco em descobrir sobre o que estamos falando. Eu nem sei o que ele quer saber.

— Não, desculpa. — Dou um riso sem graça e abano a mão para apagar o começo dessa conversa. — É que eu tava pensando em outra coisa, não ouvi nada do que você disse.

Aí acho que só piorei a situação, porque o garoto põe a mão no peito, em um movimento tão teatral que me faz rir outra vez. Rouba tanto minha atenção que consigo ignorar com facilidade o fluxo de alunos que quase esbarram em nós para alcançar os banheiros.

— Uau — ele geme ofendido demais para que eu possa levar a sério, de olhos arregalados.

Não consigo lembrar a última vez que abri um sorriso para alguém que não fosse Ricardo, e só no último minuto esse desconhecido ganhou dois.

— Para com isso, Franco. — Cruzo os braços, porque tenho o impulso de empurrá-lo, mas não quero que o gracejo soe errado. Prefiro ficar apenas na risada que não posso conter. — Só repete logo.

— Eu disse que queria te perguntar se tem alguma coisa que eu possa fazer pra me redimir. — Ele aponta para as últimas duas salas, frente a frente. — Você tava voltando?

Tento dar uma empurrada no xixi para garantir que não foi isso que saímos para fazer, mas acho que está tudo bem. Não sinto a bexiga reclamar, então concordo e avançamos alguns passos.

Franco não me dá a chance de responder, já vai sugerindo:

— Chocolates, canetas coloridas, minhocas, lagartos, ursinhos de pelúcia?

Vou me rendendo a um riso silencioso pelo nariz, até que um "não!" pula da minha boca. Franco se vira para mim com as sobrancelhas erguidas, e eu tento emendar um sorriso na careta urgente que deve ter me tomado o rosto, embora o susto faça o sangue correr mais quente nas minhas veias.

— Por favor, tudo menos ursinhos de pelúcia — engasgo com o pedido.

A primeira imagem que me vem à cabeça são os cachinhos castanhos de Cookie. Abraçando o bicho fofinho sobre a carteira. Falando sozinha até escolher o nome dele. Rindo enquanto um professor fica cada vez mais frustrado ao tentar nos fazer prestar atenção na aula. Explicando para a coordenadora que não gosta do homem mau que brigou com ela.

— Minhocas, então? — Franco brinca.

Tento pensar que elas poderiam ser uma boa alternativa a cobras. Talvez assim sentisse menos falta de Veneno, embora também saiba que isso não vai resolver. Qualquer minhoca que alguém me desse jamais se importaria comigo como nosso protetor se importava. *Não se mexe*, ainda posso escutar a primeira frase que me disse, no momento em que me fez cair de amores por ele e por cobras em geral. Ainda nem tinha a confirmação de que ele era uma, só suspeitava.

Gosto do tom divertido que Franco usa e o imito ao assentir:

— Minhocas.

— Perfeito. — Ele chacoalha a cabeça e para em frente à sua porta. — Trago amanhã.

— Eu nem vou dormir de ansiedade — comento com um falso exagero dentro de um tom cheio de desinteresse, depois me viro para entrar na sala.

Lanço uma última olhada para trás. Franco está dando um soquinho leve no batente com a lateral da mão, que indica que então estamos combinados.

Seguindo até a carteira em que meu material está, vejo uma das garotas na fileira ao lado me olhar de cima a baixo. Fecho um pouco o sorriso, que devia estar maior do que eu imaginava, e baixo os olhos com a desculpa de arrumar minha bagunça. Tem um pote de comida vazio sobre a mesa. Me ocupo em tampar e colocar na mochila.

Estou um pouco mais disposto a voltar aos estudos, mas aceito que essa função não é minha. Faço algum esforço para chamar alguém, mas nunca soube chamar ninguém além de Cookie, Ester e Heloíse — ninguém que poderia me ajudar agora. O sinal toca e me traz de volta com toda a atenção que tenho, reforçando que não vou conseguir me comunicar. Só não entendo o que está acontecendo com Neno.

Tenho sempre a sensação de que alguém está no coconsciente comigo, mas ainda não sei definir quem. As últimas duas aulas, de biologia, não são tão cansativas quanto as primeiras. A matéria desperta meu interesse, e não sinto que preciso de um tempo para me recuperar da enxurrada de informações.

Recolho a mochila e sigo o fluxo de alunos até a saída, um pouco perdido sobre o que fazer ou quem procurar. Não demoro a ver minha mãe esperando de pé, ao lado do carro estacionado na primeira vaga adiante.

É uma das poucas lembranças boas que tenho. Estou enfileirado junto à turma do jardim de infância. Ela aparece ao lado do inspetor da escola antiga e aponta para mim. Olho para cima em busca da liberação da professora, depois corro portão afora. Minha mãe se abaixa para me abraçar. Seu perfume é floral. Eu aperto os cachos artificiais do cabelo dela entre os dedos. Ela não reclama, mesmo que eu estrague seu penteado.

Desta vez, ela não me espera. Dá a volta no carro para retornar ao banco do motorista enquanto eu me aproximo. Coloco a mochila no banco de trás e me instalo no do passageiro.

— Oi, mãe — deixo escapar. É quase mais forte que eu. Sinto saudades de dizer isso, de como a palavra enche minha boca.

Ela olha para mim com os olhos mais atentos. Ameaça falar algumas vezes. Eu baixo o rosto ao perceber a esperança crescendo em seu peito e chacoalho a cabeça para explicar que não é o que ela está pensando. Heloíse não está de volta.

Eu me viro em silêncio para puxar o cinto de segurança. Ela respira fundo, talvez para se concentrar outra vez, e dá a partida no carro. Permaneço calado. Ela sabe quem eu sou, sabe meu nome desde que eu mesmo o descobri e saí dizendo por aí, mas não sou eu quem ela quer. Penso uma dezena de vezes que deveria ter me limitado ao *oi*.

Noto os olhos dela me espiando o tempo todo, mas chegamos em casa sendo aqueles mesmos estranhos que nos tornamos desde que ela entendeu que alguns de nós não eram Heloíse. Subo direto para o quarto, exausto. Sei que não é bem cansaço, mas deito um pouco, esperando ser chamado para o almoço. Ao menos, fome nunca nos deixaram passar. Acho.

Neno

Nico dá um passo à frente quando o cheiro de carne assada toma o quarto. Hélio já está dissociado há alguns minutos, desde que se jogou na cama. Eu tive uma ideia quando o vi organizando o fichário, bem do jeito que Heloíse costumava fazer no início de cada semestre. Um plano mal elaborado a princípio, que foi tomando forma graças a um comentário que Capitã fez logo antes de sumir da ponte. Antes do segundo *ei* do garoto do piercing esquisito, só de o vermos ao longe, ela já tinha apostado que Hélio voltaria. Estava certa. O olhar dela sobre o front é muito mais analítico do que o meu.

    O fato de o gêmeo se cansar rápido não é um problema; muitos de nós cobríamos os intervalos de Heloíse na antiga escola. O problema é que, com ele à frente, talvez a dose do nosso antidepressivo não seja o bastante. Vamos precisar ficar de olho nisso. O lado bom é que nós o perturbamos pouquíssimo no coconsciente, e isso permite que fique mais gente de olho para ajudá-lo. O lado ruim segue a mesma linha: ele não consegue ouvir quase nada do que dizemos.

    Colocando numa balança, acertar tudo isso me parece um transtorno menor do que ter que voltar para aquela escola e entender de física mecânica. Dou alguns minutos enquanto Nico desce as escadas para o almoço. Um tempo para checar se Hélio vai voltar para algum ambiente comum desta vez, em vez de apagar. E normalmente qualquer ambiente comum que ele escolha é afastado; não participa das reuniões, nem se senta na sala de convivência em nossa companhia.

    Consigo ler traços dele no observatório alguns minutos depois. É um lugar monótono, onde podemos ver as estrelas que estão do lado de fora da nave, e é também onde percebemos que o mundo interno não é real. Elas não são extraordinárias, mal são brilhantes. Depois de algum tempo olhando, é possível perceber que, embora pareça que estamos em movimento, se trata da mesma sequência de estrelas passando o tempo todo. Meio melancólico. Talvez por isso o fato de ele passar a maior parte do tempo ali não me surpreenda.

    Me afasto da ponte de comando e deixo Prila dar uma olhada em Nico. Não sou o melhor com crianças, mas levo Cookie comigo para permitir que nossa cuidadora se preocupe com apenas um pirralho. Também penso que a companhia de Cookie me oferece um ponto em comum com Hélio para que ele não desapareça mesmo antes de eu chegar. Sei que, muitas das vezes que a menina some das nossas vistas, ela não está espreitando o front para encontrar a hora de tomá-lo para si; está atrás de Hélio, como se ele fosse a coisa mais interessante do sistema todo. Provavelmente é a única de nós que pensa assim.

A garotinha corre para dentro do observatório, e só então Hélio parece notar nossa aproximação. Ele se vira para recebê-la. Faz tanto tempo que não o vejo com calma aqui dentro, que até agora não tinha reparado que conseguiu uma boina xadrez amarelo-mostarda, muito parecida com aquela que estamos carregando por aí, do lado de fora. Enfim entendo quem anda fazendo essa escolha, embora ainda a ache medonha.

Apesar da recepção calorosa, Hélio já não está sorrindo nem para Cookie quando me aproximo. Ele olha para mim, depois para ela, a solta do abraço e tira um cubo mágico quase perfeitamente montado do bolso. A garotinha se senta no chão, e eu fico surpreso com a facilidade que ele tem de distraí-la; de repente, ela é absorvida pelo que parece ser seu próprio trabalho de muitos outros dias — está quase lá, mas ela nunca consegue a solução para o último quadradinho de cor errada em todas as faces.

— *Não foi minha intenção, eu tentei te chamar* — ele se defende antes mesmo de me dar *oi*. Como se o único motivo para que eu pudesse procurá-lo fosse tirar a limpo o que aconteceu na escola.

E, bem, realmente estou aqui pelo que aconteceu na escola, mas não para tirar nada a limpo. Me sinto mal em saber que é assim que ele interpreta, porque não posso culpá-lo por me ver dessa maneira.

— *Eu sei, eu tava lá* — esclareço.

A única coisa rápida que consigo pensar em fazer para deixar claro que vim em paz é me sentar ao lado de Cookie. Um sinal de que não tenho pressa de ir embora, ou até de que o assunto pode ser tratado aqui no chão mesmo, em meio a alguns cubinhos coloridos giratórios. Talvez, a exemplo deles, as decisões que precisamos tomar enfim consigam se alinhar por completo.

Hélio hesita, mas acaba se sentando em um banco bem à minha frente. Fica de costas para a vista de que tanto gosta, e percebo que é engraçado conhecê-lo sem nunca ter falado direito com ele. Tenho muitas memórias de Veneno soterradas sob as de Nando, e uma delas me diz que Hélio ainda busca uma estrela cadente mesmo aqui, dentro da nave.

Saber disso me deixa um pouco triste, e eu nunca tinha sentido nada que não fosse indiferença por ele até então. Essa mudança traz uma coceira que não gosto à minha língua. A esfrego nos lábios para começar o assunto que interessa, mas ele não flui como eu planejava. Começo pela conclusão, porque num instante ela não parece o encerramento de um processo, e sim a motivação para o início dele:

— *Nós estamos seguros, Hélio. Estamos estáveis. E Nando não tá mais aqui.*

Percebo o quão hipócrita eu sou ao colocar a culpa toda em Nando. Como se ele tivesse integrado na semana passada. Como se eu não tivesse nascido dele, dois anos atrás, e corroborado toda e qualquer decisão tomada na época em que ele mandava em tudo, com seu autoritarismo protetor que herdei mais do que queria.

A resposta que mereço não é exatamente a que recebo. Ganho apenas o silêncio. Hélio é educado demais para me mandar à merda.

— *Me desculpa* — peço, então, antes de conseguir ensaiar.

O som de espanto que escuto ao lado, enquanto Cookie ergue o rosto do cubo mágico para mim, de boca aberta e olhos estatelados, acaba com toda a seriedade do momento. Fico encarando Hélio, e ele me encara de volta. Diferente da garota, nenhum de nós iria reconhecer que, alguns dias atrás, eu preferiria entrar em dormência a admitir que errei com ele, mas todos sabemos que é verdade, e ela faz questão de nos lembrar. Os segundos vão se arrastando. A garotinha, em choque, olha de um para o outro.

Pressiono os lábios para começar a segurar a risada que quero dar dessa reação tão genuína da única testemunha que temos. Quando vejo Hélio fazendo a mesma coisa, percebo que a decisão de nos acertar já não é de nenhum de nós dois. Estamos gargalhando juntos em seguida, e, mesmo que não quiséssemos dar o braço a torcer, situações desse tipo roubam o livre-arbítrio de todas as partes envolvidas.

Conseguimos parar de rir um minuto depois. Sabemos que ainda há muito o que dizer. Ele respira fundo e esfrega os dedos na palma da mão:

— *Eu não sou mais o garoto de antes, entende? E não acho que podem me culpar por tudo, nem mesmo por não entender algumas coisas naquela época. Nenhum de nós entendia.*

— Eu sei — falo mais baixo do que jamais falei com alguém. Porque realmente sei, embora parte de mim carregue aquelas lembranças todas. Os pedidos para que ele parasse de falar, de sair, de nos empurrar para trás. Hoje eu sei que, no lugar dele, também teria lutado para ficar. Talvez até um pouco mais. — *Mas isso já passou. Nós todos trabalhamos juntos pra chegar aqui e chegamos. Não é justo que você ainda esteja distante.*

— *Eu não tô entendendo o que você quer* — ele me interrompe. Sei que está impaciente, mas nunca soa assim.

Então eu me lembro de que fiz o caminho contrário. E penso que talvez não tenha sido a melhor opção, porque agora ele me olha como se estivesse sendo empurrado aos poucos para uma emboscada. E não está enganado. Para mim, não deixa de ser. O que quero entregar para ele não é presente nenhum. Não da minha perspectiva.

— *Você é nosso único anfitrião.*

Afirmar isso fere uma parte de mim, apesar de todo esse discurso. Tento pensar que, se não sou perfeito, ao menos sou uma pessoa melhor do que Nando. Mas, se é verdade que estamos seguros, que estamos estáveis, não significa que seremos uma família feliz de agora em diante se não trabalharmos nisso. E nem quer dizer que estou pulando de alegria em reconhecer que Heloíse partiu sem previsão de retorno.

— *Faz quatro anos que eu não sei o que é uma rotina, Neno.*
— Mas pelo menos você já soube — rebato.

Apesar de ele ter sido afastado da função antes de eu chegar, acabei de ver que ele tem alguma ideia do que fazer. E, entre todos nós, é o único.

Hélio bufa um riso ofendido. Eu não o culpo.

— *Vocês devem estar mesmo muito desesperados.*

Apesar da boa educação que ele ainda veste como uma armadura, o comentário é ácido. Do lado de fora, com outra pessoa, eu teria discutido sobre essa insinuação de que não podemos nos virar. Aqui dentro, não. Aqui dentro, ignorando a bagagem que me faz temer deixá-lo no front, meu papel é manter o sistema funcionando. Hoje isso significa que, se eu quiser que Hélio nos ajude, preciso rever algumas questões comigo mesmo e com qualquer um que se posicione contra a minha ideia. E eu quero muito contar com a ajuda dele. O primeiro passo que dou nessa direção é não retrucar.

— *Não estamos todos?* — confirmo com a sinceridade que me cabe.

No meio disso, noto que essa frase é cheia de sons de "s". E, se eu percebo, não seria Hélio a deixar passar.

Ele me olha em silêncio por tempo demais. Seus olhos escuros vão umedecendo. No começo, é apenas um brilho extra; em seguida, estão prestes a transbordar. A resposta me parece óbvia — estamos —, e parte de mim se entristece junto com ele. Seu olhar fixo no meu revela exatamente que parte é essa. A parte que se conecta a Hélio, quase que restrita às minhas íris amareladas, com as pupilas verticais em formato amendoado, reproduzindo as de uma cobra.

Hélio afunda o rosto nas mãos para chorar, e eu não sei o que fazer. Me estico e faço um carinho em sua canela, por cima do jeans. Fico mal por não poder oferecer o conforto de que ele precisa, mas não tenho os sentimentos de Veneno comigo. Tudo o que consigo acessar são lembranças e um pouco das emoções que ele sentia em relação a cada uma delas, mas nada disso me pertence.

É Cookie quem se levanta e vai se sentar ao lado do garoto. Ela o abraça pelos ombros com uma postura que faz parecer ter muito mais que cinco anos. Já tem cinco anos por anos demais, é fato, mas não quer dizer que tenha se desenvolvido para uma adolescente, como o restante de nós. Tampouco que, em algum momento — talvez mais em breve do que imaginemos —, ela não possa se descobrir um tico mais velha.

Eu a vejo murmurar para Hélio:

— *Também tenho muita saudade dele.* — Então seus olhos param em mim, e entendo o recado feito um letreiro neon piscante. — *Mais que da Heloíse.*

A ênfase encrenqueira faz Hélio engasgar em um riso dolorido no meio de um choro ainda mais forte, porque, qualquer que tenha sido a intenção de Cookie, não funcionou do jeito que ela queria. E é por isso que ela ainda tem cinco anos. Mas entendo que essa é a minha deixa e começo a me levantar para ir embora. Antes que vire um motim.

Hélio

Muita coisa mudou por aqui desde que começamos a fazer terapia. Terapia de verdade, aos quinze anos, com o diagnóstico certo; não aquela que bagunçou nossa cabeça a ponto de fragmentar nosso alter mais recente, aos doze. Desde que Capitã chegou com essa nave de tecnologia avançada e nós finalmente conseguimos ver uns aos outros — dar rosto às vozes que tínhamos ouvido a vida toda —, eu soube que nada mais seria igual.

Na época eu ainda não tinha certeza de que odiaria a nave como passei a odiar. Foi com ela que surgiu a ideia de que eu poderia ficar preso do lado de dentro — e uma primeira fagulha do senso de convívio em sistema. E nem todos mergulhamos de boa vontade nisso. Éramos um bando de gente se conhecendo e, no meu caso, lutando para seguir vivendo da maneira que vivia. A noção de não sermos só eu e minha irmã — o que, para um corpo só, já estava começando a parecer demais desde que havíamos feito oito anos e vínhamos nos tornando cada vez mais diferentes — era uma questão com a qual eu não queria ter que lidar.

Mas, depois de todo o drama...
— *Prendam Hélio dentro da nave!*
— *Nunca! Hélio jamais se renderá!*
E então Hélio se rendeu.
..., nós chegamos à Europa e ao consultório da doutora Murray, uma senhora de idade avançada, cabelos grisalhos cortados rentes à cabeça e óculos pretos em formato de gatinho. Uma pessoa bem parecida com o Nico que estávamos acostumados a ver por quase três anos aqui dentro saiu de dentro da sala dela, com um rabo de cavalo alto na cabeça e uma saia de tule sobre uma legging. Eu imediatamente desconfiei de que não se tratava de uma garota trans. Me lembro de ter ajeitado a postura na cadeira, atento.

Tínhamos acabado de chegar de um voo longo em que alguém havia comido frutos do mar sem medir as consequências do que aconteceria caso Nando saísse em seguida. Ao que desembarcamos quase que diretamente para a consulta, ainda sem os planos de fixar moradia em Londres, eu já estava enfrentando uma das piores crises alérgicas que ele engatilhou — o pescoço enrijecido pelo inchaço, assim como parte do lábio inferior; o remédio de sempre penando para fazer efeito.

Desde o incidente naquela igreja, anos antes, nenhum de nós falava sobre os outros. Como poderíamos, se nossa própria mãe havia nos arrastado para um lugar feito aquele? Nando tinha razão de me odiar tanto, mas estava longe desde que havia sido pego de surpresa por uma salada de camarão. Quem estava em minha cola era Sombra. Já não bastasse o inchaço dolorido da alergia, eu conseguia ouvi-lo. E, mesmo que não conseguisse, conhecia muito bem o protocolo.

— *Não é pra dizer nada pra essa mulher.*

Eu não participei das sessões seguintes por algum tempo, mas ficamos na cidade mais do que o previsto antes de Ricardo decidir que era hora de nos mudarmos de vez. Ouvi dizer que quem cedeu primeiro e contou tudo — ao menos o que era *tudo* para ele — foi o próprio Nando. Não tenho ideia de como ou por quê.

O importante era que agora alguém mais sabia o que nós tínhamos descoberto quando as lembranças começaram a pular de um para outro, enquanto aquela primeira psicóloga mexia de modo negligente onde não devia. Capitã tinha aparecido para controlar o vazamento, e isso havia nos colocado todos cara a cara.

Só que entender que existia tantos de nós não fez diferença aqui fora por longos anos. Não até enfim recebermos o diagnóstico que, aos nossos olhos, funcionou como a autorização muito bem-vinda para sermos mais de um — assinada pela senhora que conversava com todos nós, disposta a saber quem éramos individualmente, e reconhecida por Ricardo, que largou sua posição de chefia no hospital de São Paulo e se propôs a nos levar para longe da minha mãe, que não se mostrava tão entusiasmada com as novidades.

Então eu soube que as coisas mudariam de verdade.

A princípio, tinha esperanças de que Ric me tiraria do lado de dentro. Afinal, ele me conhecia desde sempre, não conhecia? Tinha sido a minha falta que o havia levado a procurar uma segunda opinião, de alguém que havia suspeitado de algo e nos encaminhado para uma especialista do outro lado do oceano. Mas as coisas não são assim. Ele jamais poderia decidir por nós; o corpo é nosso. E eu aceitei que o melhor a fazer era deixar que Heloíse assumisse, como todos os outros gostariam que fosse.

Com a identificação de que éramos múltiplos, vieram as regras, as tarefas, a noção de responsabilidade. Se Prila não se dispusesse a educar e tomar conta de Cookie, Cookie poderia continuar pegando o lugar de Heloíse durante as aulas, ou no horário do dever de casa. Se quem estivesse no corpo durante a noite não desse espaço para Ester, logo nos encontraríamos em maus lençóis. Se Heloíse não tomasse os remédios, a maioria de nós sofreria com sintomas de depressão e ansiedade.

Todos respeitaríamos e obedeceríamos a Ricardo. Ninguém, nem Nando ou Capitã, que já se entendiam maiores de idade, poderia beber ou usar qualquer tipo de entorpecente. Não importaria quem viesse à frente após qualquer problema, os problemas seriam de todos, inclusive aqueles causados por apenas um de nós.

Eu só nunca tinha estado por perto para concluir que algumas dessas regras são muito injustas. Por exemplo, a regra que diz que, se alguém cometer um delito, será privado de uma coisa de seu interesse. Sim, eu concordo com ela. Acredito que tenha sido isso que fez Nando parar de me perseguir e Sombra ficar mais consciente do quão problemáticas eram suas investidas contra nossa saúde física e mental. A questão é que não acho justo que Cookie tenha perdido seu tempo de front.

Quarta-feira é o dia de ela sair. Acontece sempre depois do jantar. Prila fica por perto; observa o que ela desenha, quais brinquedos escolhe, as conversas que tem com Ricardo quando vai atrás dele; ensina que ela não pode empurrar os outros para fora da ponte e que *a hora de entrar* é indiscutivelmente a hora de entrar e de transferir o comando para Ester, porque precisamos ir para o banho.

Fico revoltado em escutar sobre a decisão de que a menina deveria ser punida pela noite de sexta-feira. Ela estava comigo no momento em que foi puxada para a frente. Nada de Prila para cuidar dela, ninguém para dizer que ela só poderia ficar por um minutinho. Cookie é a única pessoa que eu não consigo tirar do front à força. O que Neno esperava ao engatilhá-la daquele jeito?

Fazer isso é o mesmo que oferecer um grande bolo de chocolate a uma criança, virar as costas e depois deixá-la de castigo por não ter se contentado com uma única fatia.

Quero trazê-la para fora agora que Ester me entrega o comando. Passei o resto da tarde no quarto desde que Neno foi me procurar. Não tive coragem de ver minha mãe durante o jantar, mas nem se quisesse poderia desdenhar da oferta que recebi. Se tenho o consentimento dos outros para sair de dentro da nave, não importa por qual motivo seja, vou fazer isso. Só não puxo Cookie junto porque, bem, não quero enfrentar nenhum deles.

Sinto o cheiro do sabonete assim que me vejo sentado na cama. Esfrego o cabelo molhado, ainda com a visão um pouco embaçada, e só então olho para baixo a fim de checar se estou vestido. A última lembrança, muito vaga, que tenho de estar envolvido por uma toalha — mais especificamente um roupão — é tão atordoante que não penso muito nela, para evitar os detalhes. Começo a me fixar no corpo quando tenho a garantia de que já estou com um conjunto de pijama feminino demais para o meu gosto.

Ando até o armário e troco a blusa de alcinha por uma camiseta branca. Não me incomodo a ponto de trocar o conjunto todo. Posso lidar com shorts de estrelas cor-de-rosa. A estampa não é um problema. O que importa é a sensação de ser um short, não uma saia.

Por fim, paro e observo o quarto: a porta do banheiro ao lado da televisão suspensa na parede, a cama de casal ocupando o centro, uma escrivaninha debaixo da janela ao fundo e o armário embutido tomando toda a parede da porta de entrada.

O despertador do celular toca. Dez da noite. Não fosse pela descrição no alarme, não saberia o que fazer, mas ela me orienta a ir até os remédios na escrivaninha. Demoro um instante observando o organizador e encontro o dia de hoje. Pego os comprimidos e a garrafa de plástico amassada, com cara de velha. Recolho lençol e travesseiro e equilibro tudo, seguindo escada abaixo. O corredor no andar de cima está escuro, exceto pela faixa de luz que sai pela fresta da porta do quarto de minha mãe e Ricardo. Gosto muito de estarmos todos juntos de novo.

Deixo as coisas da cama no sofá em que passei a maior parte do dia de ontem, em frente a uma enorme televisão na sala de estar — a qual não consegui aproveitar em meio à luta para evitar a dor daquela bolada —, e esvazio a garrafa na pia da cozinha antes de jogá-la fora. Encho um copo grande com água nova e tomo os comprimidos. Carrego o restante comigo até a sala.

Deito no sofá, estudando os dois controles da televisão. Não tenho ideia do que está acontecendo no mundo — e nem falo sobre as notícias. Não sei quais filmes estão sendo lançados, não sei se os programas que eu costumava gostar de assistir ainda estão sendo exibidos; não sei nem mesmo o que me interessaria ver hoje em dia. Apesar de não sentir que muito tempo se passou, sei que não sou mais o mesmo. Ficar dentro da nave não é igual a estar do lado de fora. É como se tivesse saltado dos treze aos dezessete num piscar de olhos.

Escolho um filme de adolescentes que usam cateteres nasais e se conhecem em um hospital. Não sei o que no drama me atrai, mas a desgraça alheia parece me reconfortar dentro da minha própria, então permaneço no canal. Não é com doenças que tenho questões difíceis.

Assisto por alguns minutos e, enquanto meus olhos vão pesando, demoro a reconhecer a sensação. O sono tranquilo, que há anos não experimento, vai me envolvendo pouco a pouco. Sou engolido pela calmaria, a segurança de estar em casa sem precisar me esconder, sem esperar por uma reviravolta. Não estou dissociado para aguentar dor nenhuma, estou apenas me permitindo parar de pensar nos meus problemas enquanto sou apresentado aos problemas de outras pessoas. Não me importa que sejam fictícias.

— *Por que tudo parece tão quieto?*

É a voz de Prila que me encontra alguns minutos depois, em um sussurro sereno. Consigo entender por que Heloíse gostava tanto de ouvi-la, apesar de ela ainda não se dirigir a mim. E porque não é comigo, embora eu também esteja gostando do silêncio que há dias não temos dentro do mundo interno, não respondo. Mesmo se quisesse, acho que nem conseguiria fazer isso aqui da frente.

Existe uma única coisa que me agrada mais do que o filme, e viro a cabeça no momento em que a percebo descer as escadas. Ricardo para no último degrau, como se a cena que vê o confundisse. Não sei qual é a relação dele com os outros, mas sei qual é a relação dele comigo e uma cama montada em um sofá. Decido não dizer nada, porque me sinto eufórico com a notícia que tenho para dar.

— Ainda vai ficar muito tempo aí? — ele pergunta. Percebo que não tem certeza de com quem está falando, o que não é comum.

— Tô incomodando? Posso abaixar o volume — sussurro, preocupado com a possibilidade de minha mãe já estar dormindo.

Ele nega com a cabeça e avança até a cozinha.

— Chá? — oferece.

Sinto que é uma isca, porque eu não costumo negar chá. Hoje não negaria qualquer coisa que pudesse me dar a chance de ter um pouco de sua companhia.

Aceito e ele desaparece. Escuto o som do armário, da porta da geladeira, dos vidros batendo sobre a pia. Ele logo está de volta com dois copos compridos cheios de mate gelado. Eu me sento para receber um deles.

Deixo que o de sempre aconteça. Ricardo olha minhas roupas, minha postura de pernas cruzadas sobre o estofado, meu jeito de dar um gole na bebida.

— Tá tudo certo? — ele checa, sem parecer ter chegado a conclusão alguma.

Entendo que a única coisa que suspeita é de que, se sou eu, não estamos nos sentindo perfeitamente bem.

Assinto, ainda em silêncio. Quero começar a rir. Quero gritar. *Voltei*, quero dizer. Jamais faria isso. Sei que não há motivos para comemorar. Sei que, para estar aqui, minha irmã teve que sumir.

Ricardo sente falta dela. Nossa mãe sente mais falta dela ainda. Nenhum deles me quer por aqui. Todos querem Heloíse.

— Quem é? — ele confere, enfim, desistindo de tentar descobrir sozinho. Sabe muito bem que ficar ouvindo suposições é uma coisa chata para nós.

— Hélio — respondo de um jeito óbvio, embora saiba que não é.

Dou mais um gole ao que ele vai se sentando na mesa de centro, de frente para mim.

— Ainda tá doendo?

Nego com a cabeça, e Ric já está entortando o pescoço para olhar nossa maçã do rosto, que sinto estar bem melhor. Com a deixa, puxo o primeiro assunto em que consigo pensar. Não consigo imaginar como seria contar a ele que estou de volta e escutar um *hum* qualquer; ver um abrir e fechar de boca distante ao estilo da minha mãe na última carona, mesmo sabendo que Ricardo não é igual a ela.

— Vou precisar de dinheiro — comento, não em um pedido, mas um aviso.

Escuto sua risada curiosa.

— É mesmo? E eu posso saber pra quê? — ele questiona de um jeito interessado.

É quase como se eu ainda tivesse treze anos, quando nós dois nos separamos, e fosse elaborar uma resposta infantil, meio ridícula. O tom que ele usa é muito fora de época, mas gosto da ternura, mesmo assim; do cuidado, da nostalgia boa que me traz, da lembrança da cumplicidade que tínhamos.

— Preciso das apostilas dos últimos anos se quiser acompanhar a matéria.

E aqui está o abrir e fechar de boca que eu não queria ver, mas de certa forma não me decepciona. Ricardo dá indícios de que pensa e repensa no que vai falar. Deixa o copo ao lado, na mesa de centro, e escorrega dela até estar de joelhos no tapete. Eu me lembro de ver esse olhar quando ele me ensinava a andar de bicicleta;

quando eu acertava uma paulada bem dada durante um jogo de taco no meio da rua; quando eu dizia gostar de uma música sem saber que estava entre suas preferidas. Reconheço o carinho que transbordava dele não só quando eu precisava de ajuda, quando estava machucado, mas quando perguntava sem nenhuma educação se ele não tinha trazido alguma coisa gostosa para a gente comer.

Ao que ele engasga sozinho, no meio de uma risada, acabo me permitindo sorrir. Eu o vejo se apoiar com as mãos no sofá e se erguer para ficar um pouco mais alto que eu. O beijo longo que deixa em meu cabelo não incomoda; ele sabe fazer isso para que eu me sinta bem, não o contrário. Me pego dando uma risada aliviada também, mas nenhum de nós estende o assunto.

Ele se afasta, pega o chá e vai se levantando. Funga e esfrega o nariz no braço livre, já de costas para mim.

— Te dou o cartão amanhã — promete. Sua voz está embargada.

Eu não sei acompanhá-lo. Não aqui fora. Nunca consegui fazer o corpo chorar, mas sorrio com uma dor encorajadora no peito.

Ele desaparece escada acima, e eu acho que é o suficiente por hoje. Começo a pensar em recolher minhas coisas — porque não tem cena de filme nenhum na televisão melhor do que essa que acabou de acontecer na minha frente. Escuto os passos voltando pelo corredor assim que começo a me levantar.

— Hélio — Ricardo chama, e eu mal tenho tempo de olhar para cima antes de ser atropelado pela melhor coisa que já escutei em toda a vida. — Senti sua falta.

Capítulo 10

Hélio

SOLTO UM SUSPIRO RESIGNADO ao me ver em frente a uma travessa que eu tinha certeza de estar cheia de pães de queijo, mas agora está vazia. Ricardo me olha, rindo de leve ao perceber que trocamos outra vez. Ele se levanta e vai até o forno, de onde tira uma nova assadeira. Volta para me dar um, com cara de dó. Eu só me lembro de ter chegado, dado oi e me sentado à mesa para espiar as opções do café. Nada mais.

Nico às vezes passa dos limites.

— Não deixa ele ver — meu padrinho brinca ao me passar o pote onde ajeitou o restante da fornada.

Torço o nariz com um sorriso irônico, assinto e puxo a pergunta no tom mais idiota que consigo. Ele já está rindo antes mesmo de eu terminar.

— E você sugere que eu faça isso como?

— Não do jeito que você quer — responde, linguarudo, e o assunto que costuma ser sensível acaba me fazendo rir.

Sinto meu coração acelerar tanto com um diálogo tão curto que tenho pena de mim mesmo. A ideia de estar sentado aqui com ele de novo, quase dividindo um café da manhã, faz minhas mãos tremerem tanto que quase parece que o próprio Rivers Cuomo está em minha frente.

— Vamos antes que se atrase. — Ele se apressa para pegar minha mochila, abrindo o bolso pequeno. — Vou deixar o cartão de crédito aqui. Ainda sabe a senha?

Assinto e alcanço o fichário, que deixei para fora com a intenção de ter algo em que me agarrar ao passar pelos portões de uma escola pela primeira vez em tanto tempo. Entramos no carro, e não demora muito para Ricardo começar a me medir por inteiro, embora tente ser discreto. A frequência aumenta a cada semáforo vermelho que encontramos. Estou quase perguntando o que é, mas ele se adianta:

— Tem certeza de que é a melhor roupa pra esse tempo?

Checo a peça que troquei depois de Ester nos arrumar com o uniforme de manga curta. Ele agora sobrepõe uma camiseta preta de manga comprida — a de tecido mais fresco que encontrei no armário. Sei que não é ideal para o verão, mas não consegui pensar em nada melhor.

— Não quero correr nenhum risco — explico mais baixo, passando por cima do pensamento que me incomoda. Sei que Ric está preocupado comigo e gosto que esteja, mas conversar sobre isso me faz perceber que meu comportamento não é normal. E eu não me culpo, mas a confirmação machuca. — Você sabe como as pessoas ficam... — mexo as mãos sem saber explicar — encostando em todo mundo por aqui.

Ele assente, embora eu tenha a impressão de que já esperasse essa resposta. Ficamos em silêncio até ele se lembrar de algo que me reconforta:

— A doutora Murray ligou, aliás. Conseguiu ajeitar a agenda pra consulta remota de vocês. Vai reservar o último horário das quintas-feiras.

Faz algum tempo que não sinto necessidade de conversar com ela. Mal lembro qual era o dia das nossas sessões, mas tenho a impressão de que ficamos mais de uma semana sem terapia com toda essa história da mudança — o que deve ter sido uma péssima ideia, visto que não foi só de país, de casa e de escola que mudamos. Eu devo ter tanta coisa a dizer que minhas mãos formigam com a notícia; não sei se de ansiedade ou de receio de precisar enfrentar algum assunto delicado.

— Isso é hoje de tarde? — pergunto, ainda um pouco perdido nas datas.

— É, sim — ele responde ao que eu sussurro um "tá bom". Depois parece mastigar a continuação antes de me oferecer. — Promete que vai falar com ela sobre isso se tiver a chance?

E aqui está. Esse tipo de assunto, por exemplo.

Ricardo aponta para as mangas da camiseta. Abaixo novamente os olhos para espiá-la e assinto. Entendo que é algo em que preciso trabalhar, agora que ganhei mais tempo no corpo outra vez, mas nunca me senti confortável em revirar esse problema. Ignoro por ora. Sei que vou me sentir mais seguro para pensar nisso na presença da doutora Murray.

— Vou tentar.

A promessa parece boa o bastante para Ricardo.

— Beijo — ele fala assim que estaciona em frente ao portão da escola.

Eu me inclino e encosto a boca em seu braço, coberto pela camisa de botões branca. Pulo para fora do carro. Coloco a mochila nos ombros e abraço o fichário, como venho planejando fazer desde a noite anterior, em que quase não dormi de ansiedade. Dou alguns passos na direção do portão e então percebo que não escutei o som da partida, do motor, dos pneus no cascalho. Nada que indicasse que Ricardo seguiu seu caminho.

Espio por cima do ombro a tempo de vê-lo com os braços cruzados sobre o volante e o queixo apoiado neles, vigiando enquanto me afasto, como se eu tivesse cinco anos de idade e hoje fosse meu primeiro dia de aula. Rolo os olhos e checo os arredores para garantir que ninguém mais está vendo. Tento tocá-lo para longe com um gesto de mão, e ele ri sozinho ao se afastar do volante e finalmente ligar o carro.

Não demoro a encontrar o caminho até a sala e, para evitar suspeitas, escolho a carteira em que estava na manhã anterior. Não seria minha primeira opção, já que isso de sentar de frente para a porta aberta pode me tirar a atenção a qualquer momento, mas decido dançar conforme a música só por alguns dias.

— Heloíse?

Mal me sentei e já escuto o chamado às minhas costas. Viro por cima do ombro e vejo um garoto de cabelos escuros e uma menina de rosto redondo me encarando com um sorriso. Não me lembro de ter falado com eles antes, mas acho que não vai machucar se responder com um tom amigável:

— Ah, pode me chamar de Hel.

Eles assentem. A garota logo atrás de mim se inclina para mais perto do que eu gostaria e sussurra:

— Que que tá rolando com o Franco?

A pergunta me acerta tão rápido que fico tonto. Tenho a impressão de que arregalei os olhos, mas a sensação é encoberta pelo turvar da minha vista. Meus pensamentos voam para longe. Me esforço para puxá-los de volta, sabendo que preciso continuar a conversa.

— Nada?

Vou tensionando o rosto, até sentir que as sobrancelhas estão grudadas.

O que tanto as pessoas veem nesse garoto? E quem são esses dois com toda essa intimidade pra cima de mim? Não me lembro de ter sido avisado de que fizemos amigos na escola.

O professor entra com um estardalhaço que me assusta. Me viro um pouco rápido demais, com o coração palpitando, e escuto o riso dos dois, como se me pegassem fazendo algo errado. Não demoro a entender que esse *algo errado*, na cabeça deles, é mentir sobre meu relacionamento inexistente com Franco. Outra garota entra correndo e os cumprimenta.

O professor pede silêncio para a chamada, e eu me esforço para descobrir os nomes deles. Consigo discernir as respostas dos dois, mas não do restante da fileira. Ícaro e Joice. A garota que me mediu de cima a baixo ontem continua por perto e se chama Liv, ou talvez Livy. Paro de prestar atenção nos nomes, já que não vou conseguir decorar todos, e me ocupo em abrir meu material.

Olho por cima do ombro outra vez. Sou pego espiando os garotos de antes, mas isso quer dizer que eles também estão me espiando. Me sinto eufórico. Faz tanto tempo que não faço amigos que não sei nem me comportar. Quero ser amigo de pessoas que saem me perguntando o que *tá rolando* com um garoto que mal conheço? Isso é sinal de que eles são espontâneos e a conversa vai fluir bem? Ou só vou ficar desconfortável o tempo inteiro?

Viro a divisória de geografia, a matéria da vez, e acabo de terminar de datar a primeira folha quando sinto alguém pegar o controle da nossa mão. Meu reflexo ao susto é puxar o comando todo para mim. Empurro para longe alguém que logo descubro ser Neno, porque a cabeça é a região que me dói com mais força, e só então reparo na quantidade de gente que tinha por perto e afastei junto, com todas as outras dores que sinto. Nico, Capitã, Sombra.

Relaxo o esforço na hora. Respiro fundo. Ponto a ponto, o corpo vai parando de doer. *Parabéns, Hélio*, digo a mim mesmo, sem saber o que fazer para consertar a burrada que já cheguei fazendo. Aguardo um instante até achar que não estou mais forçando ninguém para o fundo, embora não saiba quais deles ainda se dispuseram a ficar depois dessa demonstração gratuita do antigo eu.

Também não tenho certeza do que estou fazendo, mas olho bem para o caderno e escrevo pequeno em uma margem: *desculpa*. Relaxo a mão e fico olhando para a caneta presa entre os dedos, como se ela fosse aliviar minha consciência em um instante, mas isso não acontece. E entendo que alguém queria me dar um recado importante, mas eu mereço ficar sem ele.

Suspiro sozinho enquanto testo outra vez, agora em um sussurro tão baixo que ninguém ao redor pode ouvir, mas deve ser o bastante para aqueles que estão só um pouquinho aqui atrás:

— Desculpa.

Assim a aula segue por quase duas horas, e eu relembro que geografia não é uma matéria que me encanta. Nem a euforia de poder voltar a estudar me faz ficar tão animado com ela quanto com a aula de biologia. Decido deixar os pães de queijo para o segundo intervalo e começo a criar coragem para me virar e puxar conversa com a dupla fofoqueira.

A imagem que se forma adiante me faz rir sem saber o motivo: um garoto saindo da outra sala e cruzando o corredor em minha direção, com o olhar divertido conectado ao meu. Desisto dos planos que estava fazendo e espero Franco se aproximar. Começo a rir ainda mais ao vê-lo esconder uma das mãos atrás das costas.

— Era pra eu estar ficando com medo? — Engulo o sorriso só para reforçar a piada.

Ele ergue os calcanhares em um salto animado:

— Fecha os olhos.

— Não. — Nem preciso pensar para responder, sem entonação.

Seus ombros despencam frustrados do alto do entusiasmo que vinha juntando.

— Fecha os ooolhos — ele estende a vogal em súplica.

Estou rindo outra vez quando nego com a cabeça e repito:

— Não.

Ele se rende com um grunhido e vira o rosto para o teto. A mão que sai de trás de seu corpo me revela um saco de balas de goma, que acaba bem no meio da página em que eu escrevia. Demoro um instante até entender, apenas o necessário para rir e pegar o pacote para mim.

— Minhocas — cantarolo enquanto sinto as sobrancelhas se juntarem sozinhas; deve ser uma expressão emocionada, porque é assim que eu me sinto. — Quanto cuidado, Franco. Obrigado — engasgo sozinho —, obrigada. Muito tempo falando inglês — replico a desculpa que vi Neno usando outro dia.

Ele nem parece notar que errei.

— Você vai dividir comigo?

Apesar de perguntar, não espera a resposta. Se estica para alcançar uma cadeira vazia na fileira ao lado. É bem em frente à mesa de Liv, ou Livy, e eles se olham por um segundo. Franco diz um *oi* tão resmungado que talvez ela pense que nem vale a pena responder, porque é o que faz. Ou o que não faz.

Observo a interação por um segundo. O sorriso que ele tinha se entorta, mas vejo o momento em que vai retomando a postura de quem não está preocupado com um fora que talvez já esperasse. Penso que pode ser só a postura mesmo. Olho para a garota mais uma vez, depois para ele, e acho educado não perguntar sobre nada disso.

— Mas eu fico com todas as que tiverem as metades amarelas — lanço a condição para desanuviar a atmosfera, e ele analisa o saquinho com cuidado. Forja uma indecisão grave, mas cede e se senta de vez, do outro lado da minha mesa. Observo as balas e comento um pouco mais nostálgico do que deveria. — Faz uma eternidade que não como isso.

— Em que mundo você vive que consegue ficar uma eternidade sem comer uma coisa, mesmo sabendo com tanta propriedade que gosta das partes amarelas?

Eu seguro o sorriso congelado no rosto enquanto vou abrindo o saquinho. Metade de mim quer rir pelas palavras que ele usou para dizer uma coisa tão simples; outra metade tem uma resposta ácida para oferecer. Porque definitivamente não foi no mundo dele em que eu andei vivendo.

— Peraí, você disse que passou muito tempo falando inglês? De onde você veio? — Ele resgata o comentário como se uma coisa estivesse relacionada à outra.

— Londres. Morei lá por dois anos, e eles têm balas de goma, antes que você pergunte. — Tento soltar uma risadinha para aliviar o clima pesado que provavelmente só eu estou sentindo. — Eu só não comia.

Nem balas de goma, nem quase nada, penso sozinho.

— O que te levou pra lá? E por que voltou? — ele vai perguntando, mas de repente me sinto com três pés atrás.

Já não consigo encará-lo. Procuro a primeira minhoca que quero comer, desconfiado de que já nem quero tanto assim.

— Ah, você sabe. Acompanhando os adultos que conseguem empregos aqui e ali — minto, porque foi Ricardo quem teve que encontrar um trabalho lá para nos acompanhar, mas nem Franco nem ninguém precisa ficar sabendo disso.

Ele dá uma risada baixa e também escolhe uma bala, de cor bem diferente da minha. Fico satisfeito em ver que está cumprindo sua parte do acordo.

— Bem que eu gostaria que minha mãe conseguisse um trabalho de dois anos em Londres.

Não encontro o que responder. Fico encarando as balas, sentindo uma delas esfarelar em pedacinhos que derretem na minha boca. Acabo sussurrando:

— Lá é frio.

Demoro um segundo para perceber que ficamos em silêncio e, só então, ergo o rosto para descobrir o que aconteceu com Franco. Trombo com seus olhos pousados em mim. Ele vai puxando uma risada divertida, que começa baixa e aumenta como uma gargalhada ritmada.

Quero perguntar o que tem de engraçado, mas o garoto logo engole o riso, mastiga o sorriso que sobrou e chacoalha a cabeça. A piada fica restrita a ele, mas, quando volta a me olhar, noto que o sorriso que não está mais em sua boca agora tomou seus olhos. Não sei o que isso significa, então só fico encarando, porque é a expressão mais bonita que vejo em alguém em muito tempo.

— O médico daquele dia? — ele confere, voltando ao assunto de antes. — Seu pai?

— Não! — respondo em um cuspe tão rápido que preciso colocar a mão na frente da boca, com a impressão de que logo uma minhoca vai voltar por ela. — Meu padrinho.

— Hã — ele exclama em um tom surpreso. — Você mora com ele?

— É, ele... é casado com a minha mãe.

— Tipo seu padras...

— Não — interrompo logo. Não existe ninguém, ninguém mesmo, que tenha o direito de colocar Ricardo em minha cabeça como qualquer, qualquer pessoa que possa ocupar um espaço que eu nunca mais quero que seja ocupado. Tenho horror da ideia de que seja ocupado. — Meu padrinho — repito.

O meio sorriso que toma o rosto dele não é algo que eu esperava. Franco fica em silêncio, de cabeça baixa, procurando mais uma minhoca dentro da embalagem. Parece lutar consigo mesmo para deixar alguns pensamentos de lado e retomar a conversa. Disso eu entendo bem.

— Ele parece superdescolado.

Acabo rindo baixinho do comentário.

— O tiozão que todo mundo ama — brinco de volta e vou sentindo o peso que carregava no peito se dissipar aos poucos. Não lembro mais por que estava me sentindo assim.

Franco ri e tampa a boca enquanto mastiga. Eu observo cada gesto e, sem o menor controle do que estou dizendo, peço sua companhia outra vez. Poderia resolver sozinho, sair pedindo informações por aí; poderia até tentar ver se consigo alguma conexão com os garotos das mesas de trás, mas meu impulso não permite.

— Pode me mostrar onde fica a livraria no próximo intervalo?

Ainda consigo ver um brilho divertido em seu rosto. Ele assente sem pestanejar e ergue os ombros:

— O que precisa de lá?

Por um instante, tenho receio de dizer, mas observo seus olhos estudarem os meus conforme ele morde milímetro por milímetro de uma nova minhoca. Tem cara de quem está entojado do azedume delas, mas impossibilitado de parar de comer. Não tenho ideia de onde vem essa conclusão, mas, vendo como enche a cara de doces de criança, ele não parece o tipo de pessoa que vai fazer pouco caso do meu problema.

— As apostilas dos últimos anos. Não vi algumas matérias na Inglaterra.

Ele mastiga devagar os muitos pedacinhos que mordeu e, com a guinada que dá para trás, eu me pergunto se falei algo absurdo.

— Vai gastar todo esse dinheiro só pra consultas? Acho que ainda tenho tudo lá em casa, se quiser.

— Imagina. — Chacoalho a cabeça em uma reação mais rápida do que previ. — Não precisa se preocupar, você pode precisar também.

Franco assopra um riso forte e apressa a mão fechada até a frente da boca para não cuspir restos de minhoca. A reação me deixa curioso. Sinto minha testa enrugando, mas ele disfarça com um coçar de garganta e morde mais um pedaço de bala.

— Eu não vou usar, pode ficar tranquila. — Assente com um movimento decidido de cabeça, e eu não tenho tempo de me incomodar com o gênero que ele usa para falar comigo, até porque não o corrigiria. — Me deixa pelo menos trazer pra você dar uma olhada. Eu juro que elas parecem novas.

Ele mostra os dentes, esticando um canto da boca mais que o outro, o que vira um sorriso torto, falso, quase culpado. A brincadeira não chega aos olhos, admitindo que não tem motivos de se vangloriar. A imagem é digna de um retrato — ao menos sei que vai ficar na minha cabeça por um bom tempo.

Desembesto a rir da maneira que ele escolheu me contar que não é o aluno mais dedicado da escola. Ele luta para esconder o riso que não pode dar se não quiser estragar a própria brincadeira. Com essa quebra de cena, não consigo negar a oferta.

— Tudo bem, mas, se você esquecer, eu compro amanhã. Não tem problema.

Franco vai se levantando ao toque do sinal e coloca a cadeira no lugar.

— Você não sai mais dessa sala? — Um garoto para na porta, falando mais alto que o necessário.

A pele negra escura me lembra a de Nando antes de integrar, e eu baixo a cabeça ao me pegar reparando nisso. Acho que preciso me acostumar com essa nova situação de pensar nos que estão atrás sempre que estiver aqui na frente, mas também não sei se estou pronto para admitir que voltar a ser o anfitrião não faz o transtorno ir embora.

Não conheço o menino, mas isso não é novidade, já que não conheço ninguém.

— Anda, ó. — Franco aponta para a sala em frente em vez de responder. — O Túlio já entrou, vai deixar a gente pra fora.

E assim ele se vai, sem dizer *tchau*, mas me olha com um último sorriso. O professor de geografia, que agora está na turma de Franco, grita para que ele feche a porta. Abaixo o rosto para o saco de minhocas que ficou pela metade sobre a mesa. Dobro as pontas e me inclino para guardá-lo na mochila.

— Não tá rolando nada... Sei...

Escuto a ironia às minhas costas, mas tudo que tenho tempo de fazer é me virar para Joice com os olhos estreitos, em um aviso para que ela pare. O sorriso que ainda habita meu rosto se torna amigável, o que arranca dela um suspiro implicante. Eu me limito a chacoalhar a cabeça, acabo até por soltar uma risadinha, mas nem sei estender o assunto.

A mulher que nos acolheu em sua sala após a bolada entra acompanhada de uma senhora mais velha e espera ganhar atenção para explicar como vamos ocupar nossa próxima dobradinha. E eu, que sonhei tanto em estar aqui fora, de repente desejo voltar à nave.

Capítulo 11

Neno

Estou tão farto de Hélio quando a doutora Murray nos recebe que mal consigo dar chance de ele ver a tela do computador. Ele não mudou nada. Nada! É o que penso, e cuspo, e repito até ela me fazer admitir que, sim, ele pediu desculpas por ter nos empurrado. Só não consigo desculpá-lo. Não depois de aquela moça da orientação vocacional ter entrado na sala para falar sobre nosso futuro e Hélio ter respondido que quer ser psicólogo.

Psicólogo! Todos nós sabemos que Heloíse vem se preparando há anos para o vestibular de medicina. Todos sabemos que, desde criança, é o sonho dela seguir a carreira de Ricardo. E eu não quero saber se a doutora Murray está certa, não quero saber se não somos obrigados a tomar um caminho com base em alguém que não está aqui, nem que não precisamos decidir isso este ano se acharmos que não é o momento certo. Ele não pode fingir que ela nunca existiu!

Não sei há quanto tempo mantenho o rosto afundado nas mãos. Doutora Murray está em silêncio na tela do computador pelo que já parecem ser alguns minutos. Não gosto da sensação de familiaridade nisso, nem da cena que gira em minha cabeça.

A lembrança de Nando desmontando em frente a ela pela primeira vez, contando que não era Heloíse, é vívida demais. Não consigo me focar nos sentimentos dele agora que os meus estão gritando, mas sei que não eram bons, e é como se eu já tivesse passado por esta situação antes.

— Hélio sabe que você se sentiu assim?

Nego com a cabeça, porque, se existe uma coisa que não quero fazer agora, é falar com Hélio. Ou, pior, pensar que devo qualquer satisfação a Hélio.

— Ele não tá aqui com a gente?

Começo a me cansar das perguntas. No centro do meu mal-estar está a suspeita de que, da vez que Nando esteve na posição em que estou agora, Hélio também era o objeto da conversa. É incrível que o nosso problema sempre seja ele. E isso faz com que eu me odeie em dobro por ter tido a ideia estúpida de pedir ajuda àquele moleque. Tenho a impressão de que estou vomitando tudo que tenho entalado sobre isso:

— Hélio nunca tá aqui com ninguém.

Eu deveria ter ouvido a Capitã. Agora ela está brava comigo também. Era para eu ser aquele que toma as decisões inteligentes em benefício de todos, não quem sugere uma alternativa que tem tudo para dar errado. E eu sabia do risco desde o começo. Sabia que a aposta seria alta.

— E você não quer tentar chamá-lo, pra vocês conversarem?

Enxugo as lágrimas que fazem as bochechas arderem. Não quero fazer nada com Hélio agora; conversar com ele, ouvir a voz dele, olhar para a cara dele caso a gente se trombe do lado de dentro. Nada. Na verdade, nem quero mais ficar aqui.

— Eu tô cansado, acho que vou entrar.

A senhora demora um instante, insatisfeita com a nossa conversa, talvez até um pouco preocupada com minha decisão súbita de encerrá-la, mas nunca me obrigaria a continuar falando.

— Tudo bem, então a gente se fala de novo na semana que vem?

Assinto. Resmungo um agradecimento tão baixo que mal consigo escutar e sei que é Nico quem está dando um passo à frente. Saio do front direto para o meu quarto. Ainda não cansei de chorar, só cansei de ter plateia. Não é sempre que me deixo ser visto assim, e fazer isso na frente da doutora Murray nem é um problema. O problema é deixar os outros que estão por perto assistirem.

Nico

— Oi — cumprimento assim que me fixo por completo no corpo. Venho fazendo isso com mais facilidade agora que ando cobrindo a maior parte das refeições por aqui. São cinco da tarde, e percebo que já estamos com fome. — É o Nicolas — falo sem que a doutora tenha que perguntar.

Foi assim que me apresentei a ela. Nicolas. Um pouco desconfiado, admito. Já faz alguns meses que não nos encontramos, desde que ela me ajudou com os flashbacks que me atormentavam o tempo todo, mas nos conhecemos bem.

— Oi, Nicolas — ela responde com um sorriso de sobrancelhas arqueadas em surpresa, e seu tom é receptivo. Quase me faz acreditar que está feliz em me ver de novo. — Como tem passado?

— Melhor.

Decido não comentar sobre o último episódio engatilhado naquele workshop. Entendo que foi pontual e não tenho mesmo tido muitos problemas com isso.

Até os pensamentos que me ofereciam sugestões perturbadoras para acabar de vez com tudo foram embora. Não sinto mais que vou nos colocar em perigo, diferente do que um dia poderia ter feito.

— Que bom ouvir isso. E como você está agora? — ela muda a pergunta, mas não muito.

Só então percebo que eu vinha procurando um lugar para desenhar. Qualquer pedaço de papel que possa me distrair desta conversa, porque não me preparei para falar sobre isso.

Como estou agora?

Olho para a doutora Murray assim que encontro o fichário aberto em cima da escrivaninha e arranco uma folha para colocar entre mim e o teclado do notebook. Começo a riscar uma esfera enquanto penso na resposta.

— Eu não sei. Tá tudo desmoronando — sussurro curvado sobre o desenho, me encolhendo. Tão pequeno quanto me sinto.

Talvez seja a culpa que eu carrego por não estar ruindo com todo o resto. Nada está certo; de fato, tudo parece errado. Mas eu sinto que só estou aqui, como sempre estive, bisbilhotando por cima de alguns ombros para descobrir quem são nossos novos colegas bonitinhos e esperando sentir o cheiro da próxima refeição que me agrade.

— Por que diz isso?

Acabo rindo pelo nariz. Não olho mais para ela e me concentro em modelar um cabelo espetado ao redor do rosto que desenhei. Fazer isso sempre me acalma. Não sou o mais habilidoso de nós em ilustrações porque não tive muito tempo de prática, mas é por esse motivo que acho injusto dizer que Hélio é melhor do que eu.

— Você viu o Neno, ele nunca chora assim. E ele e a Capitã nunca brigam.

— Por que vocês estão brigando? — ela pergunta com a calma de sempre, o que é uma armadilha.

De repente, saímos dizendo coisas que não queremos dizer, apesar de isso sempre acabar sendo melhor para nós.

— Eu não tô brigando com ninguém, são eles dois — corrijo com um resmungo que deve dedurar o quanto estou cansado de ouvir a discussão.

No fundo, desabafo com a intenção de que a doutora Murray chame um deles e ordene que parem. Sei que não daria certo, que ela nem pode fazer isso, mas às vezes sinto falta de uma mãe que, se não pudesse pôr ordem na casa, ao menos exigisse silêncio.

— Mas a briga deles afeta você?

Assinto, começando a trabalhar nas sobrancelhas. Me parecem familiares logo no primeiro traço, mas não consigo descobrir ainda de onde as conheço.

— Capitã não queria que o Hélio voltasse pro front. E agora ela descobriu que, toda vez que ele toma o controle, ele derruba ela da ponte. Quer dizer — fecho os olhos para me corrigir, incerto sobre a doutora ter decorado os termos que usamos para falar sobre a nave, já que cada um dos pacientes dela deve ter os seus —, do coconsciente.

— E ele tem feito de propósito?

Tenho o impulso de perguntar como ela espera que eu saiba disso, mas só forço mais o lápis no papel para pintar dois pontinhos que formam um piercing fora do lugar. E então descubro quem estou desenhando.

— Acho que não. Acho que ele empurra todo mundo quando é de propósito, mas agora só ela cai.

— *Ah, vai pro inferno, moleque!*

Ouvir Capitã praguejando me faz rir sozinho, mesmo que sem muita diversão. Doutora Murray está em silêncio, me observando, e eu me distraio da folha só por um segundo.

— Não quero ficar falando da Capitã enquanto ela tá ouvindo. Isso é problema entre ela, o Neno e o Hélio.

Aposto comigo mesmo qual vai ser a próxima pergunta. Foi assim que doutora Murray conseguiu nos unir no começo, em que cada um ainda brigava para fazer o que achava certo; assim que ajudou a melhorar nossa comunicação; que fez as trocas começarem a ser mais intencionais e menos por gatilhos; que nos fez perceber que, olhando aqui de perto, poderíamos ajudar quem estivesse no front.

— O que acha de perguntar a ela se ela não quer conversar sobre isso?

Heloíse e Neno treinaram muito esse contato até se alinharem como a dupla de dar inveja que eram, trocando de lugar ou repassando para a psicóloga a resposta de quem estava atrás. Capitã está tão consciente do que acontece do lado de fora que não preciso questioná-la para escutar um berro mais alto que o necessário:

— *Nem sob a mira de um phaser!*

— Ela não tá no melhor dos humores — explico.

Talvez nem precisasse. Doutora Murray viu com os próprios olhos que Neno também não estava muito a fim de tentar chamar Hélio, embora o problema de comunicação que temos com Hélio seja toda uma história mais complexa. Não é só um mau humor passageiro igual ao da Capitã.

— *Tiro você daí com um tapa nessa sua orelha enorme, Nico!*

O mau humor, como eu vinha dizendo.

Baixo o rosto para rir. E acho que é por isso que me sinto mal. Porque ver Neno chorando e Capitã incomodada com alguém desafiando seu posto de *gatekeeper* tem me afetado — nas palavras da doutora — muito menos do que acho que deveria. Só tem sido insuportável ficar por perto para assistir aos dois brigando, mas não consigo enxergar o problema que eles veem. Hélio respondeu a uma pergunta idiota na escola, grande coisa! Hélio é o mesmo alter forte que sabemos que sempre foi, grandíssima coisa!

— Não vamos falar deles, então. Que tal falarmos do que você tem sentido com o Hélio por perto?

Ergo de leve os ombros.

— Ele não conversa com a gente, não escuta a gente. Não é como era com a Heloíse, é como... — demoro um instante para tentar explicar — ver um filme de dentro de uma cabine. Quase não parece que tô no coconsciente do meu próprio corpo. Até pra comer preciso roubar o front todo, porque Hélio não sabe dividir o controle.

— Ele não dividia o controle com a Heloíse quando eram menores?

— Dividia.

— Então não pode ser que ele só não saiba dividir o controle com você?

Comigo e com todo mundo, corrijo em segredo. Faço isso sempre que algo me deixa emburrado desse jeito. Fico em silêncio, riscando o rosto incompleto de Franco, que desisto de desenhar. Enquanto penso na insinuação incômoda, que me faz achar que estou errado, começo a rabiscar comidinhas com traços bem simples. Um donut, um saquinho de batatas fritas, uma fatia de pizza.

— Pode ser — me rendo.

— Você já tentou falar com ele sobre isso?

— Hélio não me escuta — rebato um pouco mais rápido do que das outras vezes. Não sei qual parte disso ela não consegue entender.

— Pensei que fosse você quem dizia pra Hélio tomar cuidado antigamente.

Paro com o lápis no meio da circunferência de um pepperoni. Olho em silêncio para a doutora Murray e enfim começo a me sentir da maneira que venho pensando que deveria. Não tenho mais vontade de dar risadinhas de nada, e minha chateação com a briga besta que venho ouvindo por aí já não é mais por desinteresse. Na verdade, estou bastante consciente de que não estamos bem. Porque eu não estou me sentindo bem agora.

— Era — hesito em confirmar, ciente da minha contradição.

— E você acha que tem algum motivo pra ele não te escutar mais?

Fico em silêncio, olhando para ela na tela do computador. Não gosto de me sentir culpado por algo que nem sei o que é. Encho as bochechas de ar para não precisar dizer nada tão cedo e volto a me esconder no papel. Deixo as comidinhas de lado e começo um traço mais alongado, que não penso ainda para onde vai. Apenas rabisco.

— Não sei — resmungo. — Porque faz muito tempo que parei de ter que avisar ele das coisas?

— E você lembra por que isso aconteceu? — ela pergunta, demonstrando um interesse maior.

Encolho os ombros com a menção ao assunto. Não sei se ela me escuta, agora que meu queixo está quase encostado no peito para me concentrar no desenho. Faço duas elipses verticais, encontrando um jeito de encaixá-las nos riscos compridos.

— Você sabe, doutora Murray. Ricardo colocou o cara pra correr.

— Mas Hélio continuou com Heloíse no front por muito tempo depois disso, não foi? Ele nunca mais precisou da sua ajuda?

Prila era melhor nisso do que eu, penso, mas não digo ainda. E Heloíse conseguia escutá-la. Como Hélio sempre estava com Heloíse, era ajudado por tabela. Conecto as elipses com um traço curvo.

Talvez eu só tenha perdido a paciência com Hélio quando... bem, quando percebi que não precisava mais me importar com o que ele fazia, porque qualquer coisa que fizesse não respingaria mais em mim. Meu trabalho de tomar o lugar deles para protegê-los tinha acabado.

Penso no tanto que já reclamei sobre Hélio ter me ferido, por mais que eu tentasse avisá-lo das ameaças, orientá-lo a se manter longe delas. Hoje eu sei que nada do que ele tivesse feito me ajudaria — nos ajudaria —, mesmo se ele tivesse seguido todos os meus conselhos; e ele seguiu muitos.

Penso no garotinho que gritava com a irmã: *não é uma fada, Heloíse, é um garoto... e não parece nem um pouco com um fado!* Penso em como dei risada da maneira com que ele decidiu que ficaria com todas as balas amarelas de Franco. Neno tem razão. Ele não mudou muito, mas me pergunto se isso é mesmo uma coisa tão ruim.

— Quem costuma cuidar de você no front quando está aqui, Nico? — Ela vai em outra direção, talvez porque eu fique em silêncio.

Respiro um pouco mais tranquilo; para essa pergunta, eu tenho uma resposta de encher o peito.

— Prila.

Escuto a voz cantarolada que sempre me faz sorrir.

— *Euzinha mesma*.

Tenho a impressão de que ela acabou de chegar. Sei que sua função principal é cuidar de Cookie, mas com o tempo Cookie aprendeu a ser obediente e ficar sentada do lado de fora da ponte, ou ir atrás de Hélio quando é deixada sozinha.

— E quem cuida da Heloíse?

Suspeito que a doutora já saiba essas respostas depois de nos acompanhar por dois anos, até porque a vejo pegar a direção perfeita: Neno cuida de Heloíse, Capitã cuida de Neno. Vou respondendo com os olhos estreitos e me desinteresso rápido pelo assunto. Me viro para colorir o primeiro desenho que consegui terminar hoje.

— E quem cuida do Hélio?

A resposta brota em minha cara, tão repentina que me assusto com a pergunta. Afasto o lápis de cima da imagem da cobra familiar demais para que eu possa confundir com outra. Caio em um silêncio culpado.

Veneno, ia dizer, mas recolho a palavra. Olho para minhas comidinhas desenhadas ao redor dele. Começo a rabiscar uma por uma. Perdi a fome.

— Hélio fica sozinho no front? — a senhora repete, como se eu não tivesse entendido a pergunta.

Estamos lá, mas Hélio não escuta ninguém, quero responder. Não é verdade. Não é verdade! Hélio escutava Veneno. Eu não cuidava mais dele porque Veneno cuidava dele. Eu não cuidava mais dele porque estava lá quando vi que ele não precisaria mais de mim.

A porta dos fundos se abriu com um rangido.

— *Corre. Corre!* — eu insisti.

Hélio correu direto para as árvores. Os avós haviam ficado dentro de casa, e eu tinha dito para ele não se afastar dos dois, ainda que não fossem lá as melhores pessoas. *Corre*, ele corria. Não importava para onde. Não importava para mim e, de repente, para ele também não. Embora eu entendesse que ele nunca se lembrava de nada, era como se ele soubesse de tudo cada vez que me ouvia.

— Heloíse!

O chamado que havia começado ao longe se aproximava cada vez mais. Uma criança de quatro anos não poderia ir tão longe quanto gostaríamos. A mata ia se fechando ao nosso redor. O orvalho deixava as folhas no chão escorregadias naquele inverno. *Corre*.

— Aonde você pensa que vai?

A voz soou às nossas costas assim que a mão dele alcançou nosso braço. Um baque pesado em nossa cabeça; a sensação pegajosa de algo que havia despencado do céu, feito um presente.

Foi a primeira vez que o vimos recuar. Ele pulou para trás e depois correu. Nunca o tínhamos visto correr. Era como se nada nunca o fizesse desistir.

Demorou um pouco para um segundo movimento captar nossa atenção. O bicho que tinha caído da árvore serpenteava em nossos pés. Hélio estremeceu, e do lado de dentro eu tardei a entender que ele estava fazendo xixi na calça. A primeira coisa que ouvimos foi a voz:

— *Não se mexe.*

Um sussurro arrastado, firme, adestrador. Hélio não se mexeu. A cobra se enrolou em seu tornozelo direito molhado antes de perder o interesse e escorregar ligeira para longe. Eu vi a nossa cobra ao meu lado em seguida, aqui dentro. Havíamos acabado de ganhar uma.

Hélio só a veria frente a frente anos mais tarde, embora tivesse mais consciência de que ela existia do que tinha de outros de nós. Veneno falava com ele de um jeito que eu nunca havia falado. Veneno era mais paciente. Veneno sussurrava em seu ouvido sempre que ele sentia falta de carinho. Hélio não precisava de mim, e algum tempo depois eu não precisaria mais que ele me escutasse.

Hélio, de fato, não parecia desejar a companhia de mais ninguém. Tinha uma irmã a quem amava e uma cobra que vivia enrolada em seu pescoço depois de ele aceitar que precisava ficar dentro da nave.

— *Lá vai ele com seu cachecol de Medusa* — Prila dizia quando nos trombávamos por acaso, embora a piada nunca se estendesse a Hélio, porque ninguém nunca falava com ele.

Ninguém cuida do Hélio.

Hélio está sozinho.

Sinto a garganta coçar enquanto enxugo a umidade que me impede de olhar para as figuras que rabisco com raiva. Encaro a doutora Murray pela tela do computador e preciso falar duas vezes, porque minha voz falha na primeira.

— Eu cuido... — Limpo a garganta. — Eu vou cuidar do Hélio.

Capítulo 12

Capitã

Não acho uma boa ideia participar de um jantar em família hoje, mas o único que está por perto ao cair da noite é Sombra, que ainda não tem total permissão de tomar o front. Neno segue chorando no quarto, Hélio se escondeu desde que entendeu que não é muito bem-vindo, pela primeira vez em anos Nico está enjoado demais para comer alguma coisa, e Prila foi consolá-lo, então eu desço ao chamado de Ricardo.

— Como tá a doutora Murray? — ele pergunta assim que me sento à mesa, em frente a uma travessa de macarronada que não me apetece nem um pouco.

— Bem.

Uma palavra só. Gosto de Ricardo, mas não com a devoção dos gêmeos. Entendo que ele queira saber como foi a sessão, não como está nossa psicóloga, mas não estou com vontade de jogar conversa fora.

Percebo que ele me observa, só não ousa dizer quem eu sou. Talvez até saiba — suspeito ser o caso —, e me pergunto se o motivo de seu silêncio sobre isso é a presença de Sheila à cabeceira da mesa.

— Ela disse que vai falar com você pra marcarmos outra conversa na terça. — É tudo o que eu conto.

O silêncio se aprofunda. Eu o vejo mastigar algumas palavras enquanto se serve de uma porção de talharim ao sugo. Tão sem graça quanto essa interação forçada da família que não somos. Não sei por que Nico se sujeita a passar por isso toda noite em troca de um pouco de comida.

— Coisas importantes a decidir? — Ricardo arrisca.

Entendo de onde vem a pergunta. Nas vezes que tivemos mais de uma sessão por semana, ainda não estávamos estáveis. Sombra estava preso no momento do trauma e, sempre que escapava para o front, nós acordávamos machucados. Eu não conseguia evitar que isso acontecesse, pois ainda não tinha tanto controle sobre as trocas. Com Hélio aceitando ficar do lado de dentro, Heloíse estava abandonada em seu papel de anfitriã. Nando estava angustiado. Veneno se sentia um peso morto sem Hélio no comando do corpo.

Tínhamos muito trabalho a fazer.

Mais ou menos como agora.

— Ric — Sheila chama com cuidado e leva a mão à dele sobre a mesa. — Não vamos falar sobre isso durante o jantar, por favor.

Ricardo alterna o olhar entre nós duas. Dá um sorriso quieto e começa a comer. O problema é que, com tanta coisa engasgada — com Sheila sendo insensata, com o filho irritante que ela tem, com a terapeuta me perturbando e com as risadinhas fora de hora de Nico até ele sair fazendo beicinho e deixar essa droga de jantar para mim —, quem não consegue se calar sou eu.

— Vamos evitar o assunto, claro. Por que não? — relincho enquanto puxo uns fiapos de macarrão para o prato. Faço a maior cagada com o molho, que espirra para todos os lados porque me enrolo com o pegador que não costumo manusear. Ou talvez só esteja furiosa demais para usá-lo direito. — Já faz mesmo uma semana inteira que você evita seu próprio filho...

— Capitã, por favor — Ricardo abafa meu comentário com um pedido baixo.

Sei o que combinamos. Sei que vamos respeitar e obedecer Ricardo — está na lista de regras que passa o tempo todo em um dos painéis informativos da sala de convivência da nave, com tanta insistência que até parece que alguém seria capaz de esquecê-las —, mas hoje não consigo morder a língua só porque ele pede.

— Eu vou deixar vocês jantarem. — Sheila começa a se levantar, e eu odeio o tom que ela usa. Faz parecer que é a grande coitada incompreendida da história.

Eu me levanto junto. Sinto o corpo todo quente. Nem mesmo aquelas crianças vomitando asneiras em um workshop esdrúxulo me deixaram tão irritada quanto fico agora. Saio falando antes que possa me refrear:

— Por que, em vez disso, você não me esclarece qual é o seu problema?

— Capitã — Ricardo pede, ainda sentado, e meu nome chamado pela segunda vez parece ser a gota d'água para Sheila.

Ela joga na mesa o guardanapo que tinha sobre o colo, mas não me responde. Quase nunca faz questão de interagir com a gente. Quando se vira para ir em direção às escadas, eu grito mais alto:

— Porque eu não entendo qual é a sua! Já que Heloíse nem se importou em ver sua cara de novo!

Ela ao menos interrompe os passos, o que acho curioso. Pensei que fosse incapaz de sentir qualquer coisa.

— Capitã! — Ricardo está falando mais alto agora. — Já chega!

— E Hélio está aqui! — Não consigo evitar. Sinto os ombros tremerem, não só as mãos. O peito bate tão forte que penso que vou passar mal. — Hélio só fala disso pelos cantos desde que essa ideia brilhante de voltar pra cá apareceu! — Bato um pé no chão até doer e nem sei se já tinha notado que o movimento seria tão ilustrativo. — E você só sabe pisar nele! No filho que mais se importa com você. — Abro os braços para gritar a novidade que parece que ela ainda não entendeu: — Heloíse sumiu! E aí? Você vai fazer o quê? Jogar o corpo dela no lixo porque nenhum de nós te agrada?!

Trinco os dentes com tudo que fica entalado, porque a garganta dói demais para que eu continue a gritar. Sinto ódio de todas as lembranças que tenho. O cartão de Dia das Mães que Hélio pediu para refazer na escola porque Heloíse tinha corrido para terminar e poder brincar no intervalo; a saia que ele ajudou Ricardo a comprar para o aniversário de Sheila, porque aos seis ou sete anos já sabia melhor do que Heloíse qual era a cor preferida da mãe.

E, quando digo *todas as lembranças que tenho*, eu quero dizer *todas as lembranças de todo mundo*. Eu costumo lidar bem com isso... até começar a não lidar bem, sem nem saber o motivo. Hoje, por exemplo, não me importa se Sheila me rejeita. Mas odeio a ideia de que ela rejeite Hélio, ao mesmo tempo em que odeio Hélio por estar atrapalhando meu trabalho no front sem que eu possa tentar arrancá-lo de lá para puni-lo, porque precisamos dele. E odeio ainda mais a confusão que isso me causa.

— *Capitã, me deixa sair* — Sombra pede.

Dou uma risada sozinha e fico ainda mais atacada. Não sei por que ele acha que eu o deixaria sair justo nesta situação.

— *Me deixa sair* — repete, e não respondo, embora suspeite que ele talvez esteja mais controlado do que eu. Não estou preocupada em analisar a fundo nada disso.

— Fomos nós! — vocifero, aproveitando que Sheila ainda está por perto, e uso alguma liberdade poética já que eu nem existia naquela época. — Fomos nós que ajudamos sua filha a passar por tudo o que você fingiu não ver!

Ricardo bate na mesa para chamar minha atenção.

— Agora você vai pro seu quarto, mocinha!

O susto me faz lutar para impedir que Sombra tome o front, porque ele está perto demais e é engatilhado com força. Mas não é ele quem eu quero aqui, enquanto espero nosso coração se acalmar de novo. Sei que, embora as batidas desacelerem, não estou nem um pouco tranquila para tomar a decisão que, na verdade, já tomei. Está tão vibrante em minha cabeça que não vejo a possibilidade de voltar atrás.

E não é assim que eu deveria tomar decisões, mas não consigo me importar.

— Hélio aceitaria qualquer migalha que você desse pra ele! — Eu não sei parar, eu simplesmente não sei parar. — Os patins que você deu pra Heloíse, sendo que eles queriam um skate, e ela odiou, mas ele agradeceu pra te deixar feliz — começo a listar, sabendo que não vou longe. Minha voz treme, e Ricardo está se preparando para chamar minha atenção outra vez. — Aquela série médica horrível que eles odiavam, mas ele assistia pra ficar junto com você. — E então desisto. Eu me sento, exausta, e olho para a mulher que está parada ao pé da escada. Acho que ela soluça, não consigo ver direito. O ódio deixa minha visão turva. — Mas, se você sente tanta falta assim da sua filha, tudo bem. Eu te dou uma filha.

Assim que puxo Cookie para o front, ela empurra Sombra junto comigo para fora da ponte de comando. Paramos os dois no corredor, bem em frente ao turboelevador que serve de porta, e noto que ele se vira para mim. Tenho lembranças vagas do que acabou de acontecer lá fora. Sei que a confusão de trocar de ambiente é um pouco pior comigo do que com alguns dos outros, porque sinto que tenho poucos laços com o mundo externo para que ele seja relevante a ponto de eu me recordar com detalhes. Mas, em momentos assim, isso também permite que eu me recomponha mais rápido.

Ainda estou me desconectando do problema quando a primeira visão nítida que tenho do interior da nave me pega de surpresa. Qualquer coisa que estivesse pensando vai embora. Sombra ergue a cabeça, e vejo seus olhos por baixo da aba do boné. Sobressalto, mas tento não transparecer.

Ninguém nunca viu o rosto de Sombra, e eu não entendo por que sou a primeira. Ah, tenho certeza de que sou. Noutro caso, a fofoca teria se espalhado feito glitter no ventilador. O brilho em seu olhar sob a luz fria denuncia a preocupação que sente, mas eu já nem consigo me incomodar com o assunto de antes.

Sombra...

Sombra é uma garota?

— Eu... — Pigarreio ao notar minha voz falha. — Eu vou dormir — declaro firme, numa sugestão de que faça o mesmo.

Observo suas íris castanho-claras por mais alguns segundos, até ele assentir. Ela. Não sei como chamar.

Sombra me segue a alguns passos de distância na direção dos quartos.

— Boa noite — falo assim que passamos em frente à sua porta. Ela se abre sozinha com o reconhecimento.

— Boa noite, Capitã.

Escuto o mais baixo que já ouvi Sombra falar, e a luz que indica que o quarto está ocupado se acende no batente.

Eu sigo meu caminho, tentando me recuperar. Já não sei muito bem do quê.

Hoje, Cookie não é problema meu, ou de Prila, ou de Hélio.

Hoje, Sheila vai colocá-la para dormir se quiser descansar também.

Hélio

Sentado na cama do dormitório, clico no calendário digital que encontrei pelas minhas andanças no depósito de equipamentos. Com um toque, marco o quadrado que indica o dia de hoje, quarta-feira. Esfrego os olhos, sem a menor vontade de ir para a escola, e me empurro para fora. Espero a porta automática deslizar para mim e sigo na missão de arrastar os pés pelo chão de aço ao longo do corredor.

Só por um segundo, observo a porta do quarto de Heloíse. A luz que indica que ele está ocupado continua apagada desde que perdemos qualquer rastro dela por aí. A de Neno está acesa, como tem ficado com frequência.

Estamos de castigo para todo o sempre, o que não rendeu o melhor dos cenários para o nosso primeiro fim de semana saudável no Brasil. Por outro lado, as apostilas que Franco se lembrou de levar para mim na sexta-feira chegaram em boa hora. Estudar grande parte da matéria que perdi nos últimos anos me ajudou a não me afundar em devaneios sobre Capitã brigando com minha mãe por causa de mim.

Não sei o que ela disse, nem o que aconteceu depois. Ricardo se limitou a me explicar que, se eu estava cansado na manhã seguinte, era porque Cookie havia ficado de pé até por volta das quatro horas da madrugada. Ele estava muito bravo ao dizer que devíamos fortes desculpas pelo nosso comportamento — e eu pedi de coração, mas não acho que ajudou muito. Deve ser por isso que não vejo sinal do humor tranquilo dele contagiando o ambiente e não cruzei mais com minha mãe.

A conversa com a doutora Murray foi bem-vinda. Ganhar o front para ficar de castigo dentro do quarto não era o que eu tinha em mente quando Neno me ofereceu o cargo de anfitrião de volta. Mas, para arrematar toda a bagunça que fizemos esses dias, o que descobri durante a conversa com nossa psicóloga é o que me prende aqui, no fim do corredor da nave, mesmo sabendo que estamos acordados há tempo suficiente para estarmos prontos para um novo dia letivo.

Capitã me defendeu, apesar de ter feito isso de uma maneira com a qual eu nunca concordaria. Eu jamais aceitaria magoar minha mãe, por qualquer que fosse o motivo; além do mais, duvido muito que isso vá ajudá-la a me aceitar. Na verdade, talvez tenha até piorado as coisas.

Mas Capitã ainda assim me defendeu. E eu sei que está passando por cima dos problemas que teve comigo há alguns anos para me deixar assumir o front. Apesar de ela controlar quem fica nele na maior parte do tempo, é Neno quem analisa a melhor dinâmica para nos manter funcionando. E, se ela não confia em mim, ao menos confia em Neno.

O que eu não sabia é que venho retribuindo essa generosidade empurrando Capitã para longe toda vez que tomo o comando. Respiro fundo em frente ao turboelevador. Dou um passo para dentro e subo, em uma primeira tentativa de evitar que esse acidente continue acontecendo. Não sei se vai funcionar, mas, por ser a única ideia que me ocorre, é a melhor que tenho.

Não costumo fazer o que os outros fazem: entrar pela porta — acho que ninguém faz a mesura de pedir permissão à Capitã para entrar na ponte, embora todos a respeitem em sinal de gratidão por compartilhar sua nave com a gente — e ir se sentar na cadeira do piloto. Sou simplesmente puxado para o front.

Hoje, para não deixar que a troca aconteça dessa maneira brusca, dou um passo para dentro da ponte de comando assim que a porta se abre no andar superior. A primeira reação que tenho é a de ficar em silêncio e me aprontar para sumir daqui sem ser visto; até pouco tempo atrás, é o que teria feito ao me encontrar com tantos deles. Preciso resetar esse estado de alerta agora que essa situação vai acontecer com mais frequência.

E não só isso. Acho até que poderia lidar com a maioria dos outros, mas estremeço ao perceber Sombra de cabeça baixa, encostado em um canto. Tem algo diferente nele, mas nem consigo olhar muito para descobrir o quê. Tento parar de tremer antes que fique visível, antes de reforçar uma ideia que não deve fazer bem a ele: a de que, para mim, ele sempre foi assustador e talvez nunca deixe de ser.

Me forço a acenar de leve com a cabeça, para ser educado e reconhecer que o vi, mas logo me viro para Capitã. Espero que ela me diga o que fazer.

Já estamos no carro a caminho da escola, portanto ela se vira para o garoto no front e fala sem cerimônia ou qualquer dificuldade de ser compreendida:

— *Hélio chegou. Entra.*

Nico estava em silêncio, de qualquer forma, então se ergue da cadeira do piloto e vira de frente para mim. O sorriso que me dá é tão inesperado que fico mexido. Sorrio de volta, sem saber o motivo de estarmos sendo amigáveis. Me concentro de novo em criar coragem para seguir com o plano e estendo a mão para Capitã.

— *Você pode tentar vir comigo?*

— *Não* — ela responde com a cortesia de sempre.

É por isso que não conversamos. Capitã não está na lista dos que eu temo encontrar por aí — na verdade, acho que nessa lista só entraram Nando e Sombra até hoje —, mas também não está entre aqueles que acho mais agradáveis.

Engulo a frustração. O fora me dói. A maior parte da minha relação com todos eles sempre doeu. E penso que o fato de estar tão acostumado com isso é exatamente o que me permite não desistir.

— *Por favor? Me dá a chance de descobrir o que tô fazendo de errado.*

Ela me encara em silêncio por um tempo, então segura minha mão e se levanta de sua poltrona. Eu fico mexido pela segunda vez, agora com o toque que deve ser o mais firme que já senti, tanto aqui dentro quanto lá fora. Aqui, porque eu só me lembro de ter dado a mão para Cookie e Heloíse e, lá fora, porque faz mais de uma década que não encosto em ninguém.

Caminho até a cadeira mais próxima ao vidro frontal e aperto a mão dela um pouco mais forte. Por fim, me sento e pisco os olhos devagar para me ambientar do lado de fora. Assim que me situo, deixo de sentir qualquer vestígio da nave. Fecho os olhos com força, sabendo que acabei de fazer algo importante, mas minha ligação com essa lembrança fica fraca e só posso desejar que tenha dado certo.

A confirmação chega mais tarde, assim que abro o fichário à espera da primeira aula. Refreio o ímpeto de empurrar para longe quem quer que pegue o comando da mão esquerda. Não sei qual de nós é canhoto, mas descubro assim que ele procura a caneta vermelha.

É Nico.

E o recado que se forma no canto da folha me faz sorrir de peito cheio pela primeira vez em muitos dias.

Estamos orgulhosos de você.

Capítulo 13

Hélio

Hoje é nosso último dia de castigo — uma semana inteira entre o quarto e a escola —, embora o clima em casa ainda esteja tão desolador que não tenho ânimo de fazer planos para o sábado. Dizem que é isso que acontece quando você é uma criança que passa por um trauma repetitivo. Você acredita que merece cada experiência ruim, que está fazendo alguma coisa para atrair os problemas, que a culpa é sua. Se não te punem, você dá um jeito de se punir — foi assim que Sombra nasceu, afinal.

Minhas questões em relação a isso nunca foram profundas, nunca me causaram um comportamento tão grave, e talvez por esse motivo eu não tenha trabalhado essa lógica problemática o suficiente, como ouço dizer que ele vem trabalhando. Na verdade, acho que a trabalhei tão pouco dentro de mim que nem consigo me permitir sair desse castigo.

Magoei minha mãe. Por tabela, que seja. Mereço ser desculpado?

Na nossa conversa de ontem, a doutora Murray disse que sim, mas ainda não decidi se concordo.

Ester me passa o controle ainda antes do café da manhã. Vou me ambientando devagar. Tenho me esforçado para fazer assim.

Percebi que o medo que eu sentia de me arrancarem do comando talvez viesse me fazendo assumir o corpo com ansiedade demais. Capitã não parece estar chateada comigo desde que comecei a repetir para mim mesmo que não estou ameaçado, que não preciso defender minha permanência aqui fora. Acho que resolvi o problema, mas ela não confirma.

Repetindo todos os outros dias, tiro a camiseta para colocar outra de manga comprida por baixo, porque não consigo fazer com que Ester entenda a necessidade disso. Pego o material e estou prestes a sair do quarto, mas paro com a mão perto da maçaneta da porta, onde uma sacola está pendurada. Puxo as alças até desenroscá-las dali e dou uma olhada no conteúdo a caminho das escadas.

Encontro um segundo saquinho transparente, este retangular e rasgado, que contém folhas de um papel que não sei do que é feito, mas parece igualmente áspero e macio ao toque. Acho engraçado e as esfrego mais um pouco. Me pergunto o que são e por que alguém deixaria algo do tipo para mim. Sem nem notar, estou na cozinha.

Não tenho certeza se fiquei tempo demais parado à porta, mas, quando ergo o rosto, minha mãe e Ricardo estão me olhando. Os dois exibem a mesma expressão: um sorriso divertido e as sobrancelhas arqueadas, talvez numa espera longa e curiosa — porque, em vez de dar oi, devo ter ficado com a cara enfiada dentro da sacola por mais segundos do que pude registrar.

Olho de um para o outro e, sem saber o que dizer — o bom-dia não me vem naturalmente à cabeça —, puxo as folhas para que eles vejam.

— Vocês sabem o que é isso?

Ricardo olha com atenção. Não parece ser um objeto tão peculiar para ele, mas, fora de contexto, não sabe me dar uma resposta imediata.

— Folhas de depilação? — minha mãe responde.

Ele resmunga um "isso!", que soa tanto comemorativo quanto desapontado. A reação me faz dar risada. Percebo que ele estava encarando a pergunta feito um jogo de trívia, do tipo em que a resposta está na ponta da língua, mas alguém da mesa ao lado rouba sua chance de pontuar. Minha mãe ri também, por trás da caneca em que está bebendo alguma coisa e que logo ajeita dentro da lava-louças.

Ela sempre está correndo pela manhã, e só agora percebo que essa é a primeira vez que a encontro na hora do café desde que chegamos. Não tenho ideia de como andam as coisas na construtora, que sempre tomou mais tempo dela do que eu gostaria.

— Será que você pode comprar mais pra mim? — peço, entendendo que foi Ester quem me deixou um recado. Só não consigo entender qual.

Minha mãe beija a cabeça de Ricardo e vem em minha direção. Espia dentro da sacola e para perto de mim, o mais perto desde aquele abraço que ela não sabe que me deu.

— Tem bastante aí, por que quer mais?

Fico olhando para ela e de repente me perco na conversa. O perfume floral está acentuado a essa hora da manhã. Ela deve ter acabado de borrifar, e o cheiro dele me leva para longe. Demoro para me desvencilhar de uma lembrança boa, que fica apenas na superfície porque estou lutando para não mergulhar de cabeça nela, então não consigo reconhecê-la.

— Porque... — Pisco algumas vezes para me ambientar de novo. — Eu não... — Ergo a mão livre até os olhos e os esfrego devagar.

Mesmo dissociado, percebo o quanto minha mãe vai ficando impaciente.

— Você não...

Olho para ela, para as folhas e me recordo do que estávamos falando.

— Porque eu preciso lembrar alguma coisa, mas não sei o quê. Eu separei as folhas pra não esquecer, mas esqueci mesmo assim — minto, porque imagino que essa explicação vá incomodá-la menos do que se eu contar que não consigo descobrir o que outro de nós quer.

Ela não repara que estou dando uma desculpa, não parece perceber que eu nem mesmo tinha conhecimento do que eram essas folhas um minuto atrás. Isso não importa, porque me oferece a resposta de que preciso:

— Bom, você tem a cera?

— Cera! — Arregalo os olhos para enfatizar. Decerto é isso. — Você pode comprar pra mim?

Ela olha para o teto, chacoalhando a cabeça de um jeito divertido. Refreio um pulo ao escutar a voz de Nico pela primeira vez em muito tempo. Venho ouvindo sussurros nos últimos dias, mas quase nunca consigo discernir sobre o que são. Desta vez, fica claro. É uma ironia divertida, uma crítica ao jeito da minha mãe.

— *Que viagem, né? Como uma garota poderia esquecer que precisa de cera pra depilar as pernas?*

Talvez o comentário tivesse me incomodado em outro momento — eles precisam entender que a gente tem que dar um tempo para ela, lembrar que minha mãe não viveu com a gente pelos últimos dois anos —, mas não tenho espaço para pensar demais.

— Compro, Helô. Boa aula — ela diz. E beija minha cabeça. E sai andando.

Logo estou de coração acelerado e os pensamentos voando para todos os cantos enquanto ela desaparece pela sala.

Me viro para Ricardo; os dois com os olhos arregalados e um sorriso idiota na cara. Ganhei um carinho fora de hora e sei exatamente o que fazer com isso. Ele também. Em meio segundo, estamos chacoalhando as mãos fechadas na frente do peito em comemoração, abrindo a boca em um grito silencioso às costas dela.

Não adianta nada. Damos risada juntos pela sincronia perfeita da piada antiga, e minha mãe grita um "eu ouvi!" antes de sair.

Capitã

Nico leva bem o primeiro jantar em família depois do castigo. Sheila sabe que não está conversando com a mesma pessoa da manhã. Nada de beijos, nada de *Helô*, nada de sorrisinhos. Mas não deixa de conversar sobre qualquer assunto que apareça, talvez porque Nico também não esteja muito interessado em falar agora que tem em sua frente uma enorme pizza de frango com catupiry em comemoração à chegada de mais um fim de semana.

Hélio deu espaço para ele depois de erguer o nariz para fora de um livro ao escutar a campainha e decidir que podia descansar um pouco. Estudar é só o que ele tem feito desde que as apostilas novas chegaram e ficamos presos dentro do quarto. E é claro que ainda não protestamos, mas estou pronta para lembrá-lo de que precisamos ver a luz do sol. Se ele não decidir sair ao menos um pouco de casa amanhã, alguém vai.

Ajudo a puxá-lo de volta ao front agora que Nico sobe para o quarto com um saquinho de compras que Sheila nos entrega. Deve ser a cera que causou toda a comoção no café da manhã. Hélio retoma o comando, mas percebo seu cansaço. A visão está embaçada. Ele esfrega os olhos mais do que deveria e se senta na cadeira da escrivaninha, mas desiste logo do material escolar.

Abre a sacola que acaba de encontrar por ali e demora uns minutos dissociado. Quando desperta e se vira para pegar o controle remoto, não sei qual de nós três grita mais alto em satisfação: eu, Nico ou Sombra, que se levanta primeiro para ir embora. Entende que sobrevivemos a mais um dia e não deve estar a fim de assistir a qualquer coisa que Hélio vá escolher.

Nosso anfitrião demora olhando todos os filmes que estão prestes a terminar, depois os que vêm a seguir.

— *Escolhe qualquer coisa logo* — Nico resmunga.

— Não se mete.

Acabo rindo da careta de Nico ao escutar Hélio dizer isso em voz alta. Ele está se acostumando a nos entender de novo, mas ainda não sabe responder do lado de dentro. Também não demora a parar nos comerciais de uma comédia romântica antiga, que ainda vai levar uns minutos até começar. Depois se levanta da cadeira e segue até o banheiro com o pote nas mãos.

O tempo que ele hesita para abrir a porta é o suficiente para Nico decidir que, por mais que tenha prometido que vai cuidar de Hélio, não está em boa saúde mental para enfrentar esse cenário. Ele me dá boa-noite e some pelo turboelevador.

Hélio então entra de cabeça baixa. Coloca a cera sobre a pia e demora um instante para ter coragem de erguer os olhos para o espelho. Sei que Ester está chegando, mas a lembrança que me atravessa ao vê-lo fazer isso me obriga a usar o cheiro do aromatizador para engatilhá-la um pouco mais rápido, antes que quem tome um gatilho de verdade seja Hélio.

Eu, como a maioria dos outros, não gosto de banheiros, mas fico por perto, tanto porque não achamos ser uma boa ideia deixar Ester sozinha quanto porque costumo ser mais resistente às lembranças do que todos eles.

Vejo a garota começar o ritual de sempre: uma longa olhada no espelho — acho que nem o próprio Hélio gosta tanto do nosso rosto lá fora quanto ela — e a preparação para o banho. Ela para em seguida, atenta à cera, pega o pote e, demorando um pouco demais ao virá-lo para todos os lados, me arranca uma gargalhada. É inevitável ao ver seu reflexo frustrado, de mão na cintura e tudo:

— E o que vocês esperam que eu faça com isso, agora?

É assim que descubro que preciso de Prila, porque não consigo me comunicar com Ester daqui de trás. As duas estão mais acostumadas uma à outra pelas noites de quarta-feira em que Cookie pede para ficar só mais um pouco, para brincar com a espuma durante o banho. E nós deixamos, porque percebemos que Ester tem sido muito mais criativa e interessada desde que conseguiu esses primeiros contatos no front com alguns de nós.

— *Nico e Hélio não pensaram em derreter a cera pra ela* — explico, quando Prila aparece, e recebo um *hum* concentrado em resposta.

Ela se instala em uma das poltronas e chama com a voz suave:

— *Vamos descer, Ester. Vamos até a cozinha.*

Ester não se move, olhando para o pote com uma indecisão que posso sentir daqui. Prila continua:

— *Vamos. É muito fácil, você vai ver.*

A garota então sai do banheiro, porque o quarto ainda está dentro de seus limites, mas encara a porta para o corredor por tempo demais. E, de repente, como se algo estivesse tão errado que ela não pudesse deixar de reparar, começa a procurar pelos arredores.

Eu não percebo, Prila não percebe. É comum para nós, mas não para Ester. Ela escuta com curiosidade as vozes que não são nossas dentro do quarto e é assim que se depara com a televisão ligada. Puxa um gole tão grande de ar pela boca, que mesmo aqui dentro eu me sinto um pouco tonta.

— *Ester* — Prila chama mais uma vez, porque sabemos que a disposição da garota é curta, e noites de depilação costumam ser mais longas que o comum para ela. — *Pela porta, meu bem.*

Ester não diz nada, só coloca a mão no peito e se vira para sair do quarto. *Isso, à direita, agora pelas escadas. É só seguir reto pela sala, agora essa porta à esquerda. O interruptor fica aí do lado*, Prila a orienta até que ela esteja com o pote de cera sobre a pia da cozinha. Ester mantém uma mão junto ao peito o tempo todo. É no instante em que para de se mover que conseguimos escutar seu choro. E ele vai ficando tão forte que logo é acompanhado por soluços.

Prila ensina o passo a passo de abrir a tampa, arrancar com cuidado qualquer resquício do papel laminado do lacre e ler na embalagem quanto tempo deve girar no micro-ondas. Já eu não consigo entender por que a nossa mão treme tanto ao realizar cada movimento. E não sou a única que fica preocupada com a corredeira que encharca o nosso rosto.

A cera já aquece há alguns minutos quando um vulto aparece ao nosso lado. Ester está tão distraída com o próprio pranto que nem parece lembrar que, em situações como essa, ela geralmente se amedronta e volta para dentro por vontade própria.

Sheila para à porta com os olhos arregalados. O maior sinal de preocupação que demonstrou desde que descobriu que Heloíse não está mais aqui. Não pergunta nada, no entanto. Nem precisa.

Ester olha para ela e agora recolhe as duas mãos em frente ao peito.

— Ah, senhora mãe dos gêmeos! — Seu tom emocionado é quase teatral. Sei que faz bastante tempo que não se veem, desde que Ester era muito novinha e Sheila a ensinou a tomar banho, mas a garota não tem uma lembrança clara desse momento para que eu acesse os detalhes. — Seu filho é um garoto tão bom. Tão bom!

O micro-ondas apita, e, desconcentrada, ela se vira para abrir a porta.

— *Um pano de prato pra não se queimar!* — Prila orienta com urgência, embora não saiba gritar. Por sorte, é rápida o suficiente.

Ester olha ao redor e encontra papéis-toalha. Puxa uma quantidade exagerada do rolo e amontoa tudo a fim de pegar o pote dentro do micro-ondas. Depois de fechar a porta e se ajeitar equilibrando a cera mole, grita em uma euforia desafinada entre os soluços:

— Eu vou ver um filme!

E vai saindo da cozinha, avançando pela sala, subindo as escadas. Deixa para trás uma Sheila tão atônita que nem se mexe, exatamente igual a mim e Prila.

Não entendemos o que nessa expectativa deixa Ester em prantos.

E não sei como ela sabe que foi Hélio. Mas ela não tem dúvidas.

Capítulo 14

Hélio

Então a questão não é que eu não tenho encontrado Neno por aí. É que, quando Neno voltou para dentro depois daquela primeira sessão com a doutora Murray, ele precisou de um descanso. Segurou as pontas da viagem, do sumiço de Heloíse, da confusão do front, dos primeiros dias de aula e, agora que as coisas parecem encaminhadas, precisou dar conta de si mesmo. Neno está dormindo.

Para ser sincero, eu fiz bastante disso também durante boa parte do fim de semana. Agora que o front é meu por tempo quase ilimitado, eu vejo como Heloíse faz falta, porque nunca tive a responsabilidade de ficar no controle por tantas horas seguidas. Mesmo brigando com ela por causa de atividades e amigos ao chegarmos à idade em que acredito que nossas identidades deveriam ter se juntado e, no lugar disso, passaram a se desenvolver de forma cada vez mais individualizada, nosso equilíbrio era natural.

Agora, a segunda-feira chega, e eu caminho pelo corredor até a ponte de comando ainda exausto dos estudos da última semana. Não tenho ideia do que andamos fazendo nos últimos dias, mas percebo que isso me deixa menos angustiado do que antes. Exceto por momentos em que alguém decide brigar com a minha mãe —

o que não deve acontecer de novo —, eu confio no nosso trabalho em equipe, da qual ainda sinto que faço menos parte do que deveria.

O susto que levo com Sombra em sua poltrona habitual não é de graça desta vez. Na verdade, sua presença é cativa desde que comecei a entrar pelo turboelevador, e estou me acostumando. Nunca conversamos, mas sei que ele sempre está por perto. A diferença é que, hoje, a aba de seu boné está erguida feito a de uma pessoa normal. Não há uma sombra cobrindo seu nariz.

Dentro do moletom enorme, cujo capuz quase parece um travesseiro confortável, até poderia parecer um garoto qualquer. Exceto que a pessoa que eu vejo esparramada na poltrona, do jeito que Sombra se senta, usando as roupas que Sombra usa, não me parece ser um garoto.

Sombra me olha até começar a parecer desconfortável, e só assim percebo que quem está encarando sou eu. Limpo a garganta e quero fazer um elogio sobre o visual novo, mas sei que vou gaguejar pelo que acabei de descobrir — se é que estou certo — e, mesmo se não gaguejasse, não conseguiria pensar em nada para dizer agora sem parecer uma ofensa velada a como Sombra era antes.

Sendo assim, a exemplo de toda manhã, eu apenas sorrio para o grupo e Nico me passa o comando. Estamos chegando à escola, mas o relógio do carro indica que estamos atrasados.

— O que aconteceu?

Noto que o trânsito nos mantém parados na avenida, a uma esquina de distância do portão. Ricardo me olha por um segundo e sorri, explicando com paciência o que eu já deveria estar cansado de saber.

— Greve dos metroviários.

Só entendo a gravidade disso e o quanto o metrô tem o poder de afetar todo o nosso dia porque o inspetor não me dá a bronca esperada e encontro minha sala com apenas metade dos alunos.

O fato de a porta estar aberta não é nenhuma novidade, já que muitos professores não se preocupam em fechá-la. No fim do corredor, só é possível escutar o barulho que vem da classe em frente. O que me faz checar duas vezes se estou no lugar certo são os rostos que se viram para mim.

Olho para trás, na direção do outro terceiro ano, mas a sala está vazia. Quando volto a encarar o grupo de alunos na minha turma, Franco está rindo em silêncio da minha confusão.

— Entra, Heloíse — o professor de matemática convida. — Estamos esperando mais uns minutos pra ver se aparece mais gente. Foi tranquilo de chegar aqui?

Dou alguns passos na direção da minha fileira. A primeira carteira está ocupada por alguém que não conheço, mas sento logo atrás dela e, com isso, bem ao lado de Franco.

— Foi, sim. Só... muito trânsito — arrisco dizer, pelo pouco que vi.

Me viro para Franco, enfim. Ele pisca um dos olhos em um cumprimento, mas eu não consigo disfarçar a confusão que isso me causa. Sinto meu sangue ferver no rosto, e o ar trava ainda na garganta. Esboço um sorriso sem mostrar os dentes o mais rápido que consigo, só para não parecer um poste, mas logo desvio o olhar para colocar a mochila no chão e esfrego minhas mãos, que formigam.

— Garota, você não tá com calor? — o menino atrás dele pergunta, e eu demoro um pouco para entender que está falando comigo.

Ergo o rosto e trombo com o olhar de um dos caras que trocam coices com Franco por aí. É isso que todo grupo de amigos parece fazer nessa escola. Preciso lembrar que sou *garota* aqui dentro.

A sala está tão vazia e as pessoas tão sem assunto, que me deparo com todas as cabeças viradas em minha direção. Engulo em seco e invento uma desculpa:

— É por causa de um tratamento.

Ele faz um som de quem entende e é acompanhado por mais alguns. Me pergunto ao mesmo tempo se de fato isso não deixa de ser parte do meu tratamento e se metade da sala andou comentando por aí sobre minha escolha de roupas. Esse segundo pensamento me faz escorregar um pouco na cadeira.

O professor volta a falar:

— Bom, não dá pra seguir com a matéria desse jeito. Vamos terminar a lista de exercícios da última aula, em duplas.

E eu nunca fiquei tão feliz em ser convidada a me debruçar sobre os números — contas que ao menos tenho conseguido entender agora, graças às apostilas dos anos anteriores. A tranquilidade da sala se torna um irritante arrastar do mobiliário, e eu me limito a procurar o estojo até ver uma mesa se aproximando da minha, esperando apenas que eu tire a mochila do meio do caminho.

Quando levanto a cabeça de novo, percebo que Franco não me olha. Parece até que assim eu não vou notar sua aproximação. Espio o amigo dele, que se juntou com outro aluno que também estava por perto.

Me assusto com a sensação de algo batendo em minha cadeira e me viro para trás a tempo de ver Joice pedir desculpas ao se juntar com Ícaro. O trio deles também perdeu uma integrante esta manhã. Noto em seguida que a pancada não foi por nenhum descuido. Ela queria minha atenção. Tem um sorriso sugestivo na cara.

Eu finjo não entender o recado. Sem dizer nada, deixo o espaço livre para que Franco se junte a mim, mas minha tentativa de fingir que não vejo nada de mais em me sentar com ele deve ser patética. Encontro a folha de exercícios dentro da divisória da matéria, e Franco pergunta se pode olhar comigo. Seu caderno, em uma semana de aulas, está mais abatido do que as apostilas dos últimos anos. Nem sei como ele se encontra em suas folhas, mas avança até uma cheia de equações que abandonou pela metade.

Tenho pouco tempo para pensar no quanto gosto de ter sido escolhido para ser a dupla de alguém; em especial, de ter sido escolhido por ele. Pelas próximas horas, enquanto tentamos nos entender — eu me esforçando para explicar matérias que não estudei propriamente, e ele correndo para resolver os exercícios anteriores e me alcançar para, arrisco dizer, poder copiar os próximos —, não falamos de muita coisa.

O professor nos libera para o intervalo com quinze minutos de antecedência.

— Tô com fome. — Franco se espreguiça.

Eu estou mais cansado do que costumo ficar e tento esticar as costas sem parecer que estou imitando o garoto, embora seja bem isso o que estou fazendo.

Só então assinto para o comentário. Estou salivando pelo croissant de frango da cantina. O engraçado é que, embora estivesse e ainda esteja com um pouco de saudade de comer, nunca fui muito chegado em croissants.

Sei o nome disso agora. É *influência passiva*, maneiras de alguém em seu coconsciente te afetar no front — fazer você dizer coisas que não diria, pensar o que não pensaria, ouvir vozes como se tivesse gente falando ao seu lado. A mais comum para mim sempre foi a vontade de comer algo que acho grotesco, e eu nem tenho dúvidas do porquê.

Mais de uma vez, entrei em uma sorveteria dizendo para Ricardo que queria um sundae de flocos e saí me lambuzando com uma casquinha de morango. Grotesco. Mas não conseguia pensar em outra coisa até escolher o maldito morango, e na hora ele parecia mesmo a melhor coisa do mundo, porque Nico estava perto demais.

Sinto minhas costas relaxarem e então me debruço outra vez sobre o fichário para finalizar uma conta, porque só faltam as duas últimas linhas. Faço a multiplicação e somo com o número restante. Escrevo o resultado bem a tempo de ouvir uma voz vindo de cima de mim:

— Por que eu tinha a impressão de que você era canhota?

Ergo o rosto e dou de cara com Joice interrompendo seu caminho para fora da sala. Ícaro para ao lado dela, e Franco me olha também, com ar curioso.

— Não sou canhota.

No mesmo instante, penso que não deveria ter garantido isso dessa forma.

— Ué. — A garota reflete com mais dúvida de si mesma. — Mas eu tinha certeza. Fiquei olhando porque achei engraçado a coisa de você escrever de caneta vermelha. E eu tava olhando dali de trás e... — Ela se vira na direção certa e ergue a mão, para confirmar suas lembranças.

— Ah! — Engasgo antes que o assunto se estenda. — Eu sou meio ambidestra. Às vezes escrevo só pra treinar, mas canso logo.

Ela fica olhando para mim com os olhos estreitos, ainda absorta em sua confusão.

— Ah, legal.

O corte brusco do assunto me faz pensar se sou chato a esse ponto, mas acho melhor assim. Ela indica a porta para Ícaro. Nunca imaginei que um diálogo tão curto pudesse me fazer suar tanto. A dupla sai para aproveitar o intervalo, mas Franco continua firme ao meu lado.

— Jogar bola? — Um dos garotos para perto dele e bate em seu ombro.

— Vamos, pera aí — Franco aceita o convite, mas olha para mim de novo. — Me mostra? Sua letra é igual nas duas mãos?

Não é, eu penso. Seguro o sorriso congelado no rosto. Não é, porque eu nem tenho uma letra para a mão esquerda. Acho que nem conseguiria arriscar uma palavra sem parecer Cookie em suas primeiras aulas no início do ano passado.

— Ah, não. — Faço um gesto para descartar a ideia e ameaço sair da mesa. — Eu nem consigo sempre. É bem péssima.

— Mas isso é legal — ele insiste. — Como você começou a treinar?

— Ah, eu... — Olho para o fichário ao me ver preso entre a carteira dele e a minha mochila no chão. Não encontro um jeito tão rápido de me levantar sem tropeçar sozinho. — Não sei, gostava de desenhar. Acho que eu era uma criança confusa.

— Me mooostra — ele insiste com um riso.

Acabo me juntando a ele quando reconheço sua mania de esticar as sílabas na intenção de persuadir alguém a fazer algo — da maneira mais ridiculamente doce que consegue. Tão doce que eu não saberia dizer *não*.

Suspiro e passo a caneta para a mão esquerda. Mal sei segurá-la. Espero de verdade que Nico esteja por perto, porque não se trata só de não me deixar passar vergonha, mas também de corroborar o que eu disse para não comprometer o segredo que estamos tentando guardar, embora pareça que tropeçamos a cada passo do caminho.

Fico mais tranquilo em sentir a presença dele, diferente do que acontecia até alguns dias atrás. Deixo que pegue o controle da mão e, no meio da segunda palavra, estou segurando o ar.

Oi, gatinho ;), ele deixa no canto da página.

Franco dá uma risada gostosa, e eu baixo a cabeça para o fichário. Sinto que minhas bochechas são as próprias bolas do sorvete de morango favorito de Nico neste momento, rosa pink, prestes a derreterem sob o calor que sinto nelas. Dou um sorriso também, começando a me levantar da maneira mais despreocupada que posso para conseguir bancar essa cantada.

— Preciso ir no banheiro — declaro sem olhar para ele.

Puxo a mochila para cima da cadeira e coloco algumas coisas dentro dela só para estar com as mãos ocupadas.

Franco assente e ainda ri, respondendo:

— Vou pra quadra antes que eles voltem pra me encher o saco, mas sua letra com a mão esquerda é melhor que a minha.

Eu dou uns minutos para não nos esbarrarmos no caminho. Saio da sala só para não causar suspeitas nos outros alunos que ficaram e talvez percebam que a coisa de ir ao banheiro era só uma desculpa para me livrar de Franco.

— Maldito — sussurro após garantir que estou sozinho no corredor.

As risadas que ouço não passam de um murmúrio, igual aos que tenho escutado na maior parte do tempo.

Acabo deixando o croissant para o intervalo seguinte, o mesmo em que me vejo rodeado por pessoas que não sei quem são. Os meninos das carteiras de trás, os amigos de Franco, alguns alunos da outra turma que aparentemente são amigos dos meninos das carteiras de trás. Eles fazem planos para aproveitar que o trânsito está parado e caminhar até um shopping perto da escola para almoçar.

Eu não sei se posso ir, porque Ricardo tem uma regra sobre não trazermos o celular para a aula, e nem sei o número dele para pegar emprestado o celular de alguém e ligar pedindo autorização. Talvez Neno tenha anotado em algum lugar, mas não tenho tempo de procurar. O último professor do dia entra na sala, e é durante a aula de química, com minha carteira já separada da de Franco, que Nico enfim me conta quem todos esses garotos são.

Workshop, escreve no caderno. Penso que talvez eu esteja de novo com dificuldade de ouvir seus avisos e tento me concentrar mais em qualquer coisa que ele possa estar tentando soprar para mim. Por ora, a palavra rabiscada é o bastante para me fazer ligar os pontinhos que ainda não tinham se encaixado. Preciso tomar cuidado com esse grupo e tudo que já tenham reparado sobre Nico e Neno.

No fim do dia, avançamos pelo portão, mas percebo que ninguém apareceu para me buscar. Aguardamos nos fundos do estacionamento pelos pais de quem não vai ao shopping. Só depois, os alunos que vão devem sair sem pressa para aproveitar o passeio. Bato os olhos em um dos poucos carros parados em meio a uma infinidade de vagas vazias e tenho um conjunto de impressões ruins.

Primeiro, é como se alguém estivesse observando por cima do meu ombro, tão perto que posso sentir sua presença, mas não parece Nico. Depois me viro para olhar os veículos de novo, mas já não sei o que estou procurando. Encaro por um tempo o ambiente tranquilo, e o pensamento vai se perdendo até desaparecer por completo, do tipo da coisa que escapole da ponta da língua para nunca mais voltar.

O carro de Ricardo desponta ao longe. Eu abraço o fichário para me despedir.

— Você vem com a gente? — Franco encosta perto de mim.

A voz que me atravessa é alta e clara. Alta e clara com um tom que há muito tempo não escuto. Incisivo, amedrontado. Firme. Já ouvi esse aviso tantas outras vezes.

— *Não vai, Hélio.*

A familiaridade me faz arrepiar.

Sinto o coração palpitar, e meus dedos tremem. Sei que o corpo está se lembrando de alguma coisa. Não sou eu. As partes superior e inferior do meu cérebro estão em completa desconexão. Minha memória corporal sabe de algo que eu não sei. Dosando a profundidade do problema, acho que tenho sorte, porque isso evita que evolua para um flashback.

— É melhor não.

Nico

— *Deu certo?* — pergunto em um sussurro.

A última coisa que quero é que vaze para Hélio agora que ele me escuta de novo.

Franco e um amigo se juntam à janela de Ricardo para pedir que deixem *Hel* — nosso novo apelido — almoçar com eles. Ric nos conhece o bastante para saber que não é um bom dia. Uma espiada, e ele anuncia que não vai conseguir voltar para nos buscar mais tarde. É uma boa desculpa.

Enquanto Hélio se apressa até o banco do passageiro, como se Ricardo fosse mesmo mudar de opinião e nos deixar numa enrascada, eu olho para Capitã, ainda à espera da resposta.

Sombra se foi há alguns segundos, com mais destreza do que eu jamais teria. Um flash de imagem que nenhum de nós sabe se foi real, bem atrás de um dos carros. Pegou a visão para si e se debandou antes que Hélio pudesse registrar.

— *Acho que sim.*

Olho para a frente de novo. Espero que tenha dado mesmo. Se três de nós vimos, não precisamos de quatro. Muito menos que este quarto seja, nas palavras do professor Ricardo, *o garoto encarregado da rotina*. E eu fico me perguntando o que realmente vimos.

— *Era ele?*

Não quero saber a resposta. Ela demora, parece que nunca vai vir. Não estou preparado quando chega. Fecho os olhos ao escutar pela segunda vez.

— *Acho que sim.*

Capítulo 15

Nico

O QUE NENO FARIA?

A pergunta me atormenta assim que abro os olhos. Logo percebo que estou insone e exausto. Se meu sussurro engatilhou em Hélio uma lembrança corporal leve, o que vimos antes disso me trouxe de volta os flashbacks que vinham diminuindo. Estou tentando lutar contra eles. Preciso que parem. Não posso deixar os outros na mão. Sinto que sou tudo o que eles têm agora.

Levanto da cama com a impressão de que estamos acordados e me arrasto pelo corredor. *Estou seguro, estou em casa, não tem nada acontecendo, deixamos esse pesadelo pra trás*, repito para mim mesmo, do jeito que fiz mais cedo até adormecer.

Olho para todos os quartos que costumam estar ocupados. Temos mais espaço do que colegas de nave por aqui, mas sei onde todos ficam e conto rapidamente para descobrir que a maioria está dormindo.

Não sei que horas são; não sei se acordamos no meio da madrugada ou se estamos despertando daquele cochilo após o almoço que Hélio precisou dar para se sentir melhor e nós achamos que seria bom se embarcássemos junto com ele.

Me detenho perto do quarto de Neno e, sem muita esperança, bato à porta uma vez. Duas. Na terceira, uso um pouco mais de força. Nada acontece. Ele não pode nos ajudar agora. *O que Neno faria?*, eu me pergunto de novo. Apoio um ombro contra o batente, como se de alguma forma o sensor fosse deixar que eu entre.

Sinto que estou decepcionando todo mundo. Não deveria precisar de ninguém para saber o que fazer. Eu sempre fui o principal responsável por lidar com *ele*. Nós temos ajuda agora, sabemos em quem confiar, e sinto que estou desperdiçando nosso tempo a cada segundo que passo com os pés pesados neste corredor. Deveria estar fazendo alguma coisa.

O que eu faria?

A resposta deveria ser óbvia, mas ainda estou à procura dela no momento em que uma luz apagada sobre um batente chama minha atenção. Demoro a raciocinar direito. Não consigo funcionar por completo depois de flashbacks. Normalmente preciso de algum tempo em silêncio, mas tempo parece ser o que não temos. O que tenho de sobra é a sensação de que alguma coisa continua me puxando para longe daqui.

A compreensão súbita de que eu deveria estar no front se enraíza assim que começo a contar as luzes da esquerda para a direita. Hélio está dormindo. Capitã está dormindo. Prila, Cookie e Ester estão dormindo.

Mas nós estamos acordados. E se estamos acordados com todos eles dormindo...

A luz que encontro apagada me faz pegar impulso na parede para disparar pelo corredor. Amaldiçoo cada metro que percorro. Sinto que nunca vou conseguir vencer toda sua extensão até chegar ao turboelevador que leva à ponte.

Me lanço para dentro dele e espero o equivalente a umas dezesseis horas. A porta enfim se abre no andar de cima e me põe de cara com Sombra na cadeira do piloto.

Não presto atenção em nada. Não tento saber o que está acontecendo do lado de fora antes de avançar sobre seu corpo. Sombra resiste, empurra minhas mãos para longe.

— Não! Para, não! — falamos lá fora, e escuto sua voz aqui dentro também.

Demoro um pouco para conquistar o comando, mas, assim que consigo, noto que estou sozinho na ponte. Sombra vai embora de vez. Esteve em *lockdown* por tanto tempo, porque precisamos nos resguardar de suas investidas contra o corpo, e tem saído tão pouco para atividades pontuais em seu processo de cura que, agora que permitimos sua aproximação com o coconsciente, não tem tanta estabilidade.

Até me surpreende que tenha conseguido roubar um pensamento de Hélio sem qualquer esforço. Não é raro acontecer por acidente quando estamos muito perto, mas já tinha alguns anos que não precisávamos fazer isso de propósito.

Ao me fixar no corpo, vou sentindo o coração palpitar. Sou tomado pela confusão momentânea de trocar de ambiente, mas nem ela apaga a noção do motivo de eu estar aqui fora desta vez. Uso o primeiro movimento que consigo fazer para já erguer as mãos na frente dos olhos. Passo os dedos nos antebraços, na camiseta que vestimos. Checo cada parte nossa que consigo e então ergo o rosto. Sobressalto ao ver Ricardo me observar com paciência.

— O que tá acontecendo? — Minha voz treme assim que tento falar.

— Tá tudo bem — ele garante primeiro, tentando me acalmar. Não funciona. Depois emenda com um tom receoso. — Quem tá aí?

Sei que ele não está acostumado a me ver assim, embora nem eu saiba o que *assim* significa agora. Talvez eu só não esteja parecendo muito comigo mesmo. Não me sinto como eu mesmo.

— Nico.

Ele assente em compreensão e continua, mais tranquilo do que acho que deveria:

— Onde tá o Hélio?

A mudança de assunto aumenta minha aflição. Passo as mãos nos braços de novo. Vejo indícios de que Ricardo vai me segurar, mas ele não encosta, e eu não paro. Checo tudo o que consigo enxergar de novo.

— Dormindo — respondo sem encontrar nada de errado. — O que tá acontecendo? — insisto com mais ênfase.

— É verdade? — ele pergunta só então, cuidadoso. Quer a confirmação de algo. Algo que eu quase impedi Sombra de contar a ele, algo que eu deveria ter contado ainda à tarde. Mas quem teve que fazer isso foi o alter que, até um tempo atrás, nem podia sair porque não sabia a maneira certa de nos ajudar. — Vocês viram ele na escola?

A pergunta me faz dissociar. Perco um pouco a noção do ambiente, mas nenhum dos outros está por perto para me tirar daqui. Pisco algumas vezes. Me lembro de firmar bem os pés no chão quando consigo me estabilizar por um segundo. Lembro que estou aqui, neste corredor; que o corpo é meu.

Tenho dezessete anos, estou dentro de casa, Ric se importa comigo, não tem nada de errado agora, mentalizo. Finco os pés no chão com mais força. Fecho os olhos. Não sei quanto tempo demoro no escuro. Pisco muitas outras vezes. Só consigo assentir.

— E como foi isso? — Ricardo quer saber.

Não enxergo com clareza, mas parece estar receoso. Acho que, se não está, deveria.

— Escondido atrás de uns carros. — Não quero deixar a lembrança voltar. Não quero me lembrar dos olhos dele nos encarando de longe. Seguro um pouco de saliva na garganta; o corpo oscila para os lados. Me sinto igual a um boneco de posto de gasolina, flutuando. — Cabelo comprido, cami... — Puxo o ar. Aperto o nervo entre o polegar e o indicador para tentar me manter consciente de mim mesmo. — Camiseta escura.

Ric enfim dá um passo para trás. Como se reconhecesse alguma coisa no que digo. Não consigo fazer ligações suficientes para descobrir o que desperta essa reação nele. Tudo que faço é tremer. A sensação começa nos ombros.

Então aqui estou eu de novo, dentro de uma memória que me toma de súbito, logo depois de me livrar da última. Aperto mais as mãos ao que sinto a dor. Primeiro no corpo. Depois ela sobe para a cabeça. Grito sem conseguir segurar.

Fecho os olhos. A voz de Ricardo está distante. Não o enxergo mais; o que enxergo é bem diferente. Eu não sei quando me sento. Não sei quando começo a chorar. Não sei quando Sheila se junta a nós. Meus próprios gritos não parecem meus.

— Você não tá aí, Nico. — Não sei quantas vezes escuto isso até entender pela primeira vez. — Você tá aqui com a gente.

Tento acreditar. Quero acreditar.

Eu estou em casa, eu estou seguro.

Dói mais. Eu grito mais.

— Faz parar! — Já não sei para quem peço.

— Tá na sua cabeça, Nico. Não tá acontecendo.

Eu estou em casa, eu estou seguro, repito e repito.

Eu também estava em casa antes.

Eu também deveria estar seguro antes.

E eu não sei no que acreditar.

Eu grito.

Hélio

A primeira coisa em que penso ao tomar a frente, já dentro dos portões da escola, são garfos. Penso em garfos sempre que me sinto assim desde que trombei com a teoria deles. São quase palpáveis desde que me perguntei, pela primeira vez, quantos eu conseguiria aguentar que me espetassem. Eles são uma metáfora para contratempos que um neurotípico talvez nem percebesse, mas, para os outros de nós, se tornam um pontinho de angústia ao longo do dia.

O desconforto começa com a lembrança dos planos que não consegui concluir ontem à noite; eu precisava estudar, mas não vi a cor do mundo após me deitar no começo da tarde. Então reparo que nenhum dos outros se preocupou em colocar uma manga comprida hoje pela manhã. Sinto um pequeno alívio ao encontrar pelo menos a boina dentro da mochila, mas a falta dela seria apenas um garfinho tridente de sobremesa e, apesar de ajudar, arrancá-lo não resolve muito.

Tenho um pouco de receio de admitir que a ausência de Franco deixa um buraco bem grande na sala de aula. Entendo que nenhum dia comum vai ser tão dinâmico quanto ontem, mas aquele desconcerto extasiante de cruzar com um olhar fora de hora e não saber reagir passa a fazer falta de um dia para o outro. A solidão piora com a percepção de que Nico anda muito quieto e eu posso escolher o que comer no intervalo.

É aí que me retiro da fila da cantina; decido que não quero nada. Um erro. A fome vira um garfo a mais na próxima dobradinha de aulas. Não entendo o que está acontecendo comigo. Dissocio como se algo estivesse errado, mas não está, e não consigo manter uma boa conversa com Ícaro, Joice e Karina, que agora sei ser o nome da terceira mosqueteira. Digo que estou com dor de cabeça e não me junto ao grupo para encontrar os garotos da outra turma no pátio.

Quando me sinto muito apertado, paro à porta do banheiro. Nunca precisei mentalizar tanto um chamado desse tipo e, ainda assim, nada acontece.

— Ester! — Acaba até escapando pela boca uns minutos depois.

Estou cansado de esperar e noto que o corredor vai ficando cada vez mais vazio. Mas, se a garota não me ouve do lado de dentro, não vai me escutar falando aqui fora. Ela não fica na ponte com os outros.

Espero que Capitã me dê uma força. Nunca antes Ester não me ouviu ou pareceu indisposta demais para o trabalho, mas acho que esta é uma daquelas primeiras vezes que precisamos enfrentar em algum momento. Só não queria que fosse hoje, porque então tenho mais um garfo me beliscando. O sinal toca e ainda não consegui fazer xixi.

Sinto o ar escapando conforme a manhã acaba. Um mal-estar me toma assim que me encaminho para perto do portão e observo o estacionamento. Deve ser a consciência de que me senti ansioso por aqui recentemente. O carro da minha mãe está na vaga mais próxima, e o inspetor anda até mim com jeito de que vai dizer alguma coisa. Paro para ouvir, mas ele olha para fora e parece mudar de ideia, sorrindo para se despedir.

Não sei o que fazer. Ainda espero, por educação, sugerindo que ele pode me dizer o que quiser, mas não ouço nada.

— Boa tarde — desejo apenas.

Nesse meio segundo em que empaco por aqui, vejo Franco se aproximar pelo canto dos olhos. Estava animado para vê-lo mais cedo, mas sinto que fui apagando ao longo do dia. E justo hoje, sem meu escudo de proteção, ele vem dando sinais de que vai encostar em mim. Cruzo os braços em frente ao peito, tomando o cuidado de cobrir com as mãos a maior quantidade de pele possível entre meus cotovelos e as mangas curtas da camiseta.

— Ei. — Seu cumprimento é baixo, e eu começo a me preparar para empurrá-lo para longe. Seu braço passa por meus ombros, mas não me aperta a ponto de eu senti-lo em minha nuca. O antebraço cai solto na frente do meu corpo, e a posição também não deixa que encoste em mim de uma maneira que incomode muito. O que me faz segurar a respiração é o modo como o rosto dele se aproxima, mas a boca dele para sobre a minha boina. O toque é macio e me faz soltar o ar outra vez. Eu cedo em seguida e encosto o rosto ainda de lado em seu peito. — As meninas disseram que você não tá bem.

— É só um pouco de dor de cabeça — sustento a mentira.

Fecho os olhos com o carinho que ele faz em meu ombro ao recolher um pouco o próprio braço. A sensação de me aproximar de alguém de novo vai me fazendo perder o chão debaixo dos pés. Pela primeira vez, sinto que flutuar desse jeito não é ruim. De repente, não estou sozinho. E tem um garfo a menos me atordoando.

— Hel! — O grito me traz de volta à consciência e também me assusta a ponto de fazer com que estremeça enquanto me ambiento.

Olho para o outro lado, onde o peito de Franco não forma um paredão, e só então lembro que tem gente me esperando. Minha mãe está no banco do motorista, me olhando pelo vidro do passageiro.

Ela me chamou de Hel?

Me viro para Franco, que sorri e vai quebrando todo contato que fazíamos.

— Fica bem — ele deseja.

No instante em que sorrio e assinto para agradecer, já me sinto uns quarenta por cento melhor.

Acho que estou com um sorriso tapado ao deixar as coisas no banco de trás e me instalar com o cinto de segurança ao lado da minha mãe, porque, assim que ela dá a partida, seus olhos alternam entre mim e o retrovisor algumas vezes.

— Oi, mãe — murmuro para deixar claro que estou percebendo e, como de costume, não controlo a maneira como a chamo.

Apesar de ela não reagir a isso, pelo menos decide falar comigo.

— Esse é o famoso Franco, imagino?

Junto as sobrancelhas e seguro uma risada esquisita na garganta.

— Famoso?

Ela não responde, só dá uma risadinha. E eu anoto outro nome na lista cada vez mais extensa de pessoas que parecem gostar de ver Franco perto de mim por motivo nenhum.

O silêncio que cresce entre nós é mais constrangedor do que nunca, mas já esteve muito mais pesado. Eu sinto que ela quer dizer alguma coisa e espero por quase todo o caminho até em casa.

Isso até perceber que não é para lá que estamos indo. Assim que abro a boca para perguntar, ela decide falar também:

— Sabe que uma coisa muito interessante aconteceu ontem à noite?

Arqueio as sobrancelhas ao vê-la puxar um assunto desse tipo. Na verdade, não esperava que ela puxasse assunto nenhum.

— O quê? — pergunto antes que ela desista de conversar.

Talvez nem devesse estar curioso. Questões assim costumam introduzir histórias sem graça, que ninguém quer ouvir. Mas hoje eu quero. Quero que ela me conte qualquer besteira que tenha para contar, quero que fale comigo, que me chame de Hel se não puder chamar de Hélio, mas que ao menos aceite que estou aqui.

— Conheci uma parte sua que gosta de limpar a casa. Quem diria?

Não sei se me assusto ou se rio primeiro. Nem sei o que me espanta mais: ouvi-la reconhecer que somos múltiplos, embora faça isso da maneira mais discreta possível, ou descobrir que Ester saiu para ajudá-la na limpeza. Me pergunto se é por isso que cstá dormindo agora que temos que fazer xixi. Precisamos conversar sobre prioridades. Urinar antes de lavar a louça.

— É mesmo? — incentivo, sem conter a risada.

No fundo, não sei o que tem de tão surpreendente nisso. Nosso quarto sempre foi limpo, e isso sempre foi obra de alguém, mas deixo que ela pense nessa nova descoberta da maneira que tiver que pensar.

— Minha nossa, como aquela garota gosta de limpar. Qual o nome dela mesmo? Estela? — arrisca.

— Ester — corrijo, controlando um arregalar de olhos.

O carro entra em uma garagem desconhecida. Eu confio em minha mãe, sempre confiei, mas uma descarga de adrenalina faz com que me ajeite no banco.

— Ester — ela repete. — Eu nunca vi alguém tão feliz passando um pano no chão — continua, mas já não estou ouvindo.

— Onde estamos?

— Em casa, meu bem. Por alguns dias — ela responde enquanto avança pela garagem escura. — Viemos ontem pra cá, lembra?

Sinto meu estômago se embolar com o intestino. Não, não me lembro de nada.

— Cadê o Ricardo? — pergunto com mais pressa do que planejei, observando cada vaga livre até encontrarmos a nossa, depois me viro para a minha mãe.

Ela me olha e se aquieta. Desliga o carro e parece lutar para recuperar a voz junto ao sorriso que desapareceu por um breve segundo.

— Fazendo o almoço lá em cima. É o apartamento dele, lembra?

Demoro um instante olhando ao redor, embora a resposta já me acalme. Faço o que posso para me concentrar, mas não sei do que ela está falando. Lembro que Ric ficava em algum lugar antes de se mudar de vez, de comprar a casa antiga e tudo, mas não sabia que ele tinha um apartamento — muito menos que ainda o mantém.

— Você gostava da varanda. Achava ela grande — minha mãe relembra.

Talvez Heloíse gostasse, penso. Ou talvez só fosse algo irrelevante, algo que acabei deixando para trás junto com tantas outras lembranças que não consigo acessar.

— O que a gente tá fazendo aqui?

Desço do carro e pego minhas coisas no banco de trás.

— Só vamos ficar alguns dias — ela repete, mas isso eu já entendi. — Precisamos dedetizar a casa.

No caminho até o elevador, ela me abraça pelos ombros. A solidão desaparece; a falta da manga comprida não me incomoda perto da minha mãe; penso que vou ter a chance de recuperar o tempo de estudo programado para ontem depois de almoçar. Os garfos vão caindo, um por um. Ficam os que não sei de onde vieram, mas a ardência deles é menor.

Ergo o rosto para observar minha mãe. Ela olha adiante. Embora puxe assunto e se aproxime, parece querer me evitar. Me distraio com outra pergunta para que esse pensamento não vire um garfo a mais:

— Ué, mas assim, de repente?

— Você sabe, meu amor. — Ela me aperta contra o peito, e o que eu não sei é quando foi que ela decidiu reconhecer que eu existo. Ou que Ester existe. Qualquer um de nós que não seja Heloíse. A sensação de que tudo está fora do lugar não me abandona nem por um segundo, mas este fora do lugar me parece razoável em comparação com a nossa média. — Nunca dá pra adivinhar quando as baratas vão aparecer.

Solto um riso, mas minha mãe continua séria. O modo como cospe o comentário revela algo em que eu ainda não tinha reparado, embora não seja nenhuma surpresa. Ela odeia baratas.

Capítulo 16

Prila

Eu costumo colecionar algumas alegrias desde que cheguei por aqui. Ver Heloíse mudar de humor quando canto para ela, descobrir que Nico se sente mais seguro na minha companhia, ganhar um abraço de Cookie em agradecimento a alguma promessa que a deixa animada, acompanhar o crescimento pessoal de Ester. O cheiro do chá de menta favorito de Neno em uma noite fria, a sensação de leveza com que saímos do banho, o carinho tangível que transborda de Hélio ao encontrar Ricardo.

Acordar no corpo não é uma delas. É sinal de que estamos em desequilíbrio, de que dois dos nossos alters mais presentes estão em dormência — se é que podemos dizer isso de Heloíse — e alguns dos nossos protetores voltaram ao estado de desespero em que odiamos estar. Faz com que passem mais tempo acordados do que deveriam, pensando em resolver situações que não podemos resolver sozinhos, e não estejam presentes na hora de lidar com algo que podemos. Como ir à escola.

Daqui da frente, não consigo chamar Hélio, tampouco acessar Cookie do lado de fora da ponte para que ela vá buscá-lo; nem mesmo consigo descobrir se ela está andando sozinha por aí ou se ainda dorme também. Me vejo de pé no meio do quarto e descubro que, na verdade, não fui eu quem acordou no controle, embora eu esteja tão zonza que tenho a impressão de que acabamos de abrir os olhos.

Ester nos deixou arrumados, mas, mesmo assim, vou até o armário e troco de camiseta porque sei que Hélio não se sente bem sem a manga comprida. Parar em frente ao espelho é uma das minhas maiores tristezas. Caminhar por aí também não é fácil. Tudo fica mais difícil sem minhas asas, e o mundo não é tão bonito sem os meus cabelos coloridos.

Para ser sincera, acho o mundo externo muito feio. Não que eu seja apaixonada pela nave, mas ficamos seguros nela. Se eu pudesse escolher, preferiria um campo aberto, com árvores, e sol, e borboletas, mas nenhum de nós sabe mudar a aparência do mundo interno, então me contento com as estrelas apagadas do observatório. A questão é que, ao menos lá dentro, nunca vi nenhuma feiura do nível daquelas que via aqui fora quando éramos mais novos.

Chego à cozinha e pisco os olhos algumas vezes para me ambientar. Talvez o que vejo apenas me confunda, porque não estava esperando encontrar Sheila por aqui. Ela quase nunca esteve presente nos cafés da manhã em que acompanhei Nico.

— Bom dia — desejo com minha voz mais educada.

Não posso dizer que estou tão animada quanto estaria se Nico estivesse à frente e eu pudesse só fazer alguns comentários para distraí-lo, mas me esforço.

— Bom dia. — A mulher se vira para mim, e seus olhos parecem desconfiados. *Não, senhora, não nos conhecemos pessoalmente.* — Ric já tá vindo. Ele deixou os ovos aqui pra não esfriar.

Ver Sheila se voltar para a panela em busca do que oferece me traz um arrepio tenebroso ao longo das costas.

— Obrigada, dona Sheila. Eu não como ovos.

Ela se vira devagar em minha direção, afasta a mão que já ia usando para pegar o cabo da frigideira e, com uma respiração profunda e os olhos estreitos — exibindo uma determinação que não me lembro de já ter visto nela —, caminha até a geladeira.

— E posso saber o que você come, *mocinha*?

O apelido que ela enfatiza é divertido, uma brincadeira pelo modo como eu a chamei, então me permito um risinho sem graça.

— Pode me chamar de Prila — explico e emendo em seguida, porque sei o que andam dizendo sobre ela estar se esforçando para conhecer todos nós. — Você tem algumas frutas, uns cereais?

Me assusto com o tamanho da caixa de Sucrilhos que vem parar na minha frente junto com um pote de morangos. Seguro o comentário de que não era bem esse tipo de cereal ao que eu me referia, pois preciso me apressar para fazer um gesto que segure a mão dela, antes que despeje um litro de leite dentro de um pote maior do que meu estômago.

— Não precisa disso, dona Sheila. Fico só com os morangos.

Ela me olha de novo por um longo instante e espreme os lábios em uma linha fina, decidindo que entende o que está acontecendo. Conclui ao me passar a cumbuca vazia:

— Você é vegana.

Sorrio para concordar, mas acho que é o bastante por hoje. Me sirvo de um pouco do cereal de açúcar, milho e mais açúcar, só para não fazer desfeita, mas me concentro mesmo em alcançar uma faca e tirar os cabinhos de uma porção generosa de morangos, que talvez possa segurar nossa fome até o primeiro intervalo.

— Eu gostaria de agradecer à senhora — comento enquanto ela para perto da pia para lavar a caneca que usava ao tomar café — por não ter contado nada a Hélio. É de extrema importância que ele não fique sabendo.

Não espero uma resposta. Percebo Ricardo entrar na cozinha e parar ao meu lado. Sorrio ao sentir sua mão em meu ombro, em um bom-dia discreto. Não interrompe meu assunto com Sheila.

Começo a morder os primeiros morangos, intercalando com um pouco de cereal para não ter uma overdose de açúcar. Só então noto que a mulher me encara em silêncio. Vejo o olhar que ela troca com nosso padrinho, que agora vai beijá-la na bochecha, e acompanho o momento em que volta sua atenção para mim.

Ela limpa a garganta e troca o peso entre um pé e outro. É aí que afasto por completo minha atenção disso que chamam de comida, porque algo me parece errado até escutá-la começar a dizer algo que soa como um texto bem ensaiado, introduzido por uma longa reticência:

— Eu... agradeço por me agradecer por isso, Prima.

— Prila — corrijo em sincronia com Ricardo, que se vira de costas sob um olhar arisco de Sheila. Finge não ter dito nada.

— Prila, me desculpa. Não vou errar mais — ela garante, passa ao meu lado e esfrega minhas costas em um gesto carinhoso. Não me sinto confortável com isso, mas também não é algo que me desagrade. Acho que posso gostar dela em algum momento, se começarmos a nos conhecer. — Boa aula.

— Obrigada. — Espero em silêncio até que a porta da frente se feche, então olho para Ricardo. Ele está se aproximando com banana, pão multigrãos e geleia de mirtilo. Comida civilizada. Recolhe meu pote de açúcar com um sorriso cúmplice antes de eu repetir: — Obrigada.

Nico

Acordo atrasado após uma noite inteira lutando contra flashbacks e uma longa conversa com Sombra e Capitã sobre maneiras de nos manter seguros caso *ele* realmente tenha voltado e tente se aproximar. De certo modo, acreditamos que ele saiba que está em listas de pessoas procuradas, que todos nós temos a consciência do monstro que ele é e que ninguém sente a falta dele. Temos a vantagem de ele não saber sobre nosso transtorno, não conhecer cada um de nós e muito menos nossos gatilhos.

Mas esse é o lado assustador de sermos múltiplos nessas horas. Não sabemos que tipo de influência ele conseguiria exercer sobre cada um. Apesar de tudo, ele foi pai dos gêmeos; manipulou e feriu tantos outros de nós; colocou em nossa cabeça culpas, e medos, e obrigações que nunca deveríamos ter tido. E não estamos confortáveis com a ideia de ele estar por aí.

Hélio já está passando pelo portão da escola quando me acomodo em uma poltrona da ponte e ganho um beijo de Prila, que sai para checar Cookie. Decidimos escolher nosso anfitrião o máximo possível em lugares onde podemos ser seguidos. Talvez assim a gente consiga evitar que ele veja o que não deve.

Ricardo disse que o delegado que investiga o caso foi avisado do ocorrido, mas não sabemos o que isso significa. A verdade é que, tirando o próprio Ricardo, nunca confiamos em ninguém para nos manter protegidos.

A primeira visão que temos do gramado é de Franco sentado em um banco, rodeado pelo grupo de sempre: os dois garotos de que ainda não sei o nome — seus companheiros de futebol —, Bia, Joice e os outros alunos do workshop. Hélio se aproxima no instante em que Franco tira as mãos da cabeça e se levanta com os olhos vermelhos.

— Não! Não é só deixar pra lá! Não consigo ver uma coisa dessas e deixar pra lá! — ele grita de um jeito que nunca vimos.

Hélio vai parando de andar assim que Franco se levanta e, de uma só vez, soca a árvore que está bem atrás do banco em que estava sentado. As meninas gritam de susto com o barulho que faz. Bia pega a mão dele para ver. Ele chacoalha os dedos e os puxa para longe.

Hélio continua parado. Sombra se levanta ao meu lado.

— *O que tá acontecendo?* — pergunta. Percebe algo errado antes mesmo de mim.

Capitã não está por perto para confirmar.

— *Hélio, estamos aqui* — tento o aviso.

Não sei se ele me escuta. Hélio vira o corpo de costas. Coloca a mão sobre um dos olhos e se inclina para o chão. Nossa visão está embaçada. Ele está dissociado.

— *Hélio, estamos aqui* — repito, mas permanecemos no mesmo lugar.

— *Tira ele. Tira ele* — Sombra pede. Já está se aproximando da poltrona do piloto.

— Hel.

Escuto o chamado lá fora. Hélio ainda não se mexe.

— *Tira ele!* — Sombra repete com um pouco mais de urgência, e eu só preciso tocar no ombro de Hélio para ser puxado para a cadeira em que ele estava antes.

Preciso lutar contra o enjoo de Hélio assim que assumo o comando. Pisco com o olhar ainda no gramado e sobressalto com a mão que sinto segurar meu ombro. Me viro na direção do toque e o afasto com mais força do que planejei. Arregalo os olhos para reclamar e só então vejo que é Franco. Murcho por um segundo.

Ele ergue a mão que empurrei, em um aviso cuidadoso de que não vai encostar de novo.

— Desculpa — pede apressado, depois recomeça. — Desculpa. Eu não quis te assustar. Eu só não... — Ele vai perdendo a voz conforme tenta se explicar. Seus olhos ainda estão úmidos e vermelhos. — Não consigo ver essas coisas. Me desculpa. Eu não vou machucar ninguém — ele promete, quase que para si mesmo. Fecha os olhos e os aperta, e eu não sei mais se está falando comigo. — Não vou machucar ninguém.

Não tenho ideia do que está pensando, mas vê-lo se esconder dentro da própria mão me atrai para perto. Afasto seus dedos machucados antes que acabem ferindo os olhos também. Eu não precisaria me colocar na ponta dos pés se tivesse meu corpo do jeito que o conheço do lado de dentro, mas, estando no único corpo que tenho, me estico até conseguir abraçar Franco pelo pescoço.

Reparo no quanto ele demora para me retribuir. Sei bem como é isso de não se sentir digno de um pouco de carinho, portanto não o solto. Quero que ele saiba que é. Vou notando seus braços se enrolarem em minha cintura e acaricio seu cabelo. A respiração de Franco bate em meu pescoço e me estremece.

Fecho os olhos. O cheiro dele me faz esquecer onde estamos, me faz esquecer que Hélio talvez tenha sido engatilhado por um comportamento agressivo, me faz esquecer que temos uma aula para assistir.

Não sei quando todo mundo desapareceu, nem quando o sinal tocou. Tudo que sei é que, ao abrir os olhos, com Franco tremendo em meus braços, não tem mais ninguém por perto. Ele encosta a testa na minha, com os olhos ainda bem apertados. Eu entreabro os lábios e sinto que eles secam de repente.

— Vai ficar tudo bem — garanto. — Me conta o que tá acontecendo.

Ele me olha, enfim. Espalma as mãos nas minhas costas, por baixo da mochila que ainda não tirei. Vejo seu rosto se desviar um centímetro para o lado, de modo que seu nariz escapa do meu, e não consigo pensar em mais nada. Nem quero. Encontro a boca de Franco no meio do caminho. No segundo em que sou tomado pelo toque, sei que a sensação na minha garganta não é normal. É meu coração batendo no lugar errado.

Sob os protestos do inspetor, que não sei de onde surge, abro os olhos e dou de cara com os de Franco. Não importam os gritos que ouvimos, o garoto não está com pressa de se afastar. Nem eu. Enquanto olho para ele e sinto um de seus polegares acariciar minhas costas, acho que estou apaixonado pela primeira vez.

Sombra

Não sei ainda o que estou fazendo, mas coloco Hélio debaixo do braço e o tiro da ponte para que qualquer coisa que aconteça com ele não respingue em Nico lá fora. Cookie está com Prila no refeitório, onde entramos. A pirralha se levanta e corre até nós do mesmo jeito que a vi fazer por todos esses anos sempre que encontra Hélio. Claro. Não é para mim que alguém vai pensar em correr com um sorriso na cara.

— *Dá um tempo pra ele respirar* — peço.

Ajudo Hélio a se sentar em um dos bancos, depois me afasto para buscar um copo d'água.

— *O que aconteceu?* — Cookie pergunta, já ajoelhada na frente do garoto, e segura uma das mãos dele entre as suas.

Observo de longe e nem consigo explicar por quê. Sei que Prila está se aproximando para não permitir que a menina incomode Hélio ainda mais, mas não consigo deixar de me preocupar.

— *Não sei* — ele responde, ainda tremendo. Coloca de novo a mão sobre o olho, e eu não quero dizer nada, nem vou, nem deveria. Mas sei exatamente o que ele está lembrando. — *Franco tava irritado e... eu não sei, eu senti a cabeça toda doer.*

Podem dizer o que quiserem sobre nós, mas nosso cérebro chega a ser afrontoso de tão inteligente. Hélio está com uma das mãos sobre o local dos pontos que ganhou enquanto dividia o front com Veneno, mas não consegue entender o que há de errado. Me faz suspeitar que ele não saiba até hoje por que eu fiquei tão brava com os dois ao chegar, mas a resposta é: eu vim para nunca mais deixar que aquilo acontecesse.

Sei que ele acredita na história de ter caído de cara, até porque segurar a lembrança era o mínimo que Veneno poderia fazer para protegê-lo, depois de entender a culpa que teve. Aquele ímpeto corajoso e inocente, estúpido ao extremo. Só uma mordidinha e o homem mau cairia duro; não era para ser assim? Tudo que conseguiu foi deixar uma marca roxa e ganhar uma viagem à emergência.

— *Bebe um pouco* — peço ao entregar o copo para Hélio. — *Ele vai ficar bem* — reforço para Cookie e indico a porta. Tento falar o bastante para distrair Hélio, ou ao menos tirar o foco que as garotas estão dando ao acontecido, antes que engatilhem de vez a memória. — *Nico tá no front, se quiser dar uma checada* — falo para Prila. — *Eu fico com eles.*

Ela me esquadrinha com desconfiança, mas minha atenção recai sobre Hélio coçando a sobrancelha — bem acima da cicatriz que ele carrega até mesmo aqui dentro, tamanha a conexão que sente com o corpo. Volto a olhar para Prila. Ela ainda me encara, e eu até entendo, porque nunca ofereci ajuda. Mas, mesmo reconhecendo isso, não sei reagir de outra forma a não ser revirar os olhos e resmungar:

— *Tá, não vai. Larga ele lá sozinho.*

— *Grossa* — ela sussurra em rendição antes de bater as asas até a porta, mas uma ofensa de Prila quase não conta.

Acabo dando risada, e algo dentro de mim se revira de uma maneira boa em ouvir alguém finalmente me chamar no feminino. Sinto que é um teste. Era claro que nenhum deles me perguntaria nada. Não é como se eu abrisse muito espaço para papo-furado, então entendo que seja ainda mais difícil me chamar em um canto quando o assunto é sério. Eu até prefiro assim.

Decido que não vou corrigir, porque Prila está certa. Deixo que ela faça o trabalho de espalhar pelas minhas costas que aceitei ser chamada desse jeito. Conhecendo a garota, sei que ela vai exigir que os outros se acostumem bem rapidinho com isso — e com muito mais eficiência do que eu teria.

Espero que ela saia e me sento ao lado de Hélio, que está terminando de beber a água.

— *Melhor?* — Pego o copo de volta.

Ele assente, e demoro a notar que o canto de seus olhos busca por mim. O garoto se agarra no banco. Parece impedir a si mesmo de cair ou sair correndo a qualquer segundo. Dou uma bundada para o lado, abrindo mais espaço entre nós. Percebo qual é o problema. Eu.

Hélio finalmente me olha. Seus olhos piscam como se tentassem se acostumar com uma novidade. Acho que vamos ficar nesse silêncio para sempre, mas ele acaba abaixando a cabeça por um instante antes de sorrir e me encarar de verdade.

— *Obrigado, S.*

Eu me ajeito no banco. E faço isso de novo. Não encontro posição confortável para lidar com a sensação que o apelido me traz. Ninguém nunca me chamou de mais nada além de *Sombra*. Nem Prila nunca me ofereceu um de seus banais *querido, meu bem, amorzinho* — e eu teria odiado. Mas *S* me passa uma rasteira.

— *Não tem de quê.* — Me levanto. — *Vamos, Cookie. Deixa o Hélio descansar um pouco. Depois te trago de volta pra ele.*

Pego a garota pela mão e não escuto nenhum de seus protestos a caminho da porta. Só preciso sair daqui.

Nico

— O que você disse que viu? — a coordenadora perguntou assim que Franco contou o começo da história que tinha nos levado a ser pegos aos beijos no meio do pátio, quando deveríamos estar na sala de aula.

— Eu tô falando a verdade. O guardinha lá de fora viu tudo. Aquele cara nojento incomodando as meninas do oitavo ano.

Franco ia ficando cada vez mais vermelho conforme repetia a história, e a mulher olhou para mim em silêncio, rabiscou um papel com cuidado e me deu com um sorriso. Eu sentia que deveria fazer parte daquela conversa mais do que qualquer outra pessoa ali, mas não existia jeito de dizer isso na frente do garoto.

— Você pode ir pra sala agora, Heloíse.

E então eu fui. E sussurrei para os meninos sentados atrás da nossa carteira que Franco estava melhor. E a garota ao meu lado me olhou com uma cara tão feia que talvez tivesse sido educado perguntar se ela estava se sentindo bem ou se tinha comido alguma coisa estragada.

As portas das salas se abrem para o primeiro intervalo, e Hélio ainda não retomou o front. Percebo que deve estar se sentindo pior do que previ. Capitã está por perto, e Prila voltou já há alguns minutos, mas não tenho escutado a voz de Sombra. Tudo que sei é que Cookie foi atrás de Hélio, e ouvi Prila dizer que ele logo vai melhorar. Não chegou a ter um flashback.

Levanto os olhos, sem saber o que fazer. Não sinto fome, o que acontece pouco desde que escutei reclamações sobre comer feito um *garoto malcriado* e me perguntei se, caso nos entupisse de comida, *ele* não sairia de vez do nosso pé. Não bebi água, então estou com um pouco de sede, mas sem vontade de ir ao banheiro. Deixo a boca seca de lado ao encarar a sala em frente — ou melhor, a última carteira da fileira mais próxima à porta. No ângulo em que ela fica, é a única que consigo ver.

Normalmente está ocupada por uma das mesmas três garotas que não conhecemos. Hoje não. Hoje vejo Franco deitado sobre um braço enquanto a sala esvazia. Antes que alguém me convide para me juntar ao grupo de Ícaro, eu sigo devagar até a outra turma. Acho que nunca estivemos aqui antes, mas percebo que é o espelho da nossa, então não tem nada de interessante para olhar.

Agacho ao lado da cadeira de Franco, já que não tenho altura para ficar em frente à mesa como ele costuma fazer em suas visitas a nós. Coloco a mão com cuidado em sua perna, e ele vai virando o rosto de lado para me olhar.

— Vamos respirar um pouco — convido com um sussurro.

Ele ainda demora a decidir se vale a pena, tão inerte que o piscar lento dos olhos fica aparente. É um Franco que não conheço. Um Franco que nunca vi. Apático, desanimado. Sinto que uma máscara que desconhecíamos despencou de seu rosto logo nos primeiros minutos da manhã e ele não sabe amarrá-la de volta. Embora hesite, acaba se levantando.

Entrelaço nossos dedos conforme ele sai na frente e me puxa para fora. Não reconheço a direção, só percebo que descemos até as quadras esportivas por um caminho que nunca fizemos antes. Passamos por uma biblioteca que não costumamos frequentar e uma rampa que parece dar acesso a automóveis. Quando percebo, não estamos indo a quadra nenhuma, estamos dando a volta na biblioteca, terminando em um espaço malcuidado de grama entre as instalações e o muro que limita o terreno da escola.

Penso se é seguro me afastar tanto das vistas de todo mundo com um garoto que socou uma árvore mais cedo, mas, se desconfio de tudo e de todos desde que me entendo por gente, não posso estar tão errado de abrir a guarda e acreditar que Franco não quer machucar ninguém. Um garoto que soca uma árvore porque está revoltado com o comportamento de um cara desrespeitando as alunas do colégio não deve ser uma pessoa tão ruim. Acho.

Ele se senta encostado na parede da biblioteca, com a ponta dos pés se apoiando no muro. Eu demoro só um segundo, já que o intervalo é curto, e me sento na posição oposta. Só reparo no quanto é difícil me afastar de Franco no instante em que enlaço meu braço em sua perna, segurando sua panturrilha com uma mão. Ele tomba a cabeça para trás e respira fundo, de olhos fechados. Enfim percebe que pode aproveitar um pouco de ar fresco.

— Eu sinto muito que você tenha visto aquilo — ele começa e logo fica em silêncio. Mexe a boca algumas vezes para ensaiar o discurso.

Quero ouvir qualquer um de seus pensamentos, até os menos elaborados, mas quem sou eu para dizer a alguém que pode me contar tudo? Quem sou eu para pedir que confie em mim, se ele nem sabe meu nome porque não confiamos em ninguém?

— Você tem sorte, sabe? — Sua voz sai tão grave que parece forçada para fora. — De ter o Ricardo. Eu entendo que não queira dizer que é seu pai ou seu padrasto. Às vezes é melhor mesmo não ter um.

Sinto os pelos dos braços se arrepiarem. Ele não me conta sobre o que está falando. Nem precisa.

Olho para a grama entre as pernas. Fico em silêncio. Não sei para onde meus pensamentos vão. Tudo que sei é que me sinto à beira do precipício. São os outros que não se enganam. Sou puxado de volta pelos avisos que sussurram para mim. Sombra, finalmente, e Capitã.

— *Não faz isso, Nico.*

— *Se fizer isso, não vai ter volta.*

O comentário de Prila chega diferente. Ela saboreia um conselho sábio, parecido com a maioria das coisas que diz:

— *Você tem que escolher em quem confiar, meu bem.*

É o bastante para terminar de me empurrar. Ergo os olhos para Franco e, quando percebo, estou falando tão baixo que não tenho certeza de que quero ser escutado:

— Acho que o cara lá fora era o meu pai.

Eu salto. Estremeço com a espera do que vou encontrar lá embaixo.

Minha cabeça explode em gritos. A maioria deles, de horror.

Ao meu lado, a calmaria é o completo oposto.

Consigo escutar a respiração de Franco em silêncio. Ele não me faz perguntas. Estica a mão para mim, e eu aceito o convite para me aproximar. Inverto minha posição até estar debaixo do braço dele e encostar a cabeça em seu ombro. Sinto sua boca em minha têmpora.

Fecho os olhos.

É como despencar a toda velocidade.

Direto em uma nuvem de algodão-doce.

Capítulo 17

Neno

Quando abro os olhos e encaro minha escrivaninha, sei que fazia muito tempo que não descansava assim. Sento devagar na cama e dou uma olhada na posição de cada um dos diários que guardo por aqui. Não sei por quanto tempo dormi, mas tenho a impressão de que foi mais do que o de costume. E, ainda que nossas portas só sejam destravadas com autorização interna, tenho o impulso de checar se nenhuma anotação importante saiu do lugar.

Não sou nada sem elas. É assim que sei quantos somos, quem somos, por que somos. Tenho uma boa memória e poderia recontar cada história de cabeça, mas e se estiver deixando algum detalhe passar? E se ainda não cruzei informações que podem nos ajudar agora ou no futuro? Talvez elas nem nos ajudem. Só acho sempre melhor prevenir.

Me espreguiço para todos os lados antes de escutar a porta se abrir. Não estava planejando sair do quarto tão rápido, mas já aprendi que, se isso acontece, estou sendo convocado para o lado de fora. Alcanço o corredor, satisfeito em coçar a cabeça. Gosto do meu cabelo raspado para as unhas alcançarem diretamente o couro cabeludo. A sensação me acalma. Não sinto o mesmo ao fazer isso no comando do corpo.

Escuto um burburinho exaltado na sala de convivência. Não penso que pode ser culpa de ninguém em particular. Até minha vontade de gritar com Hélio já passou, e mal lembro por que queria tanto. Demoro um pouco para fazer minha visão grogue de sono reconhecer todos os presentes. São muitos, e eu descubro que dormi mais do que vinha imaginando assim que o primeiro comentário ganha sentido aos meus ouvidos:

— *O que eu tô dizendo é que você não pode escolher um namorado e decidir sozinho o que vai contar pra ele!*

Quase não reconheço Sombra de boné virado para trás. Quer dizer, além das roupas pesadas que segue usando, na verdade, nunca existiu nada para reconhecer. Agora que conheço a pessoa debaixo delas, teria me admirado se não estivesse mais preocupado em descobrir sobre o que está falando.

— *Eu não escolhi um namorado sozinho. Hélio gosta dele!*

Pisco algumas vezes, vendo Nico gesticular e depois levar a mão à cintura. Com isso, estou acostumado. É seu jeito de dizer que não está entendendo aonde queremos chegar. Ou, se entende, não concorda.

Prila começa a dizer alguma coisa, e eu sei que, em momentos assim, ela costuma tomar o partido de Nico. Se não concorda com ele, prefere falar isso em particular depois. E nós temos uma regra de que todos devem ser ouvidos em reuniões desse tipo, mas Sombra me parece estar com os ânimos alterados demais para deixar que Prila se meta:

— *É mesmo? Então eu presumo que você vai contar pro Hélio que andou beijando o cara dele, é claro.*

Balanço a cabeça ao escutar a história, antes mesmo de entendê-la. Não tenho tempo de perguntar por quantos milhões de anos deixei esse bando de neandertais sozinhos, porque Cookie chama a atenção de todos eles. Ainda nem me notaram. Ela puxa o ar como se tivesse acabado de descobrir a fofoca mais ofensiva de que já teve notícia e coloca as mãozinhas fechadas na cintura:

— *Ni-cô!* — chama com uma ênfase tão séria que faz metade deles segurar um riso inapropriado. — *Que coisa feia!*

Ele se inclina até estar na altura dela e estreita os olhos:

— *E o que a mocinha está fazendo na reunião dos adultos?*

Nesse instante, alguns pares de olhos recaem sobre mim; os daqueles que não estão discutindo seu direito de estar presente. Arqueio as sobrancelhas, mas já não tenho certeza de que quero saber do que essa conversa se trata.

— *Neno.* — O primeiro chamado de alívio é da Capitã, mas quase não me alcança.

Estou preso no looping da informação absurda que me atropelou enquanto eu só queria tomar um cafezinho para despertar.

Tenho a impressão de que um dedo meu se ergue por si só e aponta por cima do ombro. Assinto para mim mesmo em seguida, decidido a seguir o gesto que fiz antes até de pensar. Acho que retrata com perfeição minha necessidade mais urgente.

— *Eu vou dormir um pouco.*

Hélio

Ester me passa o front, e já não sei se foi ela quem aprendeu a ligar a televisão ou se Prila achou que Cookie merecia um mimo. Eu acho que ela merecia. Posso lidar com meu desânimo, minha covardia e até minha depressão. O que não posso enfrentar é o corpinho de Cookie enrolado em minha cama, temendo o cair da noite e prometendo nunca mais sair; dizendo que não quer desenhar, não quer ver televisão e muito menos conversar com Ricardo. Porque ele gosta de Sheila, sendo que Sheila a odeia — sempre odiou, sempre a chamou de escandalosa — e só soube reclamar enquanto ela tentava explicar que não conseguia dormir da última vez que ficou sozinha na ponte.

Somando isso aos eventos que me arrancaram do comando pela manhã, chega a ser irônico dizer que o ponto alto da minha tarde foi perguntar à minha mãe se ela ainda tinha a receita dos cookies de gotas de chocolate que costumava preparar para nós. Eu nunca vi graça em cozinhar, mas hoje nada me parecia mais certo a se fazer.

Foi em um domingo à tarde que Cookie apareceu. Heloíse e eu deveríamos estar aproveitando um café com a família, só que nenhum de nós estava no clima para interagir, e isso sempre deixava nossos avós paternos frustrados. Não tenho grandes lembranças dos dois, mas sei que gostávamos de vê-los felizes muito mais do que eles se importavam com o nosso bem-estar.

Sabendo que fiz uma boa ação, mais cedo, e também talvez mereça um mimo, saio pelo apartamento ao qual ainda não me habituei. Até aí, nenhuma novidade. Não cheguei a me acostumar com nenhuma das últimas casas em que vivemos, tanto aqui quanto em Londres, mas suspeito que isso me tire um pouco da vontade de estar no front; ao menos ela não é tão forte aqui quanto é na escola.

Ignoro a estranheza do ambiente ao me deparar com a luz da cozinha acesa e encontrar um prato com o que restou da fornada de biscoitos sobre a bancada. Sorrio e me instalo em um dos bancos altos.

Ricardo olha por cima do ombro para checar quem está chegando, depois volta a organizar a geladeira. Vejo o sorriso besta que ele tenta controlar e puxo eu mesmo um de canto. Não posso evitar a curiosidade que a expressão dele me causa:

— Que cara é essa?

Ele balança a cabeça, dando pouca importância a si mesmo, mas começa a contar em seguida:

— Nunca vi Cookie tão empolgada. Sua mãe ajudou com uma tarefa que Prila passou pra ela. Deixamos dentro do fichário pra você ver.

Estreito os olhos e dou risada. Tenho vontade de me levantar e ir espiar o que perdi, mas, apesar de ter dormido grande parte da tarde depois de atacar de confeiteiro, ainda me sinto esgotado. Em vez disso, alcanço um cookie.

Ric se senta à minha frente com uma garrafa de chá gelado.

— Se eu fosse você, não colocaria mais nenhum desses na minha barriga.

Fecho a boca a meio caminho da primeira mordida. Observo o sorriso divertido no rosto dele, então encaro o biscoito que me esforcei para fazer e agora nem posso experimentar. Dou uma cheirada para me contentar com o aroma doce, suspiro e o guardo junto aos outros.

— Chá? — ele oferece.

Encolho os ombros, porque acho melhor isso do que nada.

— Recebi uma mensagem da coordenação. Algum de vocês andou matando aula.

Junto as sobrancelhas e olho para o copo que ele serve. Acho que demoro tempo demais para responder, porque ele continua:

— Tem acontecido alguma coisa?

— Só hoje — respondo, apesar de não ter certeza. Quer dizer, sei que nada aconteceu nos últimos dias, mas não entendo por que as coisas saíram do controle daquele jeito. — Não consegui ver as aulas. Acho que o Nico viu no meu lugar.

— E você vai me contar por quê?

Ele pega um cookie enquanto me dá atenção. Pensa por um instante e, em solidariedade, também larga o biscoito no pratinho.

Seguro o copo entre as mãos, esperando o frio da bebida aliviar a sensação de que estamos dentro de um forno nesse apartamento alto, onde bateu sol o dia todo.

— Como você tá?

Sorrio em ver que ele muda a questão diante da minha demora. Levanto o rosto para encará-lo e logo faço o mesmo com os ombros.

— Bem.

— Como estão os remédios? Você tá sentindo alguma coisa diferente?

— Ric, eu tô bem — murmuro, porque quero que ele acredite, mas algo não me deixa juntar a força necessária para dizer isso com a clareza que gostaria. A imagem de Franco gira em minha cabeça a todo tempo, por mais que eu tente empurrá-la para trás. — Considerando tudo, tô me sentindo melhor do que achei que fosse possível.

— Então o que tem de errado?

Vejo Ric erguer os ombros e, por apenas um segundo, desejo que ele não me conhecesse tão bem. Mas eu não perderia um dia de aulas por nada, e ele sabe disso até melhor do que eu; confia em mim mais do que eu mesmo.

— Franco — confesso. Decido que não quero guardar isso para mim. — Ele tava tão... bravo quando a gente chegou. Eu não consegui falar com ele, nem entendi o que aconteceu. Caí de volta pra dentro, e S me tirou da ponte.

Ricardo pisca algumas vezes, e eu não entendo o problema.

— S?

— Ah, eu achei melhor chamar Sombra desse jeito. Ainda não sei se ela gosta.

Ric parece respirar de novo, o que me faz rir. Acho que se sentiria um pouco culpado em descobrir que andamos rompendo uma identidade nova.

— Ela? — Só então ele confere.

Não sei responder nada além de um sorriso sincero. Até porque a primeira coisa que penso em fazer é sair especulando, e ninguém merece um monte de gente metendo o bedelho em sua existência.

Andei, sim, pensando que talvez Sombra tivesse tanto receio de nós quanto tínhamos dela. Não sei se o boné e a coisa toda eram uma armadura, para que não pudéssemos ver como era de verdade, manter distância ou impor algum respeito distorcido. Só não preciso compartilhar nenhum desses pensamentos com Ricardo.

Me pergunto se minha única reação parece tão esquisita, porque ele chega a piscar forte em espanto ao ver meu sorriso, mas não comenta. Retoma depois de um gole:

— Mas aí vocês perderam o começo da aula com esse garoto, e você não sabe por quê?

Confirmo, quieto, me sentindo mais culpado do que deveria.

— Hélio, eu não preciso repetir que vocês não podem pisar na bola por lá, preciso? Se a direção não quiser vocês na escola, vamos ter que começar tudo de novo em outro lugar.

— Ric — chamo com pressa. Procuro a mão dele sobre a mesa e me assusto sozinho com esse reflexo que não costumo ter. O toque é confortável, mas me afasto mesmo assim. O espanto no rosto dele deve espelhar o que vê no meu. Ficamos em silêncio, até que eu estico o braço outra vez e seguro sua palma com meus dedos. Ele demora, acho que para me dar tempo de experimentar melhor e ainda desistir se precisar, mas depois fecha a mão em torno da minha. — Não vamos pisar na bola.

Ricardo assente com um sorriso confiante. Cobre minha mão com a outra, como se o contato de antes não fosse o bastante para demonstrar o quanto está orgulhoso.

Um chamado nos alcança.

— Amor, você vem?

A voz chega de longe, e a entonação me obriga a colocar a língua para fora e usar meus dedos livres para fingir que vou enfiar o indicador na garganta e vomitar. Ricardo estapeia minha mão com uma risada divertida. Para ao meu lado e beija meu cabelo já quase seco de tão curto que é.

— Não demora pra ir deitar. E apaga a luz.

Assinto e me detenho por aqui só até terminar meu chá. Ainda preciso esperar o horário da medicação antes de dormir.

— Matamos aula pra ficar com o Franco? — mentalizo o melhor que posso.

Ainda não sei a melhor forma de fazer isso, então arregalo os olhos com o coração descompassado quando a resposta chega. Demora alguns minutos, e já estou quase desistindo de esperar, pensando talvez em falar em voz alta, mas o que importa é que consegui me comunicar direito.

— *A gente não escutou o sinal, Hélio. Ele só precisava de alguém pra conversar.*

Assinto, mas confiro ainda:

— *Não temos que ficar com medo do que vimos, temos?*

— *Não, bebê* — Nico sussurra, e eu quase posso sentir seu abraço me embalando em um cuidado que mal me lembro de já ter recebido antes. — *Não temos.*

— *Sobre o que conversamos?*

As respostas curtas já deveriam ter me alertado de que nenhum de nós está disposto a discutir isso agora. Não sei por que insisto. Há outro longo silêncio enquanto lavo o copo. Me preparo de novo para repetir em voz alta, segundos antes de ouvir:

— *Eu te conto melhor de manhã, tá bem?* — Ele só pergunta por educação, mas é o suficiente para mim.

Embora esteja curioso, não sei se estou pronto para enfrentar esse assunto. Passo em frente à varanda, onde diminuo os passos. Meu coração acelera diante de um movimento estranho, mas se acalma assim que reconheço minha mãe e Ricardo deitados do lado de lá da porta de vidro. O sofá está virado para uma região sem muitos prédios da cidade, e as mãos deles se entrelaçam no ar. Os dedos se movem juntos. Imagino que estejam conversando sobre alguma banalidade.

Trago as mãos até o peito na tentativa de segurar o calor confortável que a visão me passa. Apago as luzes a caminho do quarto.

Quero confiar em alguém assim um dia. Quero poder contar meus segredos e dividir o silêncio em uma noite estrelada de verão. Quero conseguir tocar em alguém sem o receio de ser tomado por lembranças indesejáveis. Não sei o que me angustia mais: o medo de nunca ser capaz de me abrir com outra pessoa ou a possibilidade de sermos mais de um para sempre, porque não tenho ideia de como algo assim poderia dar certo. Acho que nenhum de nós nunca pensou nisso.

Sento à escrivaninha até que o alarme me avise sobre a hora dos remédios. Meu fichário está aberto, do jeito que Ricardo indicou. Nele, enxergo uma lista de nomes escritos em caneta rosa e letra tortinha.

Sistema:
~~Nove~~
~~Fominhas~~
~~Amigos da Heloíse~~
~~Dorminhocos~~
~~H-tinhos~~
~~Eles~~
~~Heles~~
Super-heloís

Seguro um grito, mas a risada alta eu não posso evitar. É genial — e uma coisa em que nunca pensamos. Sabemos que muitos sistemas têm um nome, mas, talvez por não nos sentirmos preparados para contar que somos múltiplos, isso nunca esteve na nossa lista de decisões a tomar. De coração aquecido pela sagacidade de Cookie, embarco na brincadeira.

Arranco a página para não bagunçar meu material e uso uma folha da divisória quase inutilizada da matéria de inglês para começar a desenhar. O celular desperta, e eu tomo os comprimidos sabendo que tenho mais alguns minutos até o sono bater. No momento em que me recolho na cama, sorrindo satisfeito, já consegui desenhar a mim mesmo, Heloíse, Cookie e Neno. Até agora, ele é o meu personagem favorito.

Seu cinto de utilidades tem a forma de uma cobra mordendo a própria cauda.

Capítulo 18

Hélio

Zero. Essa é a quantidade de assuntos que conseguimos resolver pela manhã antes de tudo acontecer. Descubro que Neno está acordado porque vejo a luz do quarto apagada em meu caminho pelo corredor. Quando chego à ponte, mais cedo que o habitual, ele me cumprimenta com um sorriso que não costuma me oferecer, o que deve significar que se sente melhor desde a última briga que não chegamos realmente a ter.

Apesar dos meus esforços para acordar cedo, a volta do nosso protetor primário faz com que Nico não esteja disponível para me contar sobre a conversa com Franco. Na verdade, ele está com Capitã e Sombra repassando alguns detalhes do que aconteceu enquanto Neno esteve em dormência. Tenho a impressão de que um assunto é abafado logo que entro, mas não me resta tempo de checar se estou certo. Preciso receber o front de Ester.

O dia na escola começa muito melhor. Hoje tenho minhas mangas compridas e minha boina. Franco está com seu sorriso característico ao me encontrar no corredor entre as salas e se afasta um passo dos amigos para vir me abraçar. Ele apoia o rosto sobre minha cabeça, e, me aconchegando em seu peito, vejo os meninos fazendo piadinhas silenciosas. Aceno para dar bom-dia e sinalizar que percebi. Se vou me aproximar de Franco, vou acabar me aproximando dos amigos dele também. Não quero ser um antipático que os ignora.

Tudo parece certo. Me acomodo em meu lugar — no fim das contas, me acostumei com a carteira em frente ao corredor —, vendo Franco parar alinhado a mim e se sentar à única mesa que consigo enxergar em toda a sua sala. Parece que ele acabou de descobrir isso, porque me lança um sorriso arteiro antes de o meu professor pedir a um aluno atrasado que encoste a porta.

O primeiro problema do dia começa alguns minutos depois. Ainda estamos na metade da aula quando um grito estridente invade a sala. Todos olhamos pela janela à nossa esquerda, que dá para um pedaço não muito movimentado do pátio. Há um grupo de crianças ao redor de uma garota e, a princípio, nosso professor resmunga que o ensino fundamental não deveria estar por aí a essa hora. Devem estar em alguma atividade, porque têm apenas um intervalo longo, que fica entre os nossos.

O preocupante é que os gritos não param. Eles começam a ficar mais angustiados, cada vez mais altos, mais agudos. E então vêm o choro e os pedidos de socorro. Num segundo, estou de volta àquela aula de orientação sexual. Sinto as mãos de Heloíse segurando nossa cabeça, o choro na garganta; escuto os gritos. Antes que eu mesmo comece a passar mal, me pego dentro da ponte. É a segunda vez seguida que volto para o coconsciente em vez de ser lançado para o fundo da cabeça, como de costume. Não sei o que isso significa e não estou em condições de descobrir.

Quem está se levantando e abrindo a porta, sob os protestos do professor, é Neno. Ainda não sei o que estou sentindo, apenas me viro para olhar pelo vidro frontal. Me aproximo das costas de Neno para ver melhor e reparo que Franco corre na nossa frente pelo corredor.

Demoramos um pouco mais para dar a volta no prédio, e, ao chegarmos lá fora, ele está agachado na frente de uma garotinha que não aparenta ter mais de dez anos. Neno se aproxima e pede espaço aos amigos da menina. Afasta um por um daqueles que ainda tentam conversar com ela para que pare de gritar.

— Não precisa dizer nada, deixa ela prestar atenção no Franco — ele baixa o tom de voz para orientar e acalmar uma colega que tenta acudir do pior jeito.

— A gente não fez nada — ela explica. — A gente só tava lendo sobre o corpo humano, e ela começou a gritar desse jeito.

— Eu sei, não é culpa de vocês. Vai ficar tudo bem — Neno promete, depois indica a lateral do gramado para que eles voltem para mais perto de suas salas do outro lado da escola. — Ela já vai ficar melhor.

Escuto ao fundo as palavras que Franco cantarola com cuidado, tão habituais para nós, para alguns mais que outros.

— Não fecha os olhos, Duda. Olha pra mim. A gente tá na escola, é só um flashback. Não tem nada acontecendo, não é de verdade. Você tá aqui comigo, você é uma garota forte, Duda. Olha como você cresceu, olha onde a gente tá. Olha pra mim, Duda. Respira fundo.

— *Ela tem Estresse Pós-Traumático?* — Minha surpresa sai em um sussurro. É legítima, talvez porque nunca pudesse esperar encontrar mais alguém por aqui sofrendo com isso.

A resposta que escuto de Capitã faz com que me sinta estúpido.

— *Não brinca...*

Tento ignorar. Dou uma espiada de canto de olhos em Nico e me esforço para não encarar muito quando percebo que ele está cada vez mais estremecido. Não quero que se sinta estudado.

— *Vamos sair* — Sombra sugere ao mesmo tempo, mas, embora Nico precise esfregar as mãos para que parem de tremer, não arreda pé de perto do vidro.

Aos poucos, a garota vai parando de gritar. O choro forte continua, apesar de ela parecer descobrir onde está agora. É quase grande demais para caber no colo de Franco e, ainda assim, se aproxima em busca de um abraço. Só então ele encosta nela e se senta direito para acolhê-la. A garota afunda o rosto no ombro dele e fica ali até a professora chegar.

Percebo que Neno hesita, decidindo se deve se meter. Eu, no lugar dele, pediria que a mulher não se aproximasse ainda. Logo percebemos que, se nada do tipo aconteceu antes, ao menos a moça foi orientada, porque troca um olhar com Franco e espera.

— *Hélio vai voltar?*

Escuto o questionamento de Neno, que não é diretamente para mim. Ele não sabe que enfim consigo ouvi-los. Sinto que a agitação que carrego desde que vi Franco bravo ontem só piora com esse episódio, mas me aproximo da cadeira do piloto e encosto no ombro de Neno para dizer que sim.

Saio no momento em que a garota dá a mão para a professora e é levada. Franco fica, parecendo contrariado por precisar se afastar dela. Tenho dificuldade de me fixar no corpo, mas não há tempo a perder. Minha primeira pergunta ainda sai meio grogue:

— Você tá bem?

Pisco algumas vezes para afastar a sensação de que algo não está certo, de que preciso dissociar para me sentir melhor.

Não preciso, reforço para mim mesmo. *Preciso estar presente.*

Ele assente, quieto. Demoro um instante e tento de novo, sem encontrar um jeito de acalmá-lo:

— É sua irmã?

Ele balança a cabeça outra vez.

Avalio minhas alternativas. Vejo que algumas cabeças espreitam pela janela, mesmo que nossos professores continuem a aula. Depois, me viro para Franco. Percebo que ele esfrega os joelhos e seus olhos estão tão vermelhos quanto estavam na manhã de ontem. Sento de frente para ele e encosto devagar em sua canela, aproveitando que está de jeans. Acho que pode ser um lugar que não incomode nenhum de nós dois.

— Sinto muito que ela tenha que passar por isso.

Ele segue em silêncio até me encarar, e eu não encontro uma maneira de dizer que não sei exatamente como é, mas ao mesmo tempo sei. Baixo os olhos e mexo na barra da calça dele, deixando que ignore o assunto se não quiser conversar.

Afasto a mão ao perceber que ele vem em busca dela. Hesito enquanto Franco faz o mesmo. Passamos um segundo ameaçando encostar nossos dedos. Só desempacamos no momento em que sinto uma presença mais forte no cofront. A segurança de que tem outro de nós puxando para si o controle do toque me permite confortar o garoto o quanto for preciso. Primeiro acho que é Neno de volta, depois percebo que estou acompanhado por Nico. Gosto de conseguir identificar que é ele.

— É só que... — Franco começa, ainda sem rumo, e eu não me preocupo com isso, porque não estou com pressa. — Às vezes eu fico... furioso. Isso não é justo, e eu tenho essa vontade de... — Ele aperta minha mão para se conter e acaba não concluindo. — Eu tenho medo de ser igual a ele, entende? Eu vim dele.

— *O pai dele* — Nico esclarece, tão próximo que me parece uma alucinação. Como se alguém fofocasse por cima do meu ombro aqui fora, não dentro da minha cabeça. — *Foi sobre isso que conversamos.*

Algo me atinge como um soco no estômago; a voz da diretora o chamando de *Francisco*. Penso na insistência de Franco em ser chamado pelo apelido. Levo só um instante me questionando se ele tem um motivo maior para odiar o próprio nome. Acho insensível perguntar.

— Não somos nossos pais, Franco — digo baixinho para ele aquilo que repito para mim mesmo há tanto tempo. — Não temos culpa por eles serem quem são. Nós fazemos nossas escolhas e somos tão bons quanto queremos ser.

Ele separa nossas mãos e se aproxima, bem quando sinto Nico se afastar, mas já não preciso de ajuda para segurar o rosto de Franco. Ele encosta a testa na minha. Fecho os olhos com a sensação do sopro de sua respiração trêmula e preciso tomar um gole de ar. Nunca pensei que isso pudesse me encher de uma calmaria bem-vinda. Não sei o que é. Mexe com uma parte da minha barriga diferente daquela que as memórias ruins atacam, depois sobe rasgando até o peito.

O problema é que logo percebo que estamos nos aproximando demais. Puxo o rosto só um pouco para longe. Franco limpa a garganta na mesma hora e desvia a boca da minha.

— Desculpa — peço antes que ele entenda errado. — É só que...
— Você não tem que explicar nada.

A firmeza dele cai feito um sal de frutas no embrulho contra o qual meu estômago vinha lutando. Franco vira o rosto entre minhas mãos para beijar uma delas e se aproxima até deitar a testa em meu ombro.

Enrosco os dedos em seus fios ressecados de spray e não sinto a necessidade de me afastar. Viro o rosto e alcanço a lateral do cabelo dele com a boca. O cheiro do xampu de camomila me faz sorrir.

— Gosto muito de você, Franco.

Sei que ele está se preparando para responder. O que escuto é uma coisa bem diferente. A janela da minha sala é escancarada, e o grito do professor vem em nossa direção:

— Já passou, Heloíse, agora entra. Se chegar em dois minutos, ninguém vai pra coordenação.

Neno

Heloíse estava certa em não querer voltar. Não faz nem vinte e quatro horas desde que acordei outra vez e já me sinto em constante estado de alerta; culpado por ter dormido enquanto *ele* aparecia. Do lado de fora, meu fôlego está curto, como se eu não pudesse gastar energia com atividades insignificantes, tipo *respirar*. Minha presença no front, ainda que só por uns minutos, acelerou o coração de tal maneira que eu parecia preparado para lutar ou fugir a qualquer momento. Isso porque eu nem mesmo o vi. E deveria ter visto — é o meu papel saber de tudo! Mas nos conheço o suficiente para acreditar que três de nós não podem estar enganados ao mesmo tempo.

O problema é que não fico apenas eu, aqui, de prontidão. Sombra, Nico e Capitã estão batendo ponto no coconsciente desde que precisei me afastar, e, mesmo agora que estou de volta, nenhum deles quer saber de largar seu posto. E não acho que estejam mais tranquilos ou raciocinando melhor do que eu para o trabalho. Perco as contas de quantas vezes eles se levantam assustados de suas poltronas ao longo do dia: porque ouvimos uma porta bater, porque algum aluno de outra série entra na sala para dar um aviso.

Nem posso julgá-los. Fui eu quem saiu correndo ao socorro da garota que gritava, sem ao menos medir as consequências do que poderia encontrar lá fora. A diferença é que ter consciência de tudo isso me faz sentir um cheiro que eles não sentem: o de que as coisas vão sair do nosso controle mais cedo do que esperamos. Nunca tivemos tanta gente aqui na ponte. Tanta gente pronta para agir.

Quase posso ouvir sirenes tocando quando Bia entra em nossa sala. Não são os efeitos sonoros de estrelinhas brilhando que Nico sopra ao meu ouvido antes de eu dar um murro nele. Tem mais jeito de um alarme estridente acompanhado por luzes vermelhas giratórias.

— Eu decidi escrever — ela fala mais alto do que o necessário para qualquer um na turma ouvir. Muito mais alto do que eu gostaria que ela falasse sobre o assunto que prevejo. Franco vem com ela, e só percebo que não estão juntos porque ele para ao nosso lado, ao passo que ela avança até o grupo atrás de nós. — Tive uma ideia, não sei se é boa.

Franco olha para a amiga, depois morde a parte interna da bochecha. Indica a porta, e Hélio começa a se levantar para segui-lo.

Aproveita para pegar o dinheiro do lanche no bolso de fora da mochila. Franco anda em silêncio até alcançarmos o corredor. Já longe o bastante da turma, ele rumina:

— Sei que eles tão obcecados por esse projeto, mas nunca pensei que um episódio da Duda pudesse... inspirar alguém. — Parece mastigar cada uma das palavras várias e várias vezes, mas é como se elas continuassem subindo por sua garganta.

Hélio continua em silêncio. Não sei se está apavorado com a revelação de que o assunto do workshop estourou a bolha dos escritores engajados ou se apenas não encontra o que responder. No lugar dele, eu também teria dificuldade.

Entendo bem a impressão de ser um rato de laboratório na gaiolinha desses garotos. Mas nós concordamos com isso, bem ou mal. Duda não tem nada a ver com a ideia estapafúrdia de Ricardo.

— Acho que nem toda história vem de um lugar agradável. Mas eles são seus amigos — Hélio garante enquanto observa nossos passos. O piso muda de textura conforme alcançamos a área externa do prédio em direção à cantina. — Tenho certeza de que vão respeitar sua irmã.

Não sei em que momento conhecemos Bia e os outros a ponto de confiar nisso que ele promete. No entanto, se a intenção for apenas reconfortar Franco, funciona. Ele toca nossas costas, entre os ombros, e deixa o assunto morrer com uma carícia gentil. Ao afastar a mão, já olha adiante e vai desacelerando os passos. Hélio o acompanha, e então eu percebo que cruzamos com aquela dupla inseparável de garotos.

Eles param em nosso caminho. A cara de Franco não está muito melhor do que antes. Talvez eu seja tolo demais em acreditar que seus amigos de dezessete anos respeitariam seu direito de ficar em paz nessas circunstâncias, mas acredito. Por isso, jamais conseguiria prever o que ouço a seguir:

— Franco insiste que não tá escondendo você da gente — um dos rapazes introduz o assunto; o branquelo do cabelo cacheado.

— Deixa ela em paz — Franco pede e esfrega os olhos com as duas mãos. Parece cansado da discussão que nem começou.

— Me escondendo por quê? — Hélio observa o garoto indisposto ao nosso lado, e eu logo entendo o motivo da pergunta. Está tentando descobrir o que deu início ao problema para encerrá-lo com um comentário espertinho, sem incomodar Franco ainda mais.

— Ué, esse ciumento não deixa nem a gente chegar perto de você — o garoto que desconheço continua. Tem agora um sorriso no canto da boca.

— Que ciu... — Franco mesmo se interrompe. Joga a cabeça para trás, de olho no céu em busca de uma intervenção divina. Solta um riso baixo, que sugere não estar com paciência.

Hélio assente, com os olhos sempre focados nele. Deve ser por isso que emenda uma resposta que os coloca para rir e afasta ainda mais os outros dois da conversa.

— Escondendo minhas habilidades de escrever muito mal com a mão esquerda.

O sorriso de Franco cresce pelo menos um pouco.

— Sua fome de minhocas amarelas — ele acrescenta.

Escuto a risadinha de Hélio no corpo. É bem parecida com a que ouvimos aqui dentro quando ele está de bom humor, mas já quase me esqueci da cadência gostosa que ela tem. Se mistura à gargalhada divertida de Franco, e eu me pergunto se eles percebem que não estão sozinhos. Aparentemente, não.

Basta eu mesmo me desconcentrar por um segundo pensando nisso, que nossos ombros são presos por um par de braços que não sei de onde vem. Um dos garotos sumiu das nossas vistas e agora, nos agarrando pelo pescoço, traz a boca para perto de nosso ouvido.

— Olha só como ele tem ciúmes...

Era para ser uma piada que Franco não poderia escutar, mas não é assim que a recebemos. O corpo estremece. Me levanto junto com Nico. Hélio sai do front e aparece ao meu lado. Então tudo acontece muito rápido. Sombra está na poltrona do piloto, e nos viramos para olhar o garoto já de longe, livres de seu abraço. Ele está esparramado no chão. Caiu de mau jeito, e a lateral do rosto está ralada do cascalho.

Ponho a mão na frente da boca para abafar o som de uma puxada de ar, antes que escape lá fora. Escuto a mesma exclamação surpresa ao meu lado. Capitã está com a boca aberta e não contém uns assopros que parecem uma risada impressionada. Pela primeira vez desde que consigo me lembrar, ficamos olhando um para o outro sem saber o que fazer.

— *Você tá bem?* — Nico se aproxima de Hélio, que ainda está de olhos arregalados.

Ele assente com a cabeça, apressado demais para que eu acredite ser verdade.

— Você é louca?! — O grito lá fora chama nossa atenção.

Franco está se posicionando entre a gente e o amigo que começa a se levantar, mesmo que o cara meio transtornado só fique parado com a mão na bochecha. Não parece ter a intenção de partir para cima de uma garota de um metro e meio. O terceiro garoto, que estava em silêncio até agora, engasga com uma risada parecida com a da Capitã. Seu murmúrio vem em tom de quem não sabe se viu um fantasma ou um artista famoso:

— Você sabe defesa pessoal? *Daora!*

O professor que se aproxima não pensa da mesma maneira.

— Vocês quatro — ele chama.

E, após um gesto de polegar, sei que vamos fazer uma visita à coordenadora. Aquela da qual acreditávamos ter escapado mais cedo.

Hélio

Estou sentado na poltrona mais afastada do vidro frontal, na tentativa de fazer minha agitação não afetar a postura de Nico lá fora.

Afundo o rosto nos meus dedos trêmulos de tempo em tempo, dizendo a mim mesmo que não aconteceu nada grave, que preciso me acalmar. Era só uma brincadeira desagradável de um garoto inconveniente, que talvez eu não mais faça questão de agregar ao meu restrito grupo de colegas. E é claro que ele também já não faz questão de que eu integre o dele.

Sobressalto com a mão que pousa em meu ombro e dou de cara com S. Preocupada, mas séria.

— *Tudo bem?*

Eu assinto outra vez, o mais rápido que posso. Penso em dizer que ela não deveria ter feito aquilo, mas a verdade é que não sei o que eu teria feito se ela não tivesse tomado a frente. Não quero reforçar um comportamento agressivo, mas sei que ela foi engatilhada. Eu fui, então acho que não posso culpá-la.

— *Obrigado, S* — digo por fim, tentando um sorriso que não deve sair tão reconfortante quanto eu gostaria.

Talvez só esteja chocado com a ideia de Sombra estar me protegendo. A pessoa que conseguiria me fazer molhar as calças se quisesse. Me lembra um pouco de Veneno agora, com a diferença de que S se tornou uma protetora eficaz, aparentemente. Veneno era só impulsivo e encrenqueiro — e nós éramos crianças —, mas até agora tinha sido o único que tentava nos resguardar da iminência de agressões físicas assim.

— *Obrigado?* — Neno se aproxima. Parece ter as mesmas ressalvas que eu, mas, ao contrário de mim, tem coragem de dizer. A intensidade transborda em seus gestos direcionados a S. — *Não foi pra isso que você teve aquelas aulas! No meio do pátio, numa conversa de adolescentes, na escola. Não estamos em perigo!*

— *Não estamos?* — S insiste, e eu não gosto da maneira como os dois se encaram em silêncio.

Por um instante, algo na conversa que não estão tendo me soa mal.

— *Do que vocês tão falando?*

A pergunta é o suficiente para eles se distanciarem, indo se sentar um em cada canto e me deixando sem resposta.

Ainda espio os olhares que trocam de longe, mas logo estamos todos concentrados no que vemos pelo vidro frontal. Franco gesticula:

— Você não pode culpar a Hel por isso! Ele não devia sair agarrando garotas por aí e achando que vai ficar tudo bem.

— Eu só tava brincando — o garoto se defende, esfregando sozinho uma gaze com antisséptico no rosto, porque não aceitou ajuda de ninguém.

— E eu sinto muito, mas não acho esse negócio nada engraçado — Nico comenta, sem olhar para ele.

Mesmo daqui de trás, consigo sentir que está tentando manter um tom neutro, mas não convence a coordenadora.

— Só que você não pode atacar outro aluno por causa disso.

— Eu não ataquei ele. Eu desgrudei ele das minhas costas — Nico reforça. — E não foi intencional, eu só tomei um susto. Às vezes algumas pessoas não levam numa boa isso de alguém encostar nelas sem permissão. E eu não vou me desculpar por ter machucado sem querer um garoto que acha que pode encostar em mim do jeito que quiser.

— Nem deveria — Franco acrescenta, e o tom dele não tem nada de neutro.

A coordenadora faz cara de quem quer fechar os olhos por uns cinco minutos e depois checar se o problema desapareceu. Em vez disso, segura um suspiro e aponta para a porta da sala assim que o sinal toca.

— Vocês dois podem ir pra aula.

Franco olha para Nico, demora só um segundo e aperta nosso joelho. Se levanta e sai junto com o outro garoto, Bruno, que não foi diretamente envolvido no incidente.

— Vocês vão assinar uma advertência, e eu espero que isso não se repita.

— *Não responde!* — Neno grita daqui de trás para que Nico morda sua língua briguenta antes que nos cause mais problemas.

Dá certo, porque ele estava parecendo tomar fôlego para rebater, mas apenas assente em silêncio.

Usamos nossa assinatura padrão, uma que a maioria de nós consegue reproduzir, e somos dispensados com bilhetes que nos autorizam a entrar na aula. Ainda esperamos à porta até que o tal Lucas se adiante pelo corredor. Nico me oferece o front, e, embora eu não queira sair, sei que preciso voltar aos meus afazeres.

Quando ganho consciência do mundo externo, sinto o ombro direito dolorido. Deveria ter imaginado, já que rolamos um garoto daquele tamanho por cima dele. Percebo a coordenadora se aproximar. Ela não me toca, mas para por perto e observa o mesmo que eu. Seu sorriso desponta no rosto, e eu odeio o olhar que me dá. Tem pena de mim.

— Ele não vai te machucar. É um bom garoto, apesar de tudo.

Afasto um passo ao sentir que ela está próxima demais. Continuo incomodado, como se esse mal-estar não tivesse começado a melhorar nas últimas semanas. Como se o contato com Ricardo, com Franco, as conversas sobre a manga comprida que tive com a doutora Murray, nada disso me ajudasse a suportar a presença da coordenadora agora.

— Não é só com agressão física que as pessoas nos machucam — sussurro de volta, o mais baixo que posso.

Não ouço resposta e vejo que Lucas já sumiu dentro da sala do terceiro ano B. Aproveito a deixa para baixar os olhos, me despedir da mulher e seguir pelo corredor. Bato à porta e entrego a autorização de entrada para a professora.

Da forma mais silenciosa que consigo, me ajeito à carteira um segundo antes de Livy se inclinar para a amiga na cadeira da frente.

— Não acredito que essa esquisita ainda não foi expulsa.

Uma agressão verbal, como eu vinha dizendo. Sinto o comentário me espetar e somo a ele um segundo pontinho de angústia: a sensação do hálito de um desconhecido contra o meu ouvido. Há tempos não sinto a ansiedade bater tão forte e, com a presença dela, não sei me desvencilhar dos pensamentos sobre garfos. Eles repetem de novo e de novo, insistentes, frustrantes; do jeitinho de quando arranhamos o CD do Weezer.

Abro meu material e finjo que não escutei o que a garota disse. Pena que não sei fingir para mim mesmo que não estou sentindo um nó na boca do estômago. Procuro a única coisa que pode me distrair, mas não encontro. Jurava que tinha deixado na divisória de inglês.

Passo algumas matérias em busca do meu desenho incompleto, depois volto todas e procuro de novo. Virando as folhas com mais pressa, não percebo que incomodo com o barulho até a professora parar em frente à classe:

— Algum problema, Heloíse?

Olho meio rápido para ela. Afasto as mãos do fichário e nego com a cabeça. Não consigo pensar em um pedido de desculpas. Ela segue falando sobre nem sei o quê.

— *Eu não tinha deixado aqui ontem?* — pergunto para ver se alguém lembra.

A falta de resposta sugere uma de duas coisas: ou ninguém está se importando com um desenho idiota ou, depois de todo esse desgaste, eu sou irrelevante demais para que me escutem.

Capítulo 19

Hélio

Na sexta-feira, não tem nada que me tire da cama. Pego o front de Ester e volto a me deitar, de uniforme. Vou sentindo um por um os outros abandonarem a ponte. É assim que descubro que passei a sentir quando eles estão por aqui — descobrindo que não estão mais. Estamos exaustos, e eles percebem que não preciso de ajuda porque dou a entender que não vou sair do quarto. Também não fazem questão de tentar sair no meu lugar.

— *Amo você, Hélio.*

Escuto Nico. Não sei se é algo que ele sente de verdade ou só acha certo me dizer nesse momento, tampouco tenho disposição para pensar nisso. Só sei que a resposta que me escapa em um sussurro é sincera:

— Amo você, Nico.

Noto que ele se vai. Não consigo definir se fecho os olhos e cochilo de novo ou só fico olhando para a parede, dissociado por tempo demais. A próxima coisa que me desperta é o colchão afundando atrás das minhas costas. O movimento é tão leve que não me assusta. Pisco rápido voltando a mim antes de escutar Ricardo perguntar, sentado na beirada da cama:

— O que foi, cara?

Balanço a cabeça, em silêncio. Sei que isso não vai convencê-lo a me deixar quieto. Não me deixou quando expliquei a situação de ontem após aquela linha direta que a coordenadora parece ter com ele pelo celular, nem quando tentei escapar de contar sobre a consulta com a doutora Murray, já que quem falou com ela foram Neno e S.

— Estamos cansados. Ninguém tá aqui.

— Ninguém tá aí?

Ele ri de leve. Só então percebo o significado do que eu disse. Tento um sorriso, mas acho que o mais perto disso que consigo é um torcer de nariz.

— Ninguém além de mim. Podemos ficar dormindo, só hoje? — peço, sabendo que não vou explodir a casa se passar uma manhã sozinho.

— Isso tem a ver com o que aconteceu ontem? Vocês não podem fugir das coisas que fazem.

— É claro que tem a ver com o que... — Ergo a voz mais do que planejo. Assim que me escuto, viro na cama e vejo Ricardo com as sobrancelhas arqueadas. Passo um tempo em silêncio, depois suspiro e acabo me apoiando nas mãos até conseguir sentar encostado na cabeceira. Olho para baixo e esfrego os dedos nas palmas. — Eu sinto que a gente tá trocando sem nenhum critério — explico com menos receio do que teria se soubesse que algum dos outros ainda me ouve. — Alguma coisa não tá certa, e eu acho que essa coisa sou eu. Não acontecia com a Heloíse.

— Hélio, você não é a Heloíse.

Eu sei o que ele pretende com isso, só não me ajuda. É tão óbvio que tudo o que consigo fazer é soltar uma risada amarga.

— Nitidamente — rebato, um pouco mais malcriado do que gostaria de ser. — O que eu quero dizer é que acho que não sou o ideal pra esse trabalho. E acho que eles concordam comigo. Parece que não tão me contando alguma coisa.

— Você já perguntou pra eles? — Ric analisa com calma, e eu não poderia amá-lo mais por ignorar meu mau humor e guardar para outra hora uma possível bronca que eu não gostaria de escutar agora. Nego com a cabeça antes de ele concluir: — Então de que jeito você vai saber?

A imagem de S e Neno se encarando surge na minha cabeça. Nem sei quantas vezes ela já me veio desde que a vi na manhã de ontem.

— Sabe? Quando eu saí do front por causa dos gritos, pensei que tivesse feito isso por escolha. A Duda gritando, a lembrança da Heloíse, eu senti que tinha... — Gesticulo perto da garganta, e Ricardo põe a mão no meu joelho para indicar que não preciso explicar, que é melhor que eu pare. — Mas não foi. Neno me tirou e saiu correndo lá pra fora. Como se estivesse... procurando alguma coisa. E aí... — Engulo um pouco da saliva que quer secar na minha boca. Perco o que estava dizendo. Demoro a me concentrar de novo. — S derrubou aquele garoto e disse pro Neno que não estamos seguros.

— Ela disse isso? — Ricardo arregala os olhos, parecendo mais surpreso do que preocupado.

Abaixo a cabeça e assinto em silêncio. Mudo de ideia e nego em seguida.

— Não com essas palavras.

Ele põe a mão no meu ombro. Esfrega meu braço sobre a manga da camiseta, depois passa as costas dos dedos sobre minha clavícula. Sei que procura meu coração, mas mira tão alto que o gesto é apenas simbólico.

— Você precisa conversar com seus colegas quando estiverem se sentindo melhor. Por enquanto, vou ligar pra escola. E avisar ao porteiro que você tá sozinho aqui em cima.

Assinto e olho para baixo.

— Obrigado — sussurro, sem me permitir parar nisso. Ouço minha voz falhar com a maior proximidade do choro à qual já cheguei. — Me desculpa também. Eu não queria...

— Não tem problema. — Ric não me deixa terminar, só beija meu cabelo.

Me levanto junto com ele para trancar a porta do quarto. Não sei se gosto de ficar sozinho. Nunca tentei.

Capitã

Convencer Hélio de que nada está errado pode exigir todo um exército e um fim de semana prolongado. O garoto não é ingênuo como eu lembrava, preciso admitir, mas o esforço conjunto para rebater suas suspeitas nos fez perceber que as coisas devem voltar ao normal. E isso significa que precisamos deixá-lo assumir nossa rotina, já que foi isso que pedimos que ele fizesse.

As coisas começam a desandar logo que entramos na sala de aula, na segunda-feira de manhã, e um professor que nunca vimos, que tem um cordão com um apito ao redor do pescoço, está posicionado para conversar com a turma. Então descobrimos que, apesar de não termos educação física no terceiro ano, estamos cotados para uma gincana amistosa contra outro colégio da região no início do mês.

É assim que eu venho parar aqui na frente, suando por baixo dessas mangas compridas horrorosas e jogando a boina pior ainda em algum canto do gramado, junto com peças de roupas que outros alunos foram descartando ao longo da manhã. Sinto o suor escorrer pela testa e me posiciono com o pé a um milímetro da linha branca que demarca minha posição na pista de corrida. Escuto o apito. Corro.

Estou na faixa mais interna da elipse ao redor do campo de futebol, o que me faz largar mais atrás e ficar em último lugar até a primeira curva. É aí que minha posição começa a se igualar com a das outras garotas que competem comigo. No meio da próxima reta, eu já peguei velocidade. Escuto gritos eufóricos ao ganhar a primeira posição. Só percebo o quanto abri de vantagem assim que cruzo a linha de chegada e vejo as duas ainda correndo seus últimos metros.

Atletismo sempre foi minha praia, desde que fui designada por Heloíse para as aulas de educação física em Londres. Gosto de jogar handebol e vôlei — embora sonhe em ser ponteira e nosso tamanho só me permita ser líbero —, mas correr me traz uma adrenalina diferente.

Dou risada vendo Ícaro e Joice se agacharem para me pegar pelas pernas e me erguer nos ombros. Não costumo me divertir com a criançada, mas fecho as mãos e comemoro o fato de ter sido escolhida para essa competição idiota. Eles me colocam no chão no momento em que o sinal do segundo intervalo toca, e eu olho para baixo a fim de me desvencilhar da atenção que recebo de Franco. Para meu azar, meus colegas de classe nada discretos se apressam para longe.

Não quero passar o comando para Hélio porque sei que vamos precisar ir ao banheiro limpar toda essa sujeira e quero evitar trocar com tanta frequência logo agora que estamos mais focados. Disfarço e pego a boina para fingir que não vi que alguém me espera, mas não consigo passar despercebida. Franco caminha ao meu lado pela rampa que leva ao nível das salas de aula.

— Então você consegue derrubar um cara e correr mais rápido que a garota mais alta da sua turma. Alguma outra coisa que eu deva saber?

— *Que não gosto de moleques engraçadinhos dando em cima de mim* — respondo em segredo e escuto algumas risadas em retorno.

— *Capitã...* — Hélio pede, e eu acabo suspirando.

— Nada que eu possa lembrar agora — tento falar manso. Não tenho a especialidade que Neno tem de imitar os gêmeos e sei que costumo ser um pouco ríspida na maior parte do tempo.

Sigo andando com o olhar adiante, mas reparo em Franco juntando as sobrancelhas e ficando quieto. É algo de que gosto nele há um tempo: perceber que engole alguns pensamentos, que não sente a necessidade de verbalizar qualquer coisa desagradável que pensa, ao contrário de todo o resto dos garotos por aqui.

— Eu queria te fazer um convite — ele retoma, enfim parando de enrolar.

Coço a testa e repito para mim mesma que preciso ter a paciência que os garotos têm com ele. Cruzo os braços e assinto para dizer que estou ouvindo.

— Vamos dar uma festa pra minha irmã no fim de semana. Você sabe, coxinha, refrigerante e uns brinquedos de ar que têm mais tamanho do que propósito.

Acabo dando risada com o jeito dele. Fica difícil negar de repente o convite:

— Você pode vir?

Sinto que devo dizer *não*, mas estamos tentando convencer Hélio de que nada está errado por aqui. Precisamos fazer amigos, alguns de nós gostam desse garoto, e a vida tem que seguir. Como vou justificar que tomei uma decisão dessas sozinha, se acabamos de passar um fim de semana inteiro garantindo ao nosso anfitrião que o front é dele, a rotina é dele?

Desfaço o sorriso que sobrou da minha risada e assinto. Aponto para o lado dos banheiros femininos a fim de me livrar da conversa.

— Vou falar com Ricardo.

Franco faz um gesto exagerado de comemoração, e eu só sorrio mais uma vez, o achando ridiculamente apaixonado por — não tenho certeza — um ou dois garotos, que ele não sabe serem dois, muito menos serem garotos. O lado bom de guardar o front é que vou poder assistir a isso de camarote. Eles que não me ouçam.

Estou me virando quando sinto um braço trombar com o meu. O encontro é tão bruto que me desequilibro a ponto de Franco precisar me segurar, o que me põe em alerta. Me viro para encará-lo. Consigo recuperar o equilíbrio, e ele me solta com pressa. Acabo imaginando que é porque minha cara não deve estar muito boa, mas não estou preocupada em agradar.

Olhamos ao mesmo tempo para a garota que segue naturalmente corredor afora. É Livy. Sinto meu pescoço todo esquentar antes de ouvir Neno dizer:

— *A gente não pode parar na coordenação de novo.*

Juro para mim mesma que um dia essa pirralha mimada vai ter o que merece, mas esse dia não é hoje.

— Não é nada com você — Franco jura, mas meu ombro latejante diz o contrário. — Desculpa por isso.

Não sei bem se desculpo.

O fim das aulas chega mais rápido do que o normal. Presos dentro do portão, da maneira que ficamos desde que vimos quem não deveríamos ver no estacionamento, só descobrimos o que está acontecendo lá fora ao passarmos de carro.

Até mesmo Sheila nota Franco e uma garota gritando um com o outro perto do muro da escola, bem diferente do cara que conhecemos. O olhar da mãe dos gêmeos vem até nós, e Hélio foge dele como costuma fugir de qualquer problema que vá magoá-lo.

Ninguém comenta sobre o assunto.

Capítulo 20

Hélio

NÃO SEI POR QUE FICO DECEPCIONADO ao descobrir que Franco está na escola. Talvez seja porque, desde que percebeu que existe uma carteira que dá bem de frente para a minha, tenha sido a primeira vez que ele não escolheu se sentar nela. Mas então eu o vejo sozinho em uma mesa da cantina no primeiro intervalo. Tenho a impressão de que ele me enxerga pelo canto dos olhos um segundo antes de se levantar e escapar pelo outro lado. E de repente eu sei. Eu sinto.

A imagem dele discutindo com Livy me volta à cabeça. Passei a noite me convencendo de que tudo ficaria bem. Só não esperava que uma briga feito aquela acabasse com eles se acertando desse outro jeito, mas sempre foi uma questão de tempo até que ela o tivesse de volta, não foi? Até que todas aquelas coisas não ditas entre eles viessem à tona.

A decepção escorre como se nunca tivesse emergido. Enquanto o observo se afastar para o corredor, minha visão embaça. Penso no exercício que deixei sem fazer porque a aula terminou, e ele me parece a coisa mais importante desta manhã. É por isso que guardo meu dinheiro do lanche no bolso e faço o caminho de volta. Não tenho fome, só preciso terminar aquela conta.

O foco exagerado vai se perdendo ao longo da aula seguinte. Logo me cai a ficha de que evitar o assunto não vai fazer com que ele desapareça. Eu sei o quanto sou bom na arte de me esquivar do que não me agrada, mas nunca me preocupei em refletir sobre o quanto isso me faz mal. Da última vez que tive que enfrentar problemas assim diariamente, eu tinha treze anos. Com treze anos, correr deles talvez me fizesse bem.

Não comento nada, mas um pensamento decerto escapa para os outros. Um garoto que vive perguntando com outras palavras as coisas que os professores acabaram de dizer faz seu espetáculo do dia, e o tempo que ganho para ignorá-lo é coberto pela voz de Nico:

— *Ela não me parece feliz pra quem conseguiu o namorado de volta, Hélio.*

Eu gostaria de dizer que sou tão seguro, que consigo olhar para o lado e ver estampado no rosto de Livy que Franco não me trocou por ela. Mas não sou. Assinto em silêncio, sem decidir se devo debater ou apenas aceitar o comentário. Me pergunto se Nico não está dizendo isso só porque jura que me ama, porque se importa comigo e não quer me ver de coração partido pelo primeiro cara que, não sei, eu enxerguei como *um cara*.

Não posso mais fugir quando o sinal toca e Franco para à porta, hesitante. Espero que chame Livy, espero que ela se levante e vá até ele. Tento me concentrar em outra coisa até a garota passar reto e avançar pelo corredor. Enfim acabo olhando para Franco.

Ele parece refletir minha falta de vocabulário para o bom-dia que não sei se vamos trocar. Se limita a apontar para fora com a cabeça. Muito diferente do garoto que andou me abraçando por aí sem eu nem entender o motivo. Eu me levanto e o sigo, a alguns passos de distância.

Ameaço parar com a suspeita de que estamos pegando um caminho diferente, que dá para um espaço espremido entre uma das instalações e o muro, mas Nico me garante que está tudo bem. Não tenho tempo de me perguntar por que ele sabe disso, pois avanço um passo para dentro do canto escondido e já vejo Franco virado em minha direção.

— Me desculpa — ele pede, mas não me olha. Seu rosto está voltado para baixo, para um papel amassado que tira do bolso.

Não sei se quero descobrir o motivo do pedido. Não sei se quero detalhes do que quer que ele tenha feito para achar que me deve isso. Nós nos abraçamos algumas vezes, ele me beijou sobre a boina, eu toquei em sua mão, encostei em seu rosto, disse que gosto dele. Posso conviver com as lembranças boas que isso me traz. Não preciso saber por que acabou. Nem sei o que era. Algo que nunca aconteceu não tem como deixar de existir.

— Você não tem que explicar nada — falo esganiçado, feito um papagaio repetindo algo que aprendeu.

De fato, devo soar tão ridículo que ele acaba rindo na minha cara. Ou da minha cara, não sei dizer. É uma frase tão própria dele, que tenho certeza de que reconhece de onde ela vem. Por um instante, penso que isso vai mudar o clima. Ele torna a encarar os pés e equilibra um sorriso no canto dos lábios, mas qualquer resquício desaparece com uma respiração profunda.

Dou um passo para a frente a fim de aceitar o papel que ele me oferece, dobrado em quatro partes. É uma folha de fichário meio suja, manuseada em momentos indevidos e guardada de qualquer jeito.

— Tenho, sim — ele insiste.

Sem conseguir pensar em nada para responder, acabo abrindo para ver o que é. Leva só um segundo para minhas costas enrijecerem. A primeira coisa com que trombo é o cinturão de cobra, depois olho para nossos nomes em letras vazadas. Passo um instante observando Heloíse: seu rosto tão parecido com o meu, o cabelo chanel, os olhos mais gentis sob as sobrancelhas de formato leve. Nunca quis tanto que ela estivesse aqui.

Sinto o frio que sobe pela coluna terminar em minha nuca com uma sensação de coceira. Vejo o desenho maltratado, guardado com um descaso tão familiar que não me surpreende. Reconhecer que não espero que me ofereçam um mínimo de cuidado faz a situação doer em dobro.

— Como você conseguiu isso? — É a única pergunta que me ocorre. Mal encontro voz para que ela saia.

— Eu não peguei — ele esclarece primeiro. — Só descobri que tava com alguém.

— Era um desenho importante — continuo, de olho nos traços borrados de lápis.

As manchas me desanimam a continuá-lo para presentear Cookie amanhã, em sua noite no front. Eu o perdi por tanto tempo que talvez nem conseguisse terminá-lo, mas agora não tenho a menor vontade de tentar.

— Me desculpa — Franco repete. — A culpa é minha.

Sinto que não tenho controle sobre minha reação. Me pergunto se tem alguém enfurecido no cofront junto a mim ou se só me desconecto do corpo para fugir da dor no peito, mas amasso o papel em um acesso de fúria.

— Não importa.

Não consigo terminar de fazer uma bolinha. Franco se impulsiona para a frente, segura minha mão e toma o desenho de volta. A essa altura, já não tenho o ímpeto de esconder. Sei que ele já deve ter decorado cada figura.

A imagem que vejo do garoto tentando desamassá-lo é embaçada. O sinal toca, abafado aos meus ouvidos. Sigo o que meu corpo parece querer fazer sozinho: me viro para ir embora. O que amarra meus pés no chão e puxa minha consciência de volta com o mesmo efeito de um tapa na cara é a pergunta que vem por trás de mim.

Parece um vômito apressado, que Franco precisa cuspir ou não vai sair nunca mais.

— Você tem aquilo que os meninos aprenderam naquele curso, não tem?

Perco a noção de quanto tempo fico de costas para ele. Escuto um zunido alto dentro da cabeça. Sei que muita gente fala ao mesmo tempo, mas não posso escutar com clareza. Dá para comparar com o som ambiente da praça de alimentação de um shopping em horário de almoço no fim de semana. Caso todos os restaurantes tivessem acabado de explodir.

— Como é? — pergunto sem conseguir pensar em nada mais inteligente.

Pisco algumas vezes para lembrar onde estou, mas isso não me faz sentir mais real ao olhar para Franco de novo.

— Eu pesquisei. — Assim que ele começa, me pego mais consciente do que gostaria. Minhas sobrancelhas estão arqueadas, e balanço a cabeça. Quero afastar a cena que ele me obriga a imaginar, evitar qualquer informação bizarra que tenha para despejar sobre mim, mas não sou rápido o bastante. — Você às vezes demora pra escutar, parece que está em outro lugar. Você me beija, e tem hora que eu não posso nem te ajudar a ficar de pé que parece que você vai arrancar minha cabeça.

Abro a boca para dizer que não preciso beijá-lo quando não quiser. Nunca vou beijá-lo se não estiver com vontade. Tomo um primeiro impulso para vociferar, mas o engulo com um engasgo. A ficha demora a cair.

Eu não beijei você.

Sei exatamente quem foi.

— Seu sotaque muda, sua caligrafia é perfeita com a mão esquerda. Não quero sair concluindo que isso tem a ver, mas você odeia o seu pai e soube lidar melhor que ninguém com o episódio da minha irmã. Você tem um sistema, não tem? — Ele ergue o papel, e eu só sei continuar olhando. — Passei uma noite toda repetindo que tô ficando obcecado igual a eles. Que ouvi demais eles falando sobre isso, que tô impressionado com esse assunto, que posso parecer um idiota diagnosticando alguém, mas aí... — Ele parece tomar fôlego, e o tom desce para um sussurro que não sei se é mais ou menos perturbado do que antes. — Eu lembrei da Bia falando sobre o médico que veio conversar com eles. O médico bonito. Ricardo. — Franco assente com a cabeça, numa urgência angustiada de me convencer do que supõe. — O seu...

— Eu sei quem é Ricardo! — O estouro da frase na minha boca me faz retomar a sensação de estar aqui fora.

Franco balança a cabeça para o outro lado agora. É uma negativa. Parece voltar três passos atrás em tudo o que disse enquanto, fisicamente, dá um a mais na minha direção. Eu recuo.

— Hel, não vou contar pra ninguém. E quem pegou o desenho não entendeu nada, nem vai dizer nada também, eu prometo.

— Eu não me importo com o que a Livy faz — respondo com um sussurro, porque só sei grunhir o nome dela.

O tom de Franco é o completo oposto disso.

— Mas eu me importo, se o que ela faz for com você! — Ele vem pegar minhas mãos. Da mesma maneira que hesitei da primeira vez que tentou fazer isso, eu as puxo para longe. Minha ênfase é tão precisa que não deve sobrar nenhuma dúvida de que ele não deve insistir. E não insiste. — Eu só quero saber seu nome. O seu. Se você não vai sair da minha cabeça, acho justo saber como te chamar.

Meus dentes saltam para cima do lábio inferior, para conter o sorriso que ameaça despontar. Tão fora de hora, tão inevitável.

— Não *Heloíse*, se você não for Heloíse, não *Hel* — ele enfatiza. O que vem em seguida me faz pensar ouvir meu coração rachar ao meio. Ou talvez seja a cara de Nico dentro da ponte ao escutar também. — A garota por quem eu me apaixonei.

Meu sorriso vira um afastamento mínimo de lábios em busca de um gole de ar. Esfrego os dedos na palma das mãos e enfim consigo desviar meus olhos dos dele. Na verdade, a última coisa que conseguiria fazer agora seria encará-lo.

— Isso vai ser difícil de saber, Franco. — Assinto, juntando coragem para falar de uma vez. Quando o faço, o redemoinho que se formava em meu estômago desaparece junto à pedra que eu vinha carregando sobre os ombros. Até endireito a postura ao continuar.

— Não deve ser eu, já que você andou beijando outro. E nenhum de nós dois é a garota que você espera.

Franco abre e fecha a boca.

A imagem que mais odeio.

Não quero saber se ele vai encontrar o que dizer.

— Hel, me deixa explicar! — ele ainda pede, ao que viro as costas, mas eu não fico.

Nada que me diga vai melhorar as coisas agora.

Capítulo 21

Nico

Sabe aqueles filmes antigos de terror, em que os vilões puxam uma alavanca e os mocinhos despencam gritando para dentro de um alçapão — mãos e pernas voando para todos os lados? É a imagem que me vem sempre que Hélio nos empurra para fora da ponte. Com a exceção de que, agora, sinto que ele é o protagonista e só faz isso para se proteger do cara mau, que, nesse caso, sou eu.

Estávamos presos no fundo da nave desde ontem. Ele não nos liberou nem para a terapia, e durante longas horas eu achei que o motivo de me sentir agitado era a ideia de não poder me defender das coisas que ele devia estar falando sobre mim lá fora, porque eu não queria que Ric ou a doutora Murray se decepcionassem comigo.

Um único olhar de Sombra ao me encontrar no observatório me fez perceber que, na verdade, eu não estava nem aí para nada disso. Como Sombra, eu estava preocupado. Não estava me importando com o fato de Hélio ter nos empurrado para trás, só não queria que ele ficasse sozinho justo agora. Eu poderia lidar com os adultos depois, apesar de eles quase nunca tomarem partido. Eu só não queria ter magoado Hélio.

E não fiquei surpreso de termos nos encontrado, eu e Sombra, por ali, no lugar favorito do garoto. Nem por Neno ter se juntado à nossa reunião silenciosa. Três pessoas muito bem crescidinhas acumulando nossas vergonhas para ver se juntas poderíamos dar conta delas. Odiando, por todos esses anos, um garoto que se apaixona por um detalhe tão simples quanto um piercing mal colocado e uma dose de carinho, coisa que nunca demos a ele. Um garoto que está tentando entender lá fora qual é seu espaço, da mesma maneira que não facilitamos para ele se entender aqui dentro.

Eu não esperava que nenhum de nós admitisse isso em voz alta, então fui o primeiro a me retirar quando tudo pareceu resolvido. E, sim, pela primeira vez, daríamos a Hélio o direito de não nos ter por perto até terminar de lidar com as questões que eu tinha causado. Se nenhum de nós o deixaria sozinho por segurança — por motivos que não podemos comentar com ele esses dias —, precisaríamos ao menos ser razoáveis a ponto de aceitar que ele havia batido a porta na nossa cara em busca de um pouco de privacidade. Por minha culpa.

E é verdade que Hélio, em seu canto, também fez sua parte da lição de casa, porque eu acordo no corpo logo na manhã seguinte. Nada de lutarmos contra ele por uma semana toda, a exemplo de antes. A dor de cabeça que sinto, bem atrás dos olhos, insinua que dormimos demais. Não sei dizer a que horas ele se deitou, mas, pelo clima na nave, acredito que ninguém estava ansioso para voltar à ponte, então devemos ter apagado cedo. O relógio indica que ainda não são seis horas da manhã, mas o céu que vejo pela janela aberta já me parece apropriado para hoje: nublado.

— *Bom dia, Nico!* — A vozinha de Cookie me assusta.

Chego a me sentar em um pulo com a impressão de que tem alguém dentro do quarto. Meu peito dispara. A sensação poderia sair do controle em outro momento, e saber disso é algo que me traz uma expectativa ruim, mas me sinto sonolento demais e, por ora, acabo só despertando. Não da melhor maneira.

Cookie não costuma ficar sozinha na ponte. E, se fica, nos derruba. É sabendo disso que, enquanto escuto a risadinha dela ao notar minha reação, eu cumprimento:

— Bom dia, Cookie. Prila...

— Bom dia, meu amor — minha melhor amiga responde.

Não sei por que já estão acordadas, só tenho a impressão de que todos estamos prontos para que o dia comece. A questão é que ele não começou. Não aqui em casa. Temos mais de uma hora antes de sair para a aula.

Eu me levanto de vez e me pego abrindo o armário onde ficam nossos tênis de corrida. Não saber o motivo disso me leva a suspeitar que não sou bem eu quem está no comando. Dou um passo para trás ao sentir que alguém no cofront tem uma motivação específica para estar de pé a essa hora.

Observo, de volta à ponte, Capitã se livrar dos pijamas e nos vestir com roupas confortáveis.

— Você acha que é uma boa ideia?

Esperando que a garota me ouça lá da frente, olho para Prila. Imagino que a expressão preocupada no rosto dela espelhe a minha, mas Capitã está tão segura que acaba nos convencendo.

— Já tá claro, e ninguém deve estar acordado ainda.

Eu confio no que diz, apesar de me colocar na poltrona em que ela costuma se sentar para observar melhor. Capitã pega o celular e, na ponta dos pés, vai até a porta da frente, que deixa destrancada. Entra no elevador e cumprimenta o porteiro. Ele não parece sequer cogitar que não deveria nos deixar sair sem autorização. Alguns saltinhos, em um aquecimento que não serve de nada, e pegamos o lado esquerdo.

Faz algum tempo que não a vejo correr para se distrair, mas é como se não tivesse passado nem um dia. Consigo prever até a escolha de direção. A música que sai pelos fones de ouvido chega igual a todo o resto que ouvimos aqui da ponte, mergulhada em um tanque d'água. Ainda assim, consigo aproveitá-la, apesar de não ser a minha preferida.

Capitã tem um gosto musical bem diferente do que alguém esperaria dela — *alô, alô, dona de casa, olha o caminhão do estereótipo passando pela sua rua.* Apesar do cabelo escuro, curto e espetado, a maquiagem pesada e os piercings em lugares que eu não saberia listar, ela curte qualquer coisa entre o pop e um rock leve que tenha um pé no indie. Quer dizer, quem corre ao som de KALEO? Ao som de COIN? Nunca entendi por que essas bandas todas GRITAM O PRÓPRIO NOME. O refrão que me alcança soa ofensivo: *você sabe que eu falo demais*, ele acusa. Talvez eu fale mesmo, e daí?

Lá fora, tudo parece silencioso. Há poucas pessoas saindo da padaria na outra calçada, e vemos os mesmos carros de sempre estacionados. A vozinha de Cookie sobressai à música ao passo que ela prova a si mesma que consegue ler tudo o que aparece em sua frente. Eu me sinto um pouco mal por não deixarmos que tenha tanto contato com a ponte, mas, conhecendo esses limites, entendo o frenesi que um ambiente novo causa nela.

— UAI! — Cookie lê a placa de um carro como se fosse a coisa mais maravilhosa que já viu. — UAI! — repete apontando para fora, para checar se Prila está vendo também. Logo emenda sozinha: — *O que o carro preto disse pro carro prata?*

Só então a referência me faz localizar a sequência de veículos que ela indica. Prila responde:

— *Eu não sei. O que ele disse?*

— *"Tem uma coisa na sua traseira." E o que o carro prata respondeu pro carro preto?*

— *Eu não sei. O que ele respondeu?*

Eu me pergunto se essa paciência meio compulsória que Prila demonstra é o mesmo tom que os outros escutam quando ela está falando comigo. Quase perco a piada pensando nisso, mas ela me arranca um berro.

— *"É a minha placa, UAI!"*

Não acredito que uma garota de cinco anos está me fazendo rir justo hoje. Justo no dia em que nada está certo.

A gargalhada gostosa dela gruda na minha cabeça. De repente, desconfio de que é por isso que elas estão aqui. Porque Prila sabe que precisamos do espírito de Cookie para nos devolver um pouco de paz. Sinto que Capitã está sorrindo lá fora, e de repente o dia parece menos cinza, embora o sol ainda não tenha saído de seu esconderijo. Fico imaginando se Hélio vai fazer igual a ele ou vai se juntar a nós em breve.

O despertador toca depois de algumas voltas pelo bairro. Confio no senso de direção da Capitã para retornarmos, porque estou perdido. Considero um sucesso nossa escapada para uma injeção daquele tal hormônio do exercício, assim que passamos em segurança pelo portão do prédio. Capitã enxuga o cabelo com os braços e pausa a música já no elevador.

Logo que cruzamos a porta do apartamento, damos de cara com um Ricardo prestes a virar do avesso. Ele se levanta do sofá com as mãos para o alto. Parece precisar de um tempo para recuperar a voz, mas vai falar daqui a pouco. Muito.

E então eu me sinto chutado para o front. Tonteio, parado à entrada da sala. Ricardo abre a boca, e eu fecho os olhos para me preparar para a bronca que não mereço.

Aquela sacana.

Sei que o pensamento escapa, porque escuto uma coleção de garotas rindo da minha cara. Me seguro para não ser arrebatado por elas, ou vou deixar Ricardo ainda mais possesso.

A anestesia confortável que nunca experimentei no corpo faz até a cara feia dele parecer menos assustadora. Não entendo por que não tentamos essa coisa de correr com mais frequência.

Hélio

Demoro apenas alguns minutos para entender que Neno está me obrigando a ouvir sua conversa com Ricardo. Eles falam sobre a irmã de Franco, então acho que não devo interromper e me sento em uma poltrona afastada até ser chamado. Não tenho coragem de cumprimentar ninguém, embora tenha entrado pelo turboelevador e não esteja pensando em empurrá-los para fora. Também não vou pedir desculpas por ontem, então prefiro ficar na minha.

Nico está de cabeça baixa, o que não me dá muita vontade de puxar assunto. Quem faz isso é S, sentada do outro lado, com os olhos sobre mim desde que cheguei:

— *Como você tá?*

Não sei se deveria ficar surpreso com a preocupação, mas não fico. Na falta de uma boa resposta, assinto para oferecer uma imprecisão satisfatória. Parece funcionar. Ela retoma atenção à conversa lá de fora, e eu me perco na voz de doutora Murray, que me acompanhou por toda a noite de ontem após a terapia.

Entendo que é muita informação para Franco digerir. Que ele tem o direito de se sentir enganado e confuso. Que talvez ele não consiga transpor a Hel que conheceu para a imagem de um garoto que se chama Hélio. Talvez ele nunca possa gostar do Hélio, talvez nunca possa gostar do Nico. É assim que acontece com todo mundo, imagino. Só não deixa de ser frustrante saber que alguém está apaixonado por você, mas pode ser que não consiga te aceitar do jeito que você é. *Você precisa dar um tempo pra ele*, a sugestão ronda meu pensamento.

Sei que Franco não me disse nada disso. Mas ele abriu e fechou a boca daquele jeito, ele me olhou daquela forma. E é tão exaustivo passar por isso de novo e de novo, sempre que alguém descobre sobre nós. Como poderia ser fácil se nem minha mãe aceitou ainda? Como poderia ser fácil se não estávamos prontos para que mais alguém soubesse e a primeira pessoa com quem me importo descobriu sozinha?

— Eles não conversaram desde ontem, mas sei que vão. Nico se preocupa com Hélio — Neno continua, me puxando de volta à conversa que perdi pelo meio do caminho. — Todo mundo se preocupa. Eu não tava lá pra saber o que rolou com o Franco, mas tenho certeza de que Nico não teve nenhuma má intenção. Sei que Hélio sabe disso também.

Eu sei?, me pergunto. Meus olhos caem outra vez sobre Nico em silêncio, do outro lado da ponte. Não sei por que não está lá fora, tomando nosso café da manhã.

— E aí Franco usou o beijo pra dizer que são garotos diferentes? Mas que babaca!

Neno ri alto com o comentário e observa Ricardo de costas, lavando alguma coisa na pia.

— Não exatamente. Acho que foi porque a Capitã quase estapeou ele pra longe, dia desses.

— Oh. — A interjeição meio inglesa me faz sorrir. Cheira a conforto, feito uma manhã de domingo em que todo mundo decidiu dormir demais e eu pude escapar para encontrá-lo na cozinha preparando um prato britânico só porque sim. — Justo. Menos mal. Eu vou recolher essa ofensa.

Ele faz um gesto em nossa direção, e vejo Neno responder com um lançamento imaginário em frente ao rosto. Ricardo recebe com a técnica perfeita e põe dentro do bolso.

Os dois são ridículos.

— Mas deixa guardada — Neno comenta, ainda assim. — Vai saber.

Quando Ricardo se vira de frente para nós, enxugando as mãos em um pano de prato, já não parece se divertir.

— Desculpa. Se ninguém estivesse pensando nesse assunto... — Ele engole a conclusão pela metade, porque sabe que entendemos. — Talvez minha ideia não tenha sido tão boa assim, no fim das contas.

— Nunca achei que fosse — Neno conclui com um riso contido. Me desperta a vontade de ter um corpo todo meu só por um segundo, para poder chutar o dele. — Mas nós conhecemos pessoas legais.

    Meu padrinho ergue a cabeça, que vinha caindo em desânimo, embora saiba que acabou de ganhar uns tapinhas no ombro só para não se sentir triste demais pelo fracasso. O meio sorriso dele enche meu coração todinho. E acho que Neno está certo. Nós conhecemos, não conhecemos?

    Saber que nossos colegas vão estar por lá, no entanto, não aumenta meu ânimo de ir para a escola hoje. Perco o primeiro intervalo com o rosto afundado nos braços sobre a mesa. A desculpa de que estou com dor de cabeça sempre funciona. Ninguém insiste, ninguém me incomoda, mas o trio das carteiras de trás me olha com tanta preocupação que eu me pergunto se é possível que as paredes deste lugar tenham ouvidos.

    No segundo intervalo, não consigo segurar a vontade de fazer xixi. Tento me encolher sozinho por todos os vinte minutos, mas lembro que não são só vinte; tem o tempo das próximas duas aulas também. Então me levanto e convoco Ester. Acabo de dar um passo para dentro da ponte, pronto para me distrair da visão do banheiro, quando um movimento à nossa frente rouba de volta a minha atenção.

    A princípio, é só um vulto, porque Ester dissocia com o susto. Assim que a imagem faz sentido, Nico e eu corremos ao mesmo tempo para tomar o front de volta, mas Ester se estabiliza. Não conhece Livy, então só espera que ela saia do caminho, o que não acontece. A garota tampa a passagem com um braço.

    — Eu preciso usar o banheiro — Ester explica, com a paciência de quem não tem muito contato aqui fora para saber como interações sociais desse tipo funcionam.

    Dou uma olhada rápida para Nico, depois para Capitã. Ela faz que não com a cabeça, e nós três paramos para observar. Se Ester não pulou para trás, entendo que tirá-la do comando pode ser um corte negativo nessa coragem de interagir que ela quase nunca tem.

— Não sei se esse é o banheiro adequado pra você, Hel. Ou eu posso te chamar de Hélio?

Penso que é uma pergunta atrevida e tanto para quem não ia dizer nada sobre meu desenho.

— *Essa garota é uma nojenta* — Nico sussurra, e eu assinto com tanta convicção que esqueço por um instante que estou magoado com ele.

Não achamos que Ester tenha muita noção de qual seria o problema em contar seu nome para alguém, e é por isso que ela, junto a Cookie, teve de memorizar uma lista especial de coisas que não pode dizer. Ester só nunca esteve em teste, e talvez seja por isso que todos parecemos segurar o ar, preparados para conter qualquer deslize antes que seja tarde demais. Ela acaba dando uma risadinha curiosa, de olhos estreitos.

— Na verdade, não pode.

A educação com que diz isso é tão adorável que me pergunto se estou vendo fumaça sair pelas orelhas de Livy.

— Não sei o que todo mundo vê em você. — A garota se desapoia do batente e dá um passo em nossa direção.

Ester se encolhe para trás, e, mesmo aqui dentro, eu me sinto ainda menor.

— *Essa menina não é melhor do que você!* — falo alto para ver se ela me escuta, ou se eu mesmo começo a acreditar no que estou dizendo.

Ester ajeita a postura, e com isso acabamos perto demais de Livy, que continua rosnando:

— Mas eu vejo o que você é. Com essa cara de moleque.

— Ah! — Ester exclama, com as mãos vindo até as bochechas. Estou acostumado com o jeito expansivo que ela tem de se expressar, mas ainda me assusto com o grito. — Não é perfeita?

O corredor, já vazio pela aproximação do fim do intervalo, fica em silêncio.

Eu posso jurar nunca ter gostado tanto de ver alguém abrir e fechar a boca sem dizer nada. Livy demora para retomar a pose. Ao erguer os ombros, faz um deles trombar com o nosso. Percebo ser uma mania tão estúpida quanto ela.

— Louca! — A garota pega o corredor rumo à sala de aula, resmungando à beira de explodir.

Ester fica parada no lugar. Leva a mão até o ponto da pancada.

— Mas que grosseria, mocinha — ela reclama, apenas alto o suficiente para Livy escutar. Vemos seus passos se tornarem uma marcha pesada para longe.

O primeiro berro é de Nico, e eu ainda tento fechar um punho em frente à boca para o som não vazar. Não quero que Ester pense que estamos zombando dela. O ar vai me escapando pelo nariz quando vejo o garoto sentar no chão da ponte com as mãos na barriga.

— *Perdemos um soldado* — Capitã comenta num sopro mais forte de ar.

Por um segundo, parece que Nico vai parar, mas, depois de interromper a risada em busca de fôlego, solta outro grito agudo e coloca todo mundo para rir, já mais dele do que da situação. Tenho a impressão de que logo vai estar rolando.

— *Não é perfeita?!* — ele repete esganiçado.

Ester entra no banheiro e dá uma parada em frente ao espelho. Não sei se nos escuta, mas coloca as mãos outra vez no rosto e ergue os ombros.

— Eu acho que é.

Alguns minutos depois, ainda estou tentando conter a crise de riso. Me sento à carteira antes que o próximo professor chegue e escrevo outra vez no topo de uma página vazia: *Super-Helóis*. Começo por Ester, agora, em um cantinho da folha. Evito escrever os nomes. O olhar de Livy me queima, mas eu não poderia estar mais contente com isso.

— Hel. — O chamado me faz olhar para trás. — Posso falar com você um segundo?

Joice aponta para o lado de fora da sala, e eu me levanto de novo. Cruzamos com o professor, e a garota promete que só vai levar um instante. Ele encosta a porta ao entrar, mas não chega a fechá-la, aguardando o nosso retorno.

— É só que os meninos andaram dizendo que você decidiu não escrever sobre TDI, e eu achei melhor não pedir na frente deles, mas queria saber se você podia me dar uma ajuda. Se não for te incomodar, é claro — ela emenda rápido.

Vejo que tem algumas páginas impressas e meio amassadas nas mãos, como se as carregasse há algum tempo até finalmente estarmos aqui: nós e sua coragem tão amassada quanto as folhas.

— Eu? — indago, pegando devagar o texto e passando os olhos por cima.

— É que... já que você não vai escrever e... você tava lá também e... você parecia... saber algumas coisas... eu achei que...

Sorrio para o chão no meio de seu discurso. A voz de Franco pedindo desculpas por querer me diagnosticar sobrepõe a sequência de justificativas dissimuladas que escuto. Ao menos ele admitiu.

— Tudo bem — falo antes que a língua dela dê um nó.

No momento em que a encaro de novo, Joice tem os olhos estreitos e os dentes trincados em uma careta envergonhada.

— Desculpa... — Ela torce ainda mais a cara com o pedido.

Eu acabo assoprando uma risada fraca e balanço a cabeça.

— Tá tudo bem. De verdade.

— Obrigada — Joice enfim sussurra em segredo, fechando as mãos em um agradecimento que mais se parece com uma comemoração.

É assim que a resposta explode na minha cara, mil vezes positiva. Nós conhecemos pessoas legais.

Capítulo 22

Hélio

Não posso dizer que não tive chances de bater um papo com Nico pela noite, mas acho que fomos bem-sucedidos em fingir que nos desencontramos nos horários em que poderíamos ter conversado. Entre a nova ilustração do sistema, os estudos e o tempo de Cookie no front, também me esqueci de ler o texto de Joice.

Ela não me cobra a leitura logo pela manhã — deve ter umas semanas para entregar e está mais preocupada que todos os outros em fazer as coisas direito —, mas eu aproveito o primeiro intervalo para desdobrar as folhas e começar a ler. Digo ao pessoal que os encontro lá fora se conseguir terminar o texto a tempo, mas, quando a sala esvazia, o parágrafo em que estou concentrado é coberto por uma caixinha colorida.

A estampa nela tem imagens de fogo, um garoto com a língua para fora e inscrições em inglês que sugerem ser balas apimentadas. Não tenho coragem de olhar para cima, então acompanho os movimentos de Franco apontando para duas entre as cinco cores dos feijões desenhados, as que deve ter conseguido decorar:

— Caiena, jalapeño...

Ainda me sinto apático ao erguer o rosto para ele.

— Você é nojento — respondo em um murmúrio.

Franco vai se agachando na frente da minha carteira. A familiaridade da cena remexe meu estômago. Ele apoia os braços sobre meu fichário para se equilibrar. Olha ao redor e sussurra para mim, tão baixo que o único grupo de garotos que sobra ao fundo da sala não deve conseguir escutar.

— Tô me esforçando desde que comecei a gostar de um garoto que curte minhocas.

Esfrego a ponta dos dedos na palma das mãos, escondidas debaixo da mesa. Talvez eu tenha medo de que ele tente segurá-las, talvez eu só precise de um espaço para ficar nervoso em segredo. Não expresso nenhuma reação e, para me manter assim, evito os olhos dele. Desvio para a caixa de novo.

— Por favor, me deixa falar com você.

Demoro um pouco para me decidir e acabo assentindo apenas por incentivo de uma voz tão alta que o pensamento até parece meu.

— *Vamos só ouvir, Hélio, por favor.*

É assim que de repente eu descubro que Nico gosta de Franco. Não sei desde quando, nem por quê. Mas gosta. E, embora isso parta meu coração ao meio — como quase tudo que eu tenho, sempre pela metade, sempre dividido com alguém —, eu não posso mais fugir dessa conversa. Porque agora ela não é exclusivamente do meu interesse.

Pego a caixa de balas e acompanho o garoto para aquele canto escondido da escola. Rasgo o lacre e escolho um tom aleatório de vermelho. Me arrependo assim que coloco na boca e devolvo a língua para fora. Não tenho coragem de cuspir, mas escuto Franco rir a cada segundo que resisto em puxar a bala para dentro outra vez.

Não sei se é em solidariedade ou se ele só é muito burro, mas enfia a mão na caixa e pega uma para si também. Ainda estamos fazendo careta ao que nos acomodamos no gramado. Jogo a embalagem para longe.

— Eu não quis beijar alguém que não fosse você.

— Para! — Minha voz sai tão alta que eu mesmo sigo o comando. Travo por um instante e limpo a garganta. Baixo os olhos, aproveitando para enxugar algumas lágrimas que vieram em reação à pimenta. — Você vai machucar ele também.

Franco fica quieto, olha para o gramado e arranca algumas folhinhas verdes que talvez nem devessem estar crescendo aqui.

— Você acha que vai me desculpar? — A pergunta é tão honesta que luto contra um bico que teima em aparecer. Não estou pronto para decidir isso agora, mas também quero dizer a ele que vou. — Eu não quis machucar ninguém.

A reclamação me escapa antes que eu possa pensar no tom emburrado que estou usando, ciumento:

— Podia ter começado não me deixando pensar que tinha voltado com a Livy.

Torço os lábios. Seguro o ar. Esse pensamento não é meu. Fecho os olhos por um segundo, só um. Não quero demonstrar a frustração que sinto comigo mesmo.

Ai, Nico, reclamo sozinho.

Franco parece indeciso entre se render a um sorriso e esfregar o rosto com impaciência. Acaba escolhendo a segunda opção. Os sinais de que estava se divertindo com algo já desapareceram de seu rosto. Suspeito que tenha sido muito satisfatório nos ver com ciúmes, mas ele não quer nos irritar com um comentário do tipo.

— Não voltei com a Livy, só quero que ela saia do seu pé. Do meu, sei lá — ele resmunga. Sua dificuldade de encontrar palavras é visível. Esfrega o rosto de novo. Eu começo a enxergar o garoto que desconheço, aquele que grita com os outros à porta da escola. — Ela só me tira do sério. Eu fiz tudo o que ela quis por três anos, não posso mais. Ou ela não é a mesma garota que cresceu com a gente, ou eu só não conseguia enxergar como ela era de verdade.

Levo um instante decidindo se devo enfiar outra bala na boca para mantê-la ocupada, mas acabo acompanhando Franco em arrancar o mato intruso.

— Ver você gritando com alguém daquele jeito não é muito promissor.

— E foi por isso que a gente terminou — ele concorda com as sobrancelhas erguidas, mas os olhos distantes. Parece ter escutado o comentário perfeito. — Porque não é promissor se tudo que vocês sabem fazer é deixar um ao outro doente.

Fecho os olhos quando o assunto ameaça puxar uma lembrança. Sinto que meu corpo oscila ao perder as sensações na luta para empurrá-la para longe. Assusto com a mão de Franco em meu joelho. Trombo com o olhar dele perto do meu.

— Tudo bem?

— Não faz isso — peço apressado e o vejo se afastar com os dedos unidos.

— Desculpa — ele sussurra, acho que porque eu também devo ter falado mais baixo do que antes.

Tombo o rosto e esfrego os olhos até conseguir me fixar de novo. Um pouco antes de eu me sentir aqui por completo, ele continua:

— Eu não entendo ainda, mas posso aprender.

Puxo o ar para dizer que não é só esse o problema. Se sabe lidar com Duda, já tem meio caminho andado em comparação com o restante das pessoas que conhecemos. O problema é que não sei nem o que vamos querer fazer. Não sei o que posso oferecer a ele. Não sei se algum dia vou poder beijá-lo da forma como Nico o beijou.

Sou salvo pelo sinal. É melhor mesmo conter a verborragia que não me levaria a lugar algum.

— Vem no sábado — ele pede enquanto nos levantamos. — Duda quer muito que você vá, porque vocês não tiveram a chance de se conhecer aquele dia. E a gente pode conversar melhor fora daqui.

— *Esse moleque só pode tá de brincadeira.*

O resmungo briguento é de S. E isso, sim, me pega de surpresa, porque eu não me sinto estremecer ao escutar sua voz daqui da frente. Assinto por cima do comentário e pego a caixa de balas para acompanhar Franco pelo corredor.

— Vou tentar.

Nem penso duas vezes antes de prometer. Estou contando com que a maioria vote *não*.

Nico

Nós votamos *sim*. Hélio bate o pé algumas vezes, briga com Neno pelo front, diz para Ricardo que não quer ir, apela até para a psicóloga. Eu entendo. Talvez ela tenha um ótimo conselho com motivos para não passarmos uma tarde toda com Franco no sábado. Ela não tem, e então ele desaparece logo após a sessão e se enfia em seu calabouço particular. O quarto mais distante, no fim do corredor.

Eu postergo o que preciso fazer até o relógio lá fora indicar que, se enrolar mais um pouco, vai ser muito tarde. Me despeço dos que ficam pelos últimos minutos na ponte e sigo até a última das três luzes de ocupação acesas: Cookie, Ester e Hélio. Bato à porta e espero. Nada acontece. Bato à porta e sigo esperando. Continuo sem resposta. Bato à porta com mais força.

É como se a nave lesse o sentimento de Hélio quando a escancara na minha frente, correndo rápido pelo trilho com um barulho tão alto que me assusta. O garoto sentado na cama me olha com aquela expressão de quem acabou de ser acordado por um grito estridente de Cookie em uma manhã agradável de domingo.

— *Que é?!*

Eu entro antes que a porta se feche na minha cara, mas paro perto dela. Seguro uma mão na outra e respondo, por mais que ele já deva saber *o que é*.

— *A gente precisa conversar* — peço baixo. — *Logo.*

Hélio se ajeita sentado, e eu vejo cada degrau que sua irritação desce até se tornar um curvar desanimado de ombros. As sobrancelhas altas, com aquele olhar de águia que poderia meter medo em alguém que desconhecesse sua altura, vão caindo até os olhos estarem tão pequenos que parecem se fechar. Sei que está cansado, que se sente mais exausto do que deveria, mas é por isso que estou aqui. Porque a sensação não vai melhorar se não resolvermos nossos problemas.

— *Eu não queria.* — Tomo a iniciativa, porque ele não vai. — *Eu nem sabia, nunca senti isso antes.*

— *Você mal conversou com ele.*

A reclamação é quase genuína. Quase. Esse detalhe seria relevante se tivesse feito alguma diferença no meu lado da equação.

— *Mas eu estou lá, eu vejo, eu sinto.* — Encolho os ombros. Nunca precisei explicar o motivo de gostar de alguém, e esse motivo em específico quase escapa a mim mesmo. — *Eu achava ele legal, achava ele bonito. Era só isso até que... eu escrevi aquela cantada pra ele. Era só uma brincadeira pra te irritar, mas aí ele riu pra mim.* — Vou me arrependendo a cada frase. Me sinto um adolescente com inveja do novo namorado maravilhoso do melhor amigo. — *E depois aconteceu sem querer naquele começo de aula. O boato até correu. S tava com você e ficou sabendo, então eu pensei que você também...* — emendo a melhor desculpa em que consigo pensar para ter escondido dele um acontecimento tão importante. Freio a continuação ao me deparar com um olhar impaciente. Hélio até se envesga, mas não custava tentar. — *Me desculpa.*

— *Então é isso pra você?* — Ele ergue os ombros, querendo entender melhor uma lógica complicada. — *O garoto soca a árvore e merece um beijo?*

Abaixo a cabeça. Seguro na boca do estômago a insinuação que ele faz. Não termino de engolir. Sei que não foi o que ele quis dizer e, se caio nessa agora, vou me questionar pelo resto da vida.

— *Isso não é justo* — reclamo.

O silêncio em que ele afunda confirma que também não está dando crédito à própria sugestão.

— *Desculpa* — pede baixo.

Eu não respondo. Prefiro esquecer que esse assunto existiu. Apoio as costas na parede e escorrego até estar sentado no chão. Abraço meus joelhos, com o queixo afundado neles. Olho para um canto qualquer da parede cheia de desenhos colados. É aí que começo a erguer a cabeça.

Porque reconheço todos nós.

Veneno, Cookie e Heloíse compõem a maior parte, mas há um acúmulo de cinco anos de ilustrações, desde que a nave apareceu. Sei disso porque me vejo em um deles com o corte antigo de cabelo, antes de deixar as ondas cobrirem minhas orelhas. Estou deitado com Prila na sala de convivência, e Cookie desenha ao fundo.

Nunca convidamos Hélio para se juntar a nós. A percepção disso me bate pior do que a comida mais estragada que já comi. Ele nunca perguntou se podia se sentar. Eu observo cada detalhe que desenhou enquanto nos via juntos e voltava aqui para trás, sozinho. Neno, Nando, até Sombra. Ao que parece, sempre estivemos aqui com ele.

Hélio está tão acostumado com seja lá quais forem seus pensamentos sobre nós que não se dá conta de como as imagens me atingem. Segue se explicando:

— *Eu só queria que alguma coisa fosse minha, entende?*

Ignoro o mal-estar e concordo. Acho que nenhum de nós precisa de ninguém nos explicando isso.

— *Como acha que me sinto sabendo que ele queria ter beijado você?*

Hélio continua olhando para baixo. Ficamos em silêncio. Tudo que escuto é o som da mão dele passando pelos lençóis a fim de desamassar os vincos. Daqui de longe, eu nem os vejo.

— Eu tenho medo — ele admite em um engasgo. — De... sentir errado, lembrar o que não quero.

Balanço a cabeça para sugerir que entendo, embora não seja de todo verdade. Posso assimilar o que ele diz, mas a ideia de Franco nos submeter a qualquer coisa parecida com o que passamos é tão distante para mim que não consigo alcançar. No entanto, eu nasci para saber lidar com isso. Não posso tentar explicar para Hélio que não é a mesma coisa porque, bem, não sei se para ele não vai ser. Não sei de que maneira ele vai lidar com algo com que nunca lidou antes, ciente de que as memórias sempre estarão em algum lugar. E eu sou a pior pessoa para sugerir que precisamos enfrentá-las.

Me levanto, atropelado por um pensamento repentino: o de que talvez ele jamais consiga sentir o toque de alguém que ame sem ser atormentado por fantasmas que nunca vão soltar seu pé à noite. Me sento ao lado dele na cama. Fico um pouco surpreso por não precisar me aproximar. É ele quem se arrasta para perto e deita o rosto em meu ombro. Eu acaricio suas costas.

— *Nós vamos ficar bem* — prometo.

— *Eu sei. É só esse* um dia *que sempre fica implícito.* Um dia, *vamos ficar bem.* Um dia, *eu vou poder voltar pro front.* Um dia, *vamos saber o que fazer. É como se esse* um dia *fosse inalcançável.*

— *Não dá pra saber o que vai acontecer amanhã, Hélio* — penso alto ao encostar a boca em sua boina. — *A gente pode ir pra faculdade, pode integrar, mudar, ver que ele não é o cara certo. Mas eu e você vamos estar aqui, de um jeito ou de outro, e eu não quero que as coisas fiquem assim por causa de algo que a gente não pode controlar.*

— *Ah, Nico.* — Ele suspira, e seu tom idiota me faz esperar a piada de mau gosto. — *Esses impulsos a gente trata na terapia.*

Empurro a cabeça dele para longe do meu ombro. Começo a me levantar ao vê-lo cair rindo no colchão.

— *Você é imundo.*

A risada dele aumenta para um escândalo fora de escala quando avanço até o corredor. Hélio se senta de novo para me ver partir. Sua gargalhada irritante fica para trás, junto com o som da porta se fechando. Eu me pergunto por que tive essa ideia estúpida de começar a me importar com ele.

Estou chegando ao meu quarto no instante em que escuto um barulho às minhas costas e checo para ver o garoto no fim do corredor. Seus olhos baixos insinuam que está falando sério agora.

— *Se somos partes dissociadas de um mesmo sistema, ele pode gostar de nós dois, não pode?*

Demoro um segundo. Não sei se a teoria se prova simples assim na prática, mas posso conviver com isso por hoje. Esboço um sorriso. Meu olhar vaga dele para o chão, depois para ele de novo. Não chego a assentir, mas o vejo com um torcer resignado de lábios que deve ser muito parecido com o meu.

— *Boa noite, Hélio.*

Capítulo 23

Hélio

M‌eus olhos ardem tanto que mal me reconheço. Parecem se aprontar para receber algumas lágrimas, mas sempre senti que essa função minha esteve quebrada. Só que, se estivesse, não deveria me avisar de que vai voltar a funcionar a qualquer momento. Se é que já funcionou algum dia.

Puxo uma seta no último parágrafo do texto de Joice, que não é nem de perto tão desastroso quanto pensei que seria, vindo de uma garota não múltipla. Anoto a única ideia que tenho para resolver o problema final:

Tá tudo bem se eles continuarem sendo confundidos. Alters não precisam ser tão diferentes. Eles convivem entre si, são reais e têm nuances, além de que o transtorno é feito pra se mascarar, tanto pra quem tem e não descobriu ainda quanto pra quem vê de fora. É o amigo dele quem precisa se educar e aprender a perguntar com quem tá falando. Essa diferença compulsória é um estereótipo ruim pra comunidade: um monte de gente com diploma em produções de Hollywood acha que pode validar ou não um sistema usando esse parâmetro.

Giro na cadeira da escrivaninha improvisada em meu quarto improvisado após uma batida à porta. Leva um segundo até

Ricardo passar a cabeça por uma fresta pequena, que ele aumenta ao me ver.

— Você nunca vai parar de estudar?

Não era bem o que eu estava fazendo — não nos últimos minutos —, mas aproveito a deixa para contar a quem estiver ouvindo:

— Depois que eu passar pra medicina, talvez? Ou — estreito os olhos com o pensamento que me ocorre — é aí que vou ter que estudar mais? Não sei.

Ricardo arqueia as sobrancelhas e se apoia de lado no batente com curiosidade. Cruza os braços para talvez conseguir evitar de sacolejar a cada nova pergunta que pensa em fazer.

— Achei que quisesse psicologia.

E eu quero, seguro a verdade na ponta da língua.

— Posso ser feliz se tiver que ser psiquiatra. Não acho que Heloíse possa ser feliz se tiver que ser psicóloga.

Vejo Ricardo abrir um sorriso na direção dos pés.

— Pronto pra ir?

Sei que a mudança de assunto é categórica, mas ele não precisa anunciar o que está pensando para que eu descubra. Noto que nunca pareceu tão orgulhoso de mim.

— Não?

Ele ri da resposta e me olha até a diversão passar — seja ela qual for. Eu não vejo graça alguma. Estreito os olhos com a impressão de que fica em silêncio por tempo demais e acabo erguendo os ombros para perguntar qual é o problema.

— Todo arrumado — ele provoca, e eu suspeito que rolo tanto os olhos que quase posso enxergar Nico e Capitã aqui atrás, na ponte. Me volto para o material escolar e encaixo as folhas no fichário antes de me levantar. Ele continua em um tom mais sério: — Não esquece o celular.

Me inclino sobre a escrivaninha para alcançá-lo. Puxo o carregador da tomada e o desconecto do aparelho.

— Liga se precisar de qualquer coisa. E nada de bebidas. Preciso orientar um dos adultos a ficar de olho?

Devagar, eu me viro de frente para a porta. O esforço que Ric faz para segurar a risada fica evidente conforme seu rosto vai mudando de cor. Coloco a mão livre na cintura, e ele se rende ao riso ao mesmo tempo em que escuto uma gargalhada geral vir da ponte. *Bando de velhos*, quero rebater, embora até Nico dê risada e tenha a mesma idade que eu.

Arranco da mão de Ricardo a nota de vinte reais que ele me passa e tomo o cuidado de trombar bem forte com seu estômago ao passar para o corredor. Ele segura a barriga e solta um som enjoado, gargalhando ainda mais alto.

— Você costumava gostar mais de mim — resmungo, sem me lembrar de outro momento em que ele foi implicante a esse ponto.

Ricardo passa o braço pelos meus ombros, e eu aceito o gesto como um pedido de desculpas pela brincadeira. Encontramos minha mãe na sala e descemos juntos até o carro, onde puxo para meu colo o presente que deixei sobre o banco. Cookie ajudou a escolher em nossa passagem pelo shopping ontem à noite, depois de a mãe de Franco ligar para a minha e garantir que eu seria muito *bem-vinda*.

A princípio, isso me agrada. Deve significar que Franco não contou mesmo nada para ninguém.

Bocejo assim que estacionamos em frente a uma casa cheia de balões no jardim e me dou conta de que deveria ter dormido um pouco mais. Mas quem consegue dormir sabendo que vai à primeira festa em quatro anos e que, junto do *parabéns*, está programada a conversa mais importante que talvez já tenha tido em toda a vida? Abro a porta do carro e escuto um *ah* contrariado da minha mãe.

Quase não consigo entender o que ela quer até ver seu rosto virado de lado entre os bancos da frente. O sorriso me escapa junto ao impulso que pego para me arrastar de volta e conseguir beijar sua bochecha.

— Boa festa, meu amor.

Salto para fora com os olhos fixos nos de Ricardo. Gargalho sozinho assim que ele baixa o rosto para me evitar. Nossa comemoração silenciosa é quase forte demais para conseguirmos segurar, mesmo na frente da minha mãe. Ela o estapeia quando ele ri também, e eu entendo que é hora de deixá-los ir embora. Toco a campainha e escuto o carro partir no momento em que uma senhora abre a porta da casa.

— Oi — ela cumprimenta com um sorriso exagerado. Denuncia de cara que está aliviada pela minha presença. Deve ser por isso que me dá passagem e emenda apressada. — Duda, querida, vem receber seu amiguinho.

É bem aí que meus olhos se cruzam com os de Franco entrando pela porta do quintal aos fundos. Ficamos em silêncio por um instante, mas o tom da mulher que imagino ser a avó dele está grudado na minha cabeça — e o que ela disse também. A senhora de cabelos grisalhos é tão adorável que eu não me controlo. Olho para o chão e assopro uma risada fora de hora. Ponho a mão em frente à boca para engolir o sorriso que sobra.

Franco se aproxima com os lábios pressionados um no outro.

— Vó... — O jeito dele é paciente, mas um pouco envergonhado. — Essa é a Hel, que eu convidei.

Ela olha para mim por um instante, como se algo estivesse errado. Escuto o suspiro teatral de Nico.

— *Só mais um dia comum na vida de um super-helói* — ele brinca, satisfeito com o *timing*.

Luto para segurar outra risada. Acho que chega uma hora em que a rotina cansativa de sermos confundidos se torna uma piada boa, e a hora é essa.

— Ah, minha nossa. — A senhora esconde o rosto nas mãos e tenta a saída mais fácil: — Me perdoa, meu bem. Tão miudinha.

Eu aceito validar a desculpa.

— Não tem problema. Sou pequena mesmo.

E, apesar de eu não ser um amiguinho de Duda, a garota chega à sala, para meu alívio. Só por um segundo. Quando ela corre até mim, como se fôssemos amigos de longa data e ela precisasse de um abraço para matar as saudades, eu engasgo com um *uou* surpreso e arregalo os olhos.

— É só uma criança, Hélio.

Só que é uma criança do meu tamanho, penso em responder a Neno. Me obrigo a reconhecer seu ponto de vista em uma tentativa de me acalmar. Passo o braço livre em torno das costas da menina e dou um tapinha desajeitado em seu ombro.

— Feliz aniversário, Duda. — Percebo que minha voz desafina.

Franco aproveita a deixa para vir desgrudar a irmã de mim.

— Olha o presente que a Hel trouxe pra você.

Consigo respirar melhor agora que nos afastamos e entrego a caixinha embrulhada para ela. A garota não parece se interessar. Passa o pacote para que a avó guarde e me segura pela mão. Guincho uma segunda vez com o contato, mas me lembro de inspirar o ar com calma e me deixo levar.

— Vamos, Hel. Vou te mostrar lá fora.

Assim que chegamos ao jardim, noto que Franco tinha razão sobre os brinquedos. Há uma cama elástica acoplada a uma piscina cheia de espumas coloridas, um escorregador inflável e um pula-pula redondo com uma espécie de banco no meio, onde se equilibram dois cilindros compridos. Não faço ideia do que são, mas nada parece tão divertido.

O que eu entendo com certeza é o que está acontecendo aqui. A festa deve ter começado há uns quinze minutos e ninguém veio.

Olho para Franco, que tem um sorriso torto de irmão mais velho — um pedido de desculpas por ter me colocado nisso. Estico a mão para ele. Não porque me sinto confortável, e sim porque é só o que consigo pensar em fazer. Ele me lança um olhar confuso ao apertá-la. E então pergunto para Nico:

— *Prila tá por perto?*

Ele hesita.
— *Você não tá pensando em...*
— *Eu tô pensando exatamente nisso.*

Não posso chamar Cookie sozinho aqui da frente se não quiser que ela chegue derrubando todo mundo, então essa é a maneira mais segura que encontro. Diferente da dificuldade que tenho em reconhecer os outros, noto perfeitamente os traços de sua aproximação. Ouço Prila orientando baixinho.

— *É pra dividir com o Hélio, não é pra tirar o Hélio. Repete.*
— *Não vou tirar o Hélio* — ela confirma.

Então estamos largando a mão de Franco, e nos sinto correr pelo jardim. Chutamos os tênis e de repente lutamos mais do que deveríamos para subir no pula-pula.

— O que que é isso? — Cookie grita ao se virar para Duda, agarrando um dos cilindros gigantes acima da cabeça.

E eu deixo ser o que tiver que ser.

Cookie

A minha testa coça, mas eu não desgrudo as mãos desse cotonete. Acho que não é um cotonete de verdade, mas a Duda disse que chama assim. Imagina? Isso não cabe na nossa orelha. Ela ganhou várias vezes, e eu não acho justo, porque ela é muito mais velha do que eu, mas eu já sei que não podemos dizer isso pra ninguém, nem se a gente conhecer alguém legal tipo a Duda, a pessoa mais legal de todas.

Já brincamos na cama elástica e naquele buraco cheio de coisa fofinha. Eu caí de cabeça nele e todo mundo engoliu o ar tipo assim *ããããhhhnnn*, mas nem doeu, foi divertido. Aí a gente foi no escorregador, mas eu disse pra ela que queria lutar mais uma vez, porque quero ganhar só uma. E o Hélio falou que logo eu vou precisar voltar pra dentro, porque os amigos da Duda estão chegando e eles são muito grandes pra mim.

— Duda — a vó dela chama, e ela olha pro lado.
— *É sua chance, Cookie!*
— *Vai, Cookie!*

O Nico e a Prila gritam pra mim. Eu me concentro, coloco até a língua pra fora e — *bãm!* — empurro a Duda com uma cotonetada bem no peito. Eles gritam, e eu grito com eles. Levanto as mãos quando a Duda escorrega pra trás do banquinho e cai no pula-pula.

— Ei, não é justo — ela reclama, mas ri. E dá uma cambalhota pra trás, aí para de pé.

Um dia eu vou pedir pra ela me ensinar a fazer isso, mas sei que tá na hora de ir embora.

A gente desce juntas pra ela ir encontrar uma menina que acabou de chegar. Acho muito mal-educado isso de chegar atrasada na festa dos seus amigos. Acho que sou uma amiga muito melhor porque tô aqui desde o começo, mas o Hélio fala outra coisa antes de eu conseguir explicar isso pra Duda.

— Eu vou encontrar seu irmão, tá? Você brinca com seus amigos.

A Duda concorda e vem me abraçar. Eu também abraço com muita força, porque não sei que dia a gente vai se ver de novo. Depois ela vai embora, e eu soluço. A Prila segura a minha mão e me leva pra dentro pra gente brincar de outra coisa. E eu gosto da Prila também, mas acho que quero chorar.

Hélio

Assim que Ester me devolve o front, já me sinto menos imundo. Não tenho mais suor grudado na testa, nem no pescoço. Minhas mãos não estão mais pretas, e as unhas estão até que limpas considerando a última hora debaixo do sol nesses brinquedos que não faço ideia de onde ficam guardados entre uma festa e outra. Olho ao redor à procura de Franco.

Ele está em uma das poucas mesas na área da churrasqueira, com o que devem ser seus tios ou amigos da mãe. Noto que um deles é nosso professor, aquele que se sente no direito de arrastá-lo para fora da sala. Agora faz sentido. Não tenho certeza do momento em que Franco deixou de nos acompanhar nas aventuras pelo jardim, mas eu deveria ter pensado melhor nisso. Nessa coisa de chegar lá depois de toda a família me ver berrando por aí com a aniversariante de dez anos. Respiro fundo para tomar coragem.

— *Se ele for um idiota, a gente pega ele na saída, Hélio* — Neno fala.

Eu escuto o barulho de seu punho fechado batendo na palma da outra mão.

— *Eu mesma estapeio ele por você* — Capitã reforça.

Arregalo os olhos enquanto volto a andar.

— *O que é que tá acontecendo com vocês hoje?*

Deve fazer um milhão de anos que minha cabeça não vira esse Carnaval, até porque eu nunca os escutei tanto assim. Mas agora eles não param de falar nem por um minuto. Talvez a energia de Cookie seja caótica demais para a maioria de nós.

— *Vai dar tudo certo, Hélio* — Nico está mais calmo, embora ria dos outros dois.

Sinto que há um fundo de nervosismo nele e me agarro nisso para seguir em frente. Tenho que ter coragem em dobro, por Nico também.

Paro ao lado de Franco. Ele afasta o copo da boca e arqueia as sobrancelhas ao que começa a se levantar com um sorriso.

— Posso falar com você? — peço ainda assim.

— Claro — ele responde, rindo, e me escrutina de cima a baixo. Parece perceber que tomei banho na pia. Antes de me levar para outro canto, se inclina sobre a mesa e me serve um copo de refrigerante.

Descubro que estou morrendo de sede já no primeiro gole que dou ao atravessarmos o jardim. Os pufes coloridos têm cara de que são do bufê. Estão desocupados. As crianças se distraem com os brinquedos, e os adultos querem mesmo é jogar baralho e beber cerveja. Reparo que não tem outros adolescentes na família, ou ao menos não vejo nenhum por aqui.

Me sento de pernas cruzadas em uma das almofadonas macias e olho para o copo, tomando o cuidado de não apertar muito entre as mãos por ser de plástico, mas segurando com firmeza o bastante para me manter concentrado.

— Desculpa. Eu entendo se achar que isso é demais, mas ela tava tão chateada...

— Desculpa? — A expressão dele muda de repente para uma perplexidade genuína, acompanhada de um riso pelo nariz. — Ninguém nunca fez tanto sucesso com a minha irmã. — Ainda rindo, checa os arredores e me pergunta em um tom mais baixo: — Quantos anos tem essa pessoinha adorável?

Puxo o ar e abaixo o rosto à procura do que dizer. Poderia esperar qualquer coisa, menos essa pergunta. De repente, a cabeça está silenciosa de novo. Sei que todo mundo está prestando atenção aqui fora. *Bando de fofoqueiros.*

Nego devagar e sorrio em outro pedido de desculpas. Não falamos de Cookie por aí. Se contamos pouco sobre nós, nunca mesmo falamos de Cookie para ninguém. Não sabemos o que pode acontecer se a pessoa errada conseguir engatilhá-la.

— Tudo bem — ele sussurra, sem parecer incomodado.

Engolimos o assunto porque uma mulher se aproxima com um prato de salgadinhos. Com todo o cuidado, ela puxa um outro pufe, este quadrado, e usa de mesa para colocar perto de nós.

— Então você é a Hel? Eu não quis atrapalhar antes. — Aponta para trás, como se mostrasse o show que devemos ter dado com Duda.

Eu me apresso para me levantar ao perceber que é a mãe deles.

— Sou. Nossa, desculpa a falta de educação, nem me apresentei.

— Ah, não, isso é culpa do Franco. — Ela me cumprimenta e assente para enfatizar. — Parece que não teve educação.

O garoto apenas dá risada, deixa que ela o acuse — ou se acuse — o quanto quiser.

— Eu nem sei o seu nome, me desculpa.

— É Margô.

O sorriso dela seria tão bonito quanto o de Franco não fosse o vislumbre de algo que pesco durante um desviar breve de olhos. Um tormento que via na minha mãe todas as noites em que nos sentávamos juntos para assistir àquela série médica desagradável.

Eu ainda preferia isso a escutá-la chorar no quarto ao lado, antes de Ricardo ir se achegando. Um café da manhã extra na semana, umas conversas mais longas na piscina, algumas risadinhas ao pegá-la para dançar sem aviso no meio da sala. A esperança de que tudo ficaria bem. Comigo, com ela, com eles.

— É um prazer, dona... — Sou interrompido.

— Só Margô.

— Dona Só Margô — faço a piada, nem sei por quê, mas sinto que quero agradá-la.

A mulher dá risada. Franco também. Eu sou o último a me render.

Margô aponta para o filho, que ergue as mãos em frente ao peito.

— Você, se comporte — avisa a ele antes de piscar para mim e nos deixar sozinhos.

Dou uma risada confusa e torno a me sentar, de olho em Franco. Penso que não vai me explicar o que isso significa, mas ele fala com facilidade:

— Elas gostam de você.

A declaração me inflige uma cobrança que nunca senti. Queria ter feito um pouco mais, ter sido mais simpático, talvez me arrumado melhor para vir. Tomo mais um gole do refrigerante a fim de ocupar a boca, sem saber o que responder, e vejo Franco puxar o pufe para mais perto de mim — um centímetro só, nem importa o quanto. É mais um código do que uma aproximação, eu percebo.

Sua voz diminui de novo:

— Por favor, me diz seu nome.

Eu o encaro por um tempo, depois desvio o olhar para o copo. Sinto minhas mãos coçarem. Nem lembro a última vez que disse isso para alguém novo, mas a sequência de *não é* que escutei ao longo da infância ainda me acompanha bem vívida.

Quando enfim resolvo ceder, a palavra me escapa de um jeito diferente. Nunca antes foi esse segredo confortável que quero dividir com alguém. Gosto de como ela escorrega pela minha boca sem o peso de ser uma verdade em que preciso que ele acredite.

— Hélio.

Franco demora só um segundo, mas parece sorrir com a familiaridade do que escuta. É um dos nomes que ele leu naquele desenho, eu sei, mas talvez também veja meu apelido pela perspectiva certa.

— Era você lá no sofá, naquele dia que te chamei de *cara*?

Assinto e tento de todas as formas olhar para ele, mas acabo com o nariz quase afundado no guaraná. Sinto que só posso fazer uma coisa de cada vez. Ou engulo a bebida junto a pequenas doses de coragem para contar o que ele quer saber, ou o encaro e me afogo na tentativa de prever o rumo dessa conversa.

— Então eu não errei tão feio — conclui.

Eu nego. Deve ser o pior gesto que se pode fazer para concordar com alguém, mas ele entende. Se apoia em um cotovelo no próprio pufe, denunciando mais um de seus ensaios para se aproximar.

— Hel, eu sei o que dei a entender na hora que você me contou, mas não foi minha intenção. Não é um problema pra mim, eu só não podia imaginar.

Apesar do que ele afirma, a menção ao assunto não deixa de me sussurrar algo que a voz em minha cabeça me disse a vida toda — a minha própria voz, porque nunca precisei de nenhum dos outros para me afundar assim. Franco é mais uma das pessoas que prefeririam a companhia de Heloíse.

Não precisa ser verdade para que me atinja.

Respiro fundo e, para me desvencilhar da ideia atordoante, ergo a coluna e mexo a cabeça. Acabo me afastando um pouco dele. Preciso de espaço para colocar os pensamentos em ordem antes que me puxem para um buraco em que não quero cair.

Franco parece interpretar meu movimento como uma maneira de refutar o que ele diz. E não está errado. Não deixa de ser isso. O que não estou esperando é que ele me traga de volta com um toque gentil na lateral do meu joelho.

— Não é um problema, Hel — insiste ao ganhar minha atenção.

Me viro para ele, talvez para pedir que desencoste — já não sei, porque o pensamento se vai. O carinho com que murmura, a ênfase tranquila que põe no apelido, tudo me deixa seguro. É melhor me chamar assim do que cometer um deslize na frente de alguém.

— Eu achei que fosse um garoto desde o começo, lembra? Escuto tanta gente dizer isso até hoje.

Tenho dificuldade em encaixar o que ele conta e o que vi acontecer. Sei que me tratou com uma preocupação diferente ao descobrir que eu era uma garota, mas nem por isso deixou de me perguntar se preferia canetas coloridas ou lagartos. Também não divido a turma com ele para descobrir se o que diz é verdade. Mal sei o que falam sobre mim na minha própria sala de aula.

Ele hesita diante do meu silêncio, uma reação que quase beira o arrependimento. A pergunta que sussurra em seguida é tão incomum para mim que parecem me faltar as palavras certas para entendê-la.

— Essa coisa de confundirem incomoda você? Vocês?

Ergo o rosto devagar. Observo Franco buscar meus olhos para enxergar neles o que não quero dizer. Não encontro esse cuidado em muitos lugares. Constatar isso me arranca uma primeira respiração mais forte, embora só consiga entortar o nariz para esboçar um sorriso.

— Não, esse sou eu... — Fixo o olhar no refrigerante que chacoalho no copo, em busca de um ponto de segurança. Também é o tempo que demoro para escolher a melhor resposta, embora não saiba se Franco vai entender. Lembro que ele não foi preparado em um workshop para isso. — Do lado de dentro também.

Prefiro não responder sobre os outros, e ele não insiste. Seu modo de assentir indica que anda pesquisando mais do que me contou. Talvez mais do que da última vez que conversamos sobre isso, já que agora ele sabe que não está só *impressionado com esse assunto*.

Cada segundo que ele passa pensando me aflige um pouco mais. Tenho medo por mim, por Nico, pelas respostas que nenhum de nós saberia oferecer. Descubro que Franco sente o mesmo em seu canto, porque, em vez de continuar me questionando, ele pede baixo:

— Fala comigo, Hélio.

Sua mão se aproxima da minha, mas ele não chega a segurá-la. Percebo que minha decisão de encontrar os dedos dele no meio do caminho vai significar muita coisa; muito mais do que eu talvez esteja preparado para decidir agora.

Penso com cautela no que quero que Franco saiba que sinto por ele. Penso em Nico me oferecendo ajuda para segurar sua mão da primeira vez. Reconheço a ironia de querer algo só para mim quando nem consigo fazer essa escolha sozinho.

— Eu queria saber o que dizer — admito em voz baixa.

Franco faz menção de se afastar, recolhe o braço para o próprio pufe, e esse movimento quebra todo o significado que aceitar seu toque tinha antes. Agora, segurá-lo se torna um pedido para que me escute.

Vou em frente, um passo de cada vez. Primeiro alcanço a ponta de seus dedos, depois deixo a palma da mão dele envolver as costas da minha. Os dedos dele se entrelaçam nos meus, e enfim nossas mãos se fecham juntas.

— Eu queria — repito —, mas não posso te prometer nada, nem mesmo que vou estar aqui amanhã.

Franco esfrega o polegar sobre o meu. Parece saber do que estou falando, e isso me reconforta. Ainda assim, nos falta vocabulário para essa conversa. Cada resposta leva uma eternidade para chegar.

— Mas a gente pode esperar e ver no que vai dar, não pode? É como todo mundo querendo saber pra onde vai depois da formatura.

Eu arrisco uma risada e o encaro. A comparação me frustra, porque não é só com o fim do ensino médio que a incerteza me assombra. Ao mesmo tempo, a sugestão preenche meu peito com um sentimento que não sei descrever. De uma hora para outra, não estou me equilibrando sozinho à beira de um penhasco. E não sei por que alguém teria vontade de se atirar nessa queda livre junto comigo, mas Franco se joga.

— Me deixa conhecer vocês — ele insiste, apesar da minha falta de resposta. — Talvez assim você não me esqueça se alguma coisa acontecer.

Meu sorriso continua no rosto. Eu olho para nossas mãos juntas. O desafio de explicar tudo de novo aparece tão dourado quanto o sol que vai caindo ao longe. É evidente, impossível de ignorar. Mas talvez agora seja só uma moeda de ouro, daquelas que você finalmente ganha depois de passar por muitas fases em um jogo repetitivo e pouco promissor no videogame, logo antes de as coisas mudarem.

— Não vou esquecer você, Franco. Eu só não posso prometer que vou ser o Hélio que você conhece pra sempre. Ou que, se deixar de ser, ainda vou me sentir da mesma forma sobre tudo o que a gente viver até lá.

— Não precisa de dois de vocês pra isso acontecer, Hel. — Ele solta minha mão e vem em busca do meu rosto. Noto que, mais por hábito do que por necessidade, eu puxo a cabeça um centímetro para trás. Ele parece esperar essa reação, porque não recua, mas também não insiste. Fica com a mão parada no lugar, até que eu volte para perto. A ponta de seus dedos toca minha sobrancelha, imagino que bem acima da minha cicatriz, porque ele logo comenta: — Mais bem localizada que o meu piercing.

E então eu não me seguro. Explodo em uma risada que acaba fazendo com que ele encoste mais em mim do que devia estar planejando. Abaixo o rosto para rir contra minha mão, e, no meio do movimento, os dedos dele correm pela minha bochecha. Franco começa a rir junto comigo.

— O que aconteceu aí? — Cedo à curiosidade.

— Alguma coisa sobre não conseguirem furar mais pra cima e não terem me avisado disso a tempo. — Ele dá de ombros. Quase não parece que estragaram a cara dele. Não estragaram mesmo, na minha opinião. E não me surpreende que retome o assunto em seguida, mais sério de novo, como se nada tivesse acontecido no percurso. — As pessoas mudam, sabe? Pode acontecer com qualquer um.

Tenho a impressão de que está falando sobre Livy, mas não quero descobrir. Eu mesmo não saberia opinar sobre isso. Minha mãe e Ricardo parecem ser as mesmas pessoas desde sempre, mas eu nunca fui um gênio em relacionamentos para ficar analisando. Os dois também não me preocupam com problemas que não sejam meus, e eu não tenho qualquer outra referência pessoal em que possa me basear.

— Não sei — ele continua, pensando enquanto fala —, quantos você disse que são?

Sorrio em silêncio, com os olhos estreitos para ele, porque eu nunca contei. Vejo seu sorriso dissimulado se tornar uma lamúria de quem foi pego fazendo coisa errada e acabo rindo outra vez. Ele balança a cabeça para incentivar que eu responda, e eu pego ar e dou um suspiro rendido. Não acho que vá fazer muita diferença.

— Nove — respondo firme, mais para mim mesmo do que para ele.

Heloíse está em algum lugar, mentalizo em um reforço positivo.

— Nove — ele repete, com a atenção voltada para o gramado. Fica em silêncio por um instante, depois se vira para mim, e seus ombros se erguem em dúvida. — Se eu tiver apoio de cem por cento do júri, não tem como dar errado no final, tem?

Tem, eu penso. Consigo imaginar uma dezena de cenários em que todos gostamos dele e mesmo assim não ficamos juntos. No entanto, não consigo dar essa resposta, porque meu peito reconfortado com a pergunta faz um sorriso brincar em meu rosto. Se eu morder o lábio para segurar, Franco pode entender errado, então apoio o cotovelo em meu joelho e afundo a boca na mão fechada.

Talvez essa solução também não dê muito certo, porque meu silêncio faz seus olhos ganharem um formato estreito, tão amável que me vejo obrigado a deixá-lo acreditar que foi uma confirmação. Já não importa que não seja.

O que importa é que eu não tenho vontade de empurrá-lo para longe agora que ele se aproxima devagar e beija minha bochecha. Encosto o rosto no dele com uma facilidade que jamais previ que teria. Fecho os olhos ao sentir seu cheiro. O perfume é de garoto que quer ser homem de uma vez, embora se preocupe em ser confundido com um velho fora de moda e acabe optando mesmo por ser só um garoto.

— Confia em mim — ele pede, mas acho que nem precisaria.

Quando ergo os braços e aceito que ele se enrosque em mim, quando afundo minhas mãos em seu cabelo e sinto a respiração dele em meu ombro, tenho a impressão de que, por segurança, eu deveria até desconfiar um pouco mais. Mas já passei desse ponto de retorno há muito tempo.

Capítulo 24

Nico

— Fica até o final. Minha mãe vai levar um pessoal embora e pode te deixar em casa. — Franco planejou cada parada, começando pela avó em uma rua próxima, o tio no bairro vizinho e o avanço por alguns quarteirões. — Não vai atrapalhar. A gente tem que seguir até lá mesmo e...

Eu não prestei atenção no resto, para ser sincero. Suspeitei que ele diria a mesma coisa ainda que não tivesse motivo para seguir até a nossa casa. A *dona Só Margô* também não pareceu muito incomodada com os planos, então Hélio ligou para Ricardo, e nós ficamos.

Talvez não devêssemos ter permitido que isso acontecesse. Em nossa troca de olhares, eu, Neno, Sombra e Capitã tínhamos muito a discutir. Um bairro desconhecido, uma família desconhecida, a quebra da expectativa de voltar para casa ainda no fim da tarde. Talvez devêssemos ter dado mais importância àquela coceira que todos nós parecíamos sentir.

Porque, agora, Hélio está dissociando. Depois de passar a última noite em claro, rolando para lá e para cá na cama, brigando contra o efeito dos nossos remédios, ele não tem mais energia para oferecer ao corpo exausto das poucas horas de sono e dos minutos em que Cookie praticou mais exercícios do que nós todos desde que voltamos de Londres.

É assim que eu me pego olhando para o céu estrelado, puxado para o front por um cafuné tranquilo, deitado em um daqueles pufes desconfortáveis. Fecho os olhos e me sento devagar. Franco fica para trás e afasta a mão do meu cabelo. Imagino que encare minhas costas por um tempo. Respiro fundo e me viro para ele. Tento um sorriso fraco ao agarrar a boina deixada de lado e devolvê-la à cabeça.

Vai que consigo me passar por Hélio durante esses últimos minutos. Sei que estou me iludindo. Que essa festa não tem cara de que vai terminar tão cedo. Entendo a falta de vergonha dos pais de todas essas crianças, que esticaram o aniversário para começar depois da hora marcada e ir além do planejado. Uma noite de sábado livre dos pirralhos.

— Cansado? — ele confirma.

Apesar de sentir os ombros doloridos e os pés latejarem, estou bem. Nego com a cabeça e acabo me virando para a frente de novo. Enfio uma bolinha de queijo já fria na boca. Deveria imaginar que ela não vai durar para sempre a ponto de me salvar de ter essa conversa.

Franco se senta ao meu lado, ao alcance da minha visão periférica.

— Ei — ele chama.

O impulso de empurrar sua mão, que vem tocar meu joelho, é mais rápido do que meu pensamento sobre o que devo fazer.

— Desculpa — pedimos juntos.

Tenho a impressão de que o olhar assustado dele é igual ao meu.

Ponho a mão na frente da boca logo que percebo ter falado mastigando. Franco tenta ficar sério, mas se perde ao abaixar o rosto com cara de quem segura uma risada. Fecho os olhos, desconfiado de que mostrei toda a maçaroca de farinha e queijo que estou comendo. O pensamento que ainda não se formou para mim vem antecipado em um suspiro de Prila:

— Ah, Nico. Você tem todo um jeitinho particular de conquistar alguém.

Não me impressiona que ela esteja de volta agora que Hélio partiu. Mais do que eu mesmo, ela sabe que preciso desse apoio. Eu só não esperava que já chegasse assim, me fazendo erguer a mão até o rosto e tampar os olhos para me render a uma risada.

Sinto as bochechas esquentarem e seguro uma reflexão o máximo que posso, para que não escape para os outros e me deixe ainda mais sem jeito: é a segunda vez que fico constrangido em um assunto relacionado a Franco. Mal consigo me reconhecer.

O garoto ri também. Desvia o rosto ao reprimir outro movimento que sugere que vai encostar em mim. No entanto, o silêncio dura pouco. Ele indica a lateral da casa, que dá para o portão da frente destrancado desde que chegamos.

— Quer dar uma volta?

Aqui fora, não temos a desculpa de que precisamos de ar fresco, mas sinto que sair das vistas da família dele é o melhor a se fazer. Assinto e me levanto. Franco se mantém afastado enquanto seguimos por um corredor mal iluminado, que tem cara de ser a lavanderia, e encontramos a rua.

Os postes de luz já estão todos acesos, embora a noite aqui não esteja tão clara quanto no quintal. Andamos para o que me parece ser qualquer lado, mas imagino que Franco saiba para onde estamos indo. Coloco uma mão no bolso do jeans e, com a outra, giro a aba da boina para trás. Não gosto da sensação que ela me dá, tampando parte da visão. Não sei como Hélio fica com isso enfiado na testa o dia inteiro.

Franco me espia por um segundo. Mesmo depois de ele desviar o olhar, eu ainda percebo seu pressionar de lábios a fim de segurar outro sorriso. Não sei o que ele vê, mas, seja lá o que for, me faz tirar a mão do bolso e cruzar os braços. Preciso afastar esse garoto. Ele e qualquer imagem de sua cara bonita que continue fazendo meu sangue correr desse jeito.

— Você não é o Hélio, é?

Enfim entendo sua reação. Ele sabe.

Olho adiante e não consigo sequer dizer que não. Se eu perguntasse para Hélio o que foi que eles decidiram, nem ele saberia responder. Então não sou uma pessoa indicada para tentar interpretar aquela conversa que eles tiveram antes de passar a tarde comendo, comentando sobre as músicas que tocavam, as provas que estão a caminho ou o desejo de ficar na cidade e seguir áreas completamente diferentes na carreira. Mal posso esperar pelo tio Franco ensinando aos seus alunos de educação física a arte de chutar uma bola de futebol na cabeça de alguém.

— Ei — ele chama, sem resposta, e vamos parando de andar.

No caso, sou obrigado a fazer isso, porque Franco se põe na minha frente, e eu quase dou de nariz em seu peito.

Suas mãos vêm ao encontro dos meus cotovelos. Descruzo os braços, mas ele ainda não se afasta. Metade de mim quer puxá-lo pela camiseta, sentir o gosto dele outra vez, a maneira como ele segura minhas costas e me faz esquecer dos problemas que sua presença pode me trazer. Outra metade nem quer dizer a ele o meu nome. *Eu não sou o garoto que ele queria beijar*, repito para mim mesmo.

Espero, então, que ele tome alguma iniciativa — me peça desculpas por ter se aproximado assim, me dê um fora que não quero ouvir. Mas ele só fica em silêncio. E eu não deveria me iludir tanto. Não é porque Franco começou a entender melhor quando Hélio está por aqui que saberia me reconhecer também.

Seus olhos já nem estão mais nos meus. Parecem me atravessar. Noto que ele ergue o rosto e encara o fim da rua. Num segundo, eu tinha esperanças de beijá-lo. No segundo seguinte, ele me passa para o lado.

— Ei! — grita para o nada. — Fica aqui.

E, comigo fora do caminho, se apressa na direção em que olhava.

Me viro para checar o que está acontecendo, mas tudo que vejo é Franco correr na direção de uma viela entre duas casas. Mal me cai a ficha de que o perdi de vista, um segundo grito surge atrás de mim.

— Franco!

Me sinto feito uma bola de pebolim sendo jogada para os cantos. Olho por sobre o ombro, mas Duda já está passando ao meu lado. Em um instante, ela desaparece em busca do irmão.

— Duda! — chamo, atrasado demais para impedir que uma garota de dez anos desapareça sozinha pela vizinhança. Tento alcançá-la, só que, ao contrário deles, não conheço o bairro. A viela pela qual somem parece um extenso jardim, cheio de árvores e sombras, ladeado de casas, apertado demais para que passem carros entre as construções. — Duda!

Vou até o fim do gramado e acabo na calçada perpendicular. Observo a rua vazia. Os dois já desapareceram. Tomo fôlego para voltar até o ponto em que Franco me pediu para esperar. É quando a imagem de um carro estacionado a alguns passos de distância me paralisa. Um carro prata.

Demoro piscando. *É só uma coincidência*, garanto para mim mesmo. UAI, diz a placa. E eu sinto que não deveria estar aqui. Tomo um primeiro impulso para correr de volta, mas o que ouço trava meus pés. A começar pelo som de um galho quebrando às minhas costas, como se alguém tivesse acabado de saltar de algum lugar.

— Heloíse? — O chamado que vem de dentro da ruela é baixo. Embaça minha visão ainda antes de eu reconhecer a voz. Áspera, embriagada.

Minhas mãos vibram no ar, e o arrepio que me corta do fim da coluna até o pescoço me leva de volta à ponte. Capitã está no controle, e eu sei que é um daqueles momentos em que estamos operando muito mais rápido aqui dentro do que os segundos passam lá fora. Normalmente é o contrário: ficamos meses sem ver o front e sentimos que se passaram em um dia.

— *A gente não corre mais do que ele!* — grito antes que ela experimente.

Eu sei disso melhor do que qualquer um. Já tentamos tantas vezes.

— *Não temos mais seis anos, Nico!*

Não importa o quanto ela pareça brava. Grito mais alto enquanto seguro a boca para conter o choro:

— *Não é pra correr!*

Seu ímpeto murcha ao que ela parece admitir que estou certo. Sombra tem os olhos vidrados em frente. Procura uma rota de fuga, mas estamos em ruas espaçosas de um bairro desconhecido, em um sábado à noite. Muitas janelas estão fechadas, as luzes apagadas. Não sei se daria tempo de alguém nos ver antes de sermos arrastados para dentro desse carro.

— *Precisamos da Heloíse* — Capitã decide.

— *E como você sugere que isso aconteça?* — Quem rebate impaciente agora sou eu, mas ela não tem tempo de me responder.

Neno passa por mim e a afasta do banco. Não sei explicar o que acontece comigo no instante seguinte. Eu consigo raciocinar de novo. Nada se resolveu. Mas, no momento em que ele se senta no comando, eu percebo que a primeira parte de seja lá qual for o plano vai dar certo.

Nos viramos, saindo do que lá fora deve ter parecido nada mais que uma brecada hesitante. A imagem que mais tememos nos últimos dezessete anos se materializa.

Neno não demonstra, é perfeito. Aguarda um segundo, convincente em sua surpresa pelo que vê. Depois gagueja. O tom exato da garota de quem todos sentimos falta.

— Pai?

Prila

— Hélio está dormindo.

— E se acordar? E se esse desgraçado engatilha ele? A gente faz o quê?

— A gente segura o Hélio.

— A gente segura o Hélio?! E quando foi que a gente conseguiu segurar o Hélio?

Eles discutem. Já nem sei mais quem está defendendo o quê. Olho para Nico. Ao mesmo tempo em que sei que cheguei em uma boa hora, sinto que preciso deixá-lo. Ele não está sozinho, os outros estão aqui, e eles têm planos. Não sei quais são, mas sei que têm.

— *Eu seguro o Hélio* — declaro e respiro fundo ao ver todos se virarem para mim. — *Vou ter que acordar ele.*

Sinto minhas asas se dobrarem sozinhas. É a minha maneira de expressar um encolher de ombros.

— *É arriscado.*

— *Eu sei, mas vai ser rápido.* — Vou até Capitã. — *E preciso disso.*

Ela dá um tapa na minha mão, que avança em busca do phaser encaixado no cinto de seu vestido amarelo. Tem a boca aberta, pronta para me dar uma bronca. Arqueio as sobrancelhas e insisto com um balançar de dedos para que me passe logo.

Leva apenas um instante para ela se render e entregar a arma para mim. Eu a prendo em minhas costas ao pegar o turboelevador até o corredor dos quartos. Minha primeira parada é no de Cookie. Bato à porta, e o sensor permite que eu entre. Cookie é muito pequena para ter um quarto sem acesso de um responsável.

— *Levanta, Cookie! Acorda!* — Uso o tom mais animado que consigo. A apresso para fora da cama. Tiro seus cobertores. Ela está de pé no instante seguinte, curiosa que só, mas ainda esfrega os olhos para tentar despertar. Faço tudo o que posso para não mentir para ela. — *Você não sabe o que tem no observatório...*

Com um salto e um ofego alarmado, ela se põe a correr para fora, mas não posso esperar até suas perninhas fazerem o serviço por todo o corredor. A ponho debaixo do braço e voo até o último dormitório. Sua risada no caminho amassa meu coração feito uma folha de papel. Chegando lá, a coloco no chão e espero que ela faça o que eu não conseguiria fazer sozinha.

— Hélio! — Ela esmurra a porta, chacoalha os braços em frente ao sensor. Ele não libera a entrada dela, mas uma segunda batidinha funciona. — Hélio, acorda!

O garoto aparece de cara meio inchada. Cookie pula em sua frente, segura sua mão para arrastá-lo.

— Uma estrela cadente! Vem rápido!

O convite me obriga a segurar um soluço. Vejo quando eles passam por mim, um puxando o outro corredor afora. Eu os sigo, de olho em qualquer sinal de que Hélio vá sentir que tem algo errado na ponte, mas a ansiedade que constroem juntos é uma bolha particular, tão forte que nada impede que continuem correndo.

A porta do observatório se abre. Nós entramos. Eles tropeçam para perto do vidro. As estrelas estão ali, opacas e sem graça como sempre estiveram. Eu ainda encaro suas costas por um segundo.

Tiro o phaser do cós da saia e miro o sensor sobre a porta. Ele estoura de primeira. O barulho do estilhaço é tão alto que os dois se encolhem antes de se virarem para trás, para mim. Eles têm os olhos arregalados, iguais aos meus. Tento respirar fundo e abaixar a adrenalina de ter usado esse negócio pela primeira vez.

Escondo a arma de novo. Não acho que seja uma boa influência deixá-la perto de Cookie. Então me sento no chão. Sinto as asas murcharem às minhas costas; uma delas cai sobre meu ombro. Sei que precisei fazer o que fiz, mas não acho certo.

O garoto ainda me encara. Desvio o rosto para longe dos olhos de Cookie. Não quero que me veja chorar.

— Desculpa, Hélio — peço sob o fôlego, lutando para que meus lábios parem de tremer. — *A gente vai precisar ficar aqui por enquanto.*

Neno

— Você lembra de mim?

Alguns demônios são difíceis de exorcizar, eu penso, mas não estou preocupado com todas as respostas que gostaria de dar a ele. Foco em observar cada um de seus movimentos. Não enxergo mais nada. Não quero saber o que pode acontecer se eu tirar os olhos desse verme.

Seguro um balançar de cabeça, que libero em seguida com a maior perplexidade que posso conjurar. Abro e fecho a boca. Andei aprendendo com Hélio que isso indica que não sei o que dizer.

— Você desapareceu. — É um questionamento, embora não pareça.

Ignoro minha mão coçando e o impulso forte que vem dos garotos no coconsciente. Estamos salivando, todos. Sinto que Sombra espuma pela boca.

— *Não é sua vez* — aviso para ela.

Percebo que está tão grudada em minha nuca que a qualquer instante vai dividir o front comigo. Tomo todo o cuidado para que Sombra não ponha tudo a perder. Posso tirá-la do controle sem muita dificuldade, mas, se ela encontrar uma brecha para fazer o que quer que esteja planejando, não vamos poder voltar atrás. Um movimento errado, e essa cena toda vai por água abaixo.

Nico e Capitã conversam ao fundo.

— *Você acha que eles vão voltar?*

— *Vão procurar a gente, só que talvez não cheguem a tempo.*

E é exatamente para isso que estou aqui. Para ganhar tempo. Começo a ouvir a historinha. A voz ficou mais nojenta com os anos. Ele todo ficou. Está acabado. Tem cara de alguém que tem o sangue composto de álcool oxigenado por tabaco. Eu o vejo mover a boca em câmera lenta. Fecho os olhos quando o hálito me atordoa. Sei que ele está longe demais para eu poder sentir, mas me lembro.

Não é hora disso, Neno. Não é hora disso. Seguro o enjoo no topo da garganta. Escuto Nico chorar ao fundo. Meus lábios tremem como se eu pudesse me sentar aqui e fazer o mesmo. Ao me recompor, preciso levar uma mão para trás das costas para que ela se enrijeça às escondidas.

Acho que deveria estar com mais medo, mas não sinto que o conheci pessoalmente para tanto. Eu, sendo a pessoa que sou, só sei sentir ódio. Nos momentos em que as memórias de Nando me atravessam com mais força é que tenho dificuldade de me concentrar para me passar por Heloíse.

— Sua mãe e eu... as coisas... não queria... dando certo... não foi você... ela casou... eu quis voltar... me odeia... amigo... ele me traiu... todo mundo...

Eu deixo que prossiga. Tento prestar atenção em seus passos em vez de nas coisas que fala. Contanto que continue falando, são segundos contando a nosso favor. Ele dá apenas um para a frente. Eu disfarço com outro para o lado. Não ficamos tão distantes quanto antes, mas ele ainda não consegue encostar em mim. Não posso deixar que encoste. *Você tem só um trabalho agora, Neno*, mentalizo para não me distrair com besteiras.

— Eu não entendo — forjo um pensamento alto. Hesito e franzo as sobrancelhas. — Por que você não me procurou antes? Todo esse tempo...

— Mas eu quis... — Ele coloca as mãos no peito. Segue falando.

Eu queria mesmo era calar a boca dele na porrada. Sombra está cada vez mais agitada. Os minutos voam. Acho que estou chegando no meu limite. A voz desse homem vai entrando por meus ouvidos e abrindo caminho por trás dos olhos, subindo pela testa até o topo da cabeça. Logo é tudo que posso ouvir; logo ele está por toda parte; logo não preciso ter conhecido esse cara pessoalmente para senti-lo correr com a sensação de uma peçonha doentia pelas minhas veias.

Tento lembrar se existe alguma chance de sairmos pela rua atrás de nós, mas não consigo. Não posso desviar a atenção dos passos que ele vai dando para frente. Ninguém parece ter um plano melhor. Nós ficamos.

— ... confiar... me afastar de você... sempre quis... os dois... eu tentei... roubaram...

— Você entende o quanto foi difícil? — Gesticulo e aproveito para me afastar um pouco. Aumento nossa distância pela diagonal ao vê-lo chegar mais perto. É a terceira tentativa de aproximação, mas elas ainda são acanhadas. Ele sabe que todo o resto vai ser mais fácil se acreditarmos no que diz. — Eu não me lembro de nada.

— ... me conhecer... recuperar... tarde...

Um grito irrompe em minha cabeça:

— *Que ideia idiota! Ninguém vai voltar!*

— *Capitã, não!*

Escuto os grunhidos dela e de Nico, mas tento me manter aqui fora. Me concentro para não perder o front para o impulso irracional de ninguém. Me esforço ao máximo para manter a careta de decepção. Já tenho problemas demais para me manter focado. Não posso me concentrar também na missão de controlar a ponte aqui da frente.

E então eles se acalmam. Ou talvez seja o aviso de que não estamos sozinhos que os coloca em silêncio.

— Duda, volta aqui!

Ouvimos ao longe. Um vulto aparece no fundo da ruela, exatamente de onde viemos. O som de passos o faz olhar para trás. A menina que acaba de chegar gira o corpo na direção de sua casa e grita:

— Eu encontrei ela!

— *Afasta, Neno.*

E então eu saio do caminho. Eu saio porque, agora, encontramos uma brecha. Eu saio porque, agora, *ele* está assustado, covarde como qualquer abusador na presença de outra pessoa. E isso o deixa imprudente. Ele se vira para nos agarrar de qualquer jeito, terminar o que veio fazer. E Sombra está pronta para empurrar a mão dele para o lado.

Já a vi treinar isso uma centena de vezes, mas nunca a vi pegar o espaço que o movimento abre para socar de fato a cara de alguém. Muito menos com tanta vontade. Quando a tontura faz o homem abaixar a cabeça, Sombra busca de novo a mão dele. E então observo seu braço preso entre os nossos, torcido em uma posição mais feia do que posso encarar.

Eu me afasto ainda mais diante da presença da Capitã.

— *Sai, Sombra!*

Sombra não sai. Eu retorno, preparado para tirá-la. Foi assim que aprendemos: derrubar para fugir enquanto é tempo. Mas ela não terminou ainda e parece ter certeza de que consegue ir até o fim. O que pretende, eu não sei. Só escuto o barulho. Um estouro que faz Nico segurar na garganta o som de quem vai vomitar.

E é assim que Sombra sai.

— *Corre!* — Nico mesmo grita dessa vez.

— Corre, Duda! — Capitã dá o comando ainda de longe.

A menina desaparece da entrada da viela, e nós seguimos pelo gramado até chegarmos lá fora também. Não olhamos para trás. Não podemos ficar. Nunca conseguiríamos segurá-lo. Dois dos homens que jogavam baralho passam por nós, na direção oposta, e entram na passagem escura. Dona Margô segura Franco e Duda perto de casa, no meio da rua.

Tento escutar qualquer coisa que indique que conseguiram pegá-lo. Sinto que o fim estava tão próximo. Relembro sua cara asquerosa bem em nossa frente, escuto sua voz tentando nos tratar como a criança que um dia confiou nele. E o som da partida do carro na rua de trás vem confirmar que nada mudou. Não temos mais seis anos, mas aparentemente ele pode continuar fazendo o que quiser com a gente.

Capitã

Estamos trancados no banheiro quando a primeira viatura chega. Já não sei para quê. O número de vozes começa a aumentar em vez de diminuir com o fim da festa, mas só saio ao escutar Ricardo perguntar por nós. Assim que abro a porta, assusto com a silhueta encostada na parede ao lado. Franco dá um passo em minha direção, e eu ergo o dedo em sua cara.

— Você não tem noção? — Não consigo me agarrar à ideia de que estou na casa dele, só começo a gritar. É mais forte do que eu. — Não percebe o que podia ter acontecido com a gente? Com a sua irmã?

— Me desculpa. Me desculpa. Eu não pensei direito, eu só... vi e...

Assim que ele começa a falar, eu o largo para trás.

— Não pensou mesmo! — grito por cima do ombro enquanto ando até Ricardo.

Quero passar por ele e exigir que nos leve embora, mas o homem abre os braços para me impedir de avançar.

— Ei... Ei.

Eu odeio esse chamado baixo. Me faz querer espernear. Não quero que ele ganhe minha atenção. Não quero me acalmar!

Sem a opção de seguir adiante, tampo o rosto. Solto um ofego grave, que não sei se deveria ser um grito ou um gemido de ódio. Ao afastar as mãos de novo, preciso agarrar alguma coisa. Olho para Ricardo com a visão embaçada, mas estou bem fixa aqui fora. Assim que me dou conta do problema, meu corpo tromba com o seu. Aperto os braços ao redor das costas dele e me afundo em seu peito para enxugar as lágrimas.

Choro alto, de um jeito que nunca chorei antes. A garganta dói, os olhos ardem, o nariz escorre e o peito lateja. Choro até os pulmões gritarem por socorro. Sinto os braços de Ricardo ao meu redor, o queixo dele no topo da minha cabeça. E tenho tanta vergonha de me afastar que acabo ficando um pouco mais, mesmo após me sentir mais calma.

— Vamos resolver — Ricardo promete ao me soltar.

Percebo que ele olha para Franco. Vejo apenas o rastro de um gesto que não compreendo e sou levada para fora.

O senhor que está parado perto de uma das viaturas me é familiar, mas eu nunca o vi antes. Não sei de quem é a lembrança assim, de cara, mas eu tenho acesso a ela. É um conhecido, da polícia. Mais do tipo: alguém que gosta de Ricardo o suficiente para estar disponível quando ele liga no meio de uma noite de sábado, onze anos depois da abertura do nosso caso.

Um policial volta da rua de trás e diz que não conseguiu nada, mas que pode checar as câmeras da empresa de segurança particular do bairro. Eu acho irônico. Não vi segurança nenhuma no momento em que precisamos.

— UAI, oito, quatro, quatro, cinco — eu falo. — Um carro prata.

Eles me olham com as sobrancelhas arqueadas. Fungo e tento conter o tanto que meu nariz escorre. Esclareço da maneira que consigo:

— Tá parado lá na frente do prédio há dias, agora tava aqui.

Sheila vem em minha direção. Não me abraça, mas parece esperar que eu tome a frente disso. Já que não tomo, ela começa a remexer a bolsa. Abre uma espécie de carteira de tecido e me oferece um lenço.

Hesito em aceitar, mas acabo cedendo. Olho para baixo, sem saber lidar com esse cuidado. Tem cheiro de um remorso que bateu antes tarde do que nunca. Foi necessário que as baratas reaparecessem para trazer a consciência de que, não importa quem somos, ela não quer nenhum de nós em perigo de novo.

Assopro no papel, escutando um dos policiais repetir em um rádio as informações que eu dei.

— É tão frustrante. Ele tava... — Faço um gesto com a mão, como se quisesse segurá-lo. Amasso todo o lenço ao exemplificar. Percebo que a reclamação não é minha, mas o sentimento é tão forte que poderia ser. — E aí ele escapou de novo!

— Vai ficar tudo bem. — O amigo de Ricardo faz um movimento firme com a cabeça, mas estou cansada dessas promessas. — Vamos procurar o carro e...

Paro de prestar atenção assim que escuto Sombra com uma tranquilidade irritante ao fundo:

— *Não esquece de dizer que a gente marcou ele também.*

Demoro para entender do que ela está falando. Fungo de novo. Enxugo os olhos com o lenço amassado, e então minhas costas vão se erguendo. A resposta me atinge. Olho do policial para Ricardo e falo antes de pensar melhor:

— Talvez ele procure um hospital. — É quando tenho a atenção de todos os adultos ao redor que reconsidero a maneira dizer isso. Se Sheila não desmaiar, Ricardo vai mesmo virar do avesso agora. — Talvez... S tenha quebrado o braço dele. — Encolho os ombros. — E o nariz.

S, penso no nome só depois de dizer pela primeira vez. S tem todo o respeito que falhei em ter por Sombra.

Capítulo 25

Hélio

Quando escuto o celular de Ricardo tocar no quarto ao lado, noto que faz quatro horas que estou olhando para a parede. Um desastre para quem perdeu o front no meio de uma festa de aniversário porque estava com sono, justamente porque não tinha dormido na noite anterior. Bom, agora são duas noites.

Pelo menos Capitã se lembrou de abrir a porta pelo lado de fora antes de ir descansar, mas agora o observatório está interditado até descobrirmos como reparar o problema do sensor. Ótimas notícias para um único dia.

Ouço um barulho do lado de fora. É exatamente por isso que não consigo dormir, mas é real desta vez. A luz do corredor se acende, e eu me sento na cama. Escuto os passos. São muitos para serem de uma pessoa só. Ricardo abre a porta e acende a luz do quarto também. Eu pisco algumas vezes para acostumar a visão. Minha mãe está chorando, com as mãos cobrindo o nariz. Me viro para Ric a tempo de vê-lo assentir com a cabeça.

Uma lembrança faz meu corpo oscilar, mesmo sentado. Estou encolhido na quina de uma parede. Espio as escadas enquanto escuto barulhos lá embaixo. Não consigo me mexer. Tudo dói.

Sempre dói, mas não estou no sofá desta vez. Sinto um cheiro metálico em vez do aroma do banho.

Os barulhos cessam. Ricardo sobe as escadas. Tem o rosto vermelho, as roupas amarrotadas, o cabelo bagunçado, um olho meio inchado e os dois cheios de lágrimas. Ele tenta sorrir para me confortar, mas está engolindo o choro. Passa por mim e corre para o banheiro. O som do chuveiro desaparece. Ao retornar, me veste com o roupão de *Alvin e os esquilos*.

— Não olha pra nada, olha pra mim. Pra mim, tá bom?

Meus olhos estão piscando e piscando enquanto tento prestar atenção no que ele fala. Não respondo. Deito meu rosto em seu ombro conforme ele me ergue e corre comigo para o carro lá fora. Paro de tentar lutar para ficar na companhia dele. Deixo a dor ir embora.

Ricardo vem até a cama e se senta na minha frente.

— Acabou — ele sussurra.

Eu pisco algumas vezes. Sinto que todos, absolutamente todos, estão ouvindo. Escuto os gritos, as comemorações, o choro incessante. As lágrimas que escorrem pelo meu rosto não são minhas. Alguém está em prantos do lado de dentro, só não consigo saber quem é. Sigo piscando para tentar voltar ao presente, e então a primeira coisa que vejo é Ricardo acompanhando cada movimento que faço. Ou que não faço.

Seu rosto se contorce. É como se ele soubesse. É como se enxergasse o mesmo que eu. Como se estivéssemos os dois, ali, de novo, onze anos atrás. No topo daquelas escadas.

Ricardo chora. Ele joga o lençol por cima de mim para poder me abraçar por inteiro, mas não preciso de lençol nenhum. Deixo cair ao me pôr de joelhos. Afundo o nariz em seu peito. Antes de perceber, estou deitado em seu colo.

E então eu sinto. O nó na garganta, a ardência no nariz, a dor nos olhos. Um gemido sufocado sobe do fundo do meu estômago, e pela primeira vez eu estou chorando. Eu.

Aperto Ricardo entre os braços, sinto os dele me estreitarem de volta e choro o mais alto que consigo. Não sei em que momento minha mãe se senta ao nosso lado, mas o carinho dela em minhas costas só piora tudo.

Ou melhora. Não sei dizer agora.

Agora só consigo chorar.

Capítulo 26

Hélio

Eu sempre sonhei com a manhã de hoje. Nos últimos tempos, poderia até montar uma imagem mais precisa na cabeça. Acordaria em casa, no quarto que poderia decorar da maneira que quisesse porque não teríamos perspectivas de nos mudar tão cedo, e sairia sem me preocupar tanto em ficar olhando para os lados. Os garotos poderiam dormir até mais tarde sem me vigiar pelo coconsciente. Abraçaria o fichário na entrada da escola, que ganharia todo um novo significado.

O lado de fora ficaria para trás, para fora dos portões, como deveria ser para toda criança. Eu já não poderia me preocupar apenas em me divertir aprendendo novas palavras, e correr pela quadra, e fazer amigos, mas poderia me focar nos estudos. E, em um intervalo, aqui e ali, me cercaria das pessoas que vinham tentando se aproximar, mas até então eu achava melhor manter a um bom metro de distância. O dia em que aquele *um dia* que sempre nos prometeram se provaria realidade.

E o significado desta manhã está todo aqui, no silêncio confortável que escuto na ponte, na calmaria que indica que não tem mais gente do que o necessário de prontidão. Mas dizem que não podemos planejar demais as coisas que queremos fazer, porque elas nunca saem do jeito que esperamos. Tenho a impressão de que fui escoltado para dentro da sala de aula, porque, quando consigo pegar o front na segunda-feira de manhã, já estou com o material aberto. Nada de encher o peito e passar pelos portões.

Só desconfio do motivo desse cerco ao ver que Franco escolhe a carteira de frente para a minha, só que os olhos dele não param nos meus, embora pareçam buscá-los o tempo todo. Acontece cinco ou seis vezes até eu ter a ideia de passar a folha e escrever na primeira linha.

O que vocês esqueceram de me contar?

Troco a caneta de mão para que Nico não tenha a ideia absurda de buscar outra e deixar a situação ainda mais estranha do que já vai parecer aos olhos de qualquer um que estiver observando a garota esquisita da turma porque a aula está um tédio. Ele não tarda a explicar:

Capitã brigou com Franco porque colocou a gente em perigo.

Passo a caneta para a mão direita outra vez.

A única pessoa que colocou a gente em perigo está presa, escrevo um pouco forte demais.

Sei que a culpa não é de Nico, mas não consigo conter o impulso de ficar bravo com ele, porque aposto que ele aceitou em silêncio a decisão — de Neno ou Capitã, imagino — de entrar na sala sem nos dar a chance de conversar com Franco sobre o que aconteceu. Espio o garoto na outra turma, só até voltar a atenção para o papel assim que Nico toma a caneta e responde:

Eu sei.

Abro os grampos do fichário com cuidado para não fazer barulho. Tiro uma folha, a dobro no meio e contorno letras grossas, que preencho devagar para não fazer muito barulho de rabiscos na sala silenciosa. Observo Franco por algum tempo, até conseguir seu olhar.

Desculpa, ergo o papel antes que ele desvie achando que estou bravo. Entendo que leu porque me dá um sorriso torto, desanimado, mas educado o bastante para indicar que está tudo bem. Viro a folha do outro lado. *Obrigado*, mostro assim mesmo, no masculino. Arrisco um sorriso e desvio os olhos só um segundo, para checar se o professor não está vendo.

Espio Franco outra vez e o encontro de sobrancelhas altas. Ele faz o mesmo que eu: checa a professora cuja voz eu consigo escutar daqui e me olha de novo. Um bico se forma em sua boca para confirmar se entendeu direito. Eu assinto. Ele puxa o ar, tão alto que escuto sua professora parar de falar.

Abaixo a cabeça ao perceber que ele interrompeu a aula. Preciso segurar uma risada. Franco esfrega o rosto e se desculpa. Finge prestar atenção na explicação por um segundo, depois me olha, tampando a boca como se apoiasse o rosto na mão, mas eu vejo que tem um sorriso debaixo dela.

Sinto daqui o que ele sente de lá, ou talvez ele sinta de lá o que eu sinto daqui, porque o vejo lutar para permanecer sentado, e isso me faz juntar as sobrancelhas e pressionar os lábios. Agora que comecei com essa coisa de chorar, não consigo parar mais. Espelhando minha reação, vejo o rosto dele ser tomado por um tom de vermelho. Passamos uns segundos desviando os olhos até conseguirmos conter o que quer que seja essa onda que tenta nos engolir.

Volto a prestar atenção na aula assim que meu coração se aquieta e acredito que esteja tudo bem entre nós. Ou pelo menos me esforço para prestar. Só é preciso que minha atenção recaia sobre Franco sem querer para me deparar com uma placa rabiscada igual à minha. ♥ *você*, ela diz.

Assim que o susto me arranca um sorriso, eu percebo que alguém mais precisa fazer parte dessa conversa. Reparo que Franco ainda me encara, à espera de uma resposta. Então passo a caneta para a outra mão, visível o bastante para que ele acompanhe a troca.

Demora pouco para Nico abrir o papel a fim de usar o verso. Diferente de mim, ele não contorna as letras antes de preencher, só passa por cima de cada uma delas várias vezes, até que os riscos engrossem o suficiente para a palavra ser lida à distância. Levantamos para Franco.

Gatinho ;)

Os olhos dele quase se fecham em um riso silencioso. Então ele se vira para observar um movimento dentro da própria turma. A cabeça da professora aparece de surpresa pelo canto do batente, checa o que está acontecendo do lado de fora, faz uma careta ameaçadora para mim. Eu seguro o riso e abaixo o rosto antes de ela fechar a porta.

No instante em que o sinal para o primeiro intervalo toca, dou um passo para trás. Ouvi dizer que Nico deixou assuntos mal resolvidos por aí, e, embora eu aceite nossa situação com Franco, uma conversa deles não é algo que eu gostaria de ver tão cedo. Peço que me avisem assim que estivermos prontos para voltar à aula e entro para dar uma volta.

Sei que Capitã e S ficaram de trabalhar no sensor do observatório enquanto estivéssemos na escola, então decido ir até lá, mesmo que não seja de grande ajuda para elas. Piso para fora do turboelevador e sorrio de canto ao ser parado no meio do caminho. Vejo uma luz acesa no corredor dos quartos. Mudo de rumo.

Cookie é uma dorminhoca. Não acredito que Prila a deixou sem fazer nada. Sabemos que, sempre que dorme muito de dia, ela acaba tendo vontade de roubar o front durante a madrugada. Me aproximo do quarto e bato à porta. Não tenho resposta.

Bato à porta de novo e nada acontece. Começo a me preocupar e penso em chamar Prila, a única que pode entrar sem permissão. Recuo alguns passos e analiso o cenário por um segundo. É nesse instante que a contagem dos dormitórios se remonta em minha cabeça, feito um jogo que vai despejando peças, uma por uma, para que você tenha tempo de encaixá-las.

Este não é o quarto de Cookie.

Sinto meus pés presos no chão, um segundo antes de eles me lançarem contra as portas corrediças outra vez. Bato com um pouco mais de força.

— *Heloíse!* — Tento pôr os dedos na fresta para fazer com que a porta se abra para os lados como deveria. Grito bem entre elas para minha voz alcançar o lado de dentro com mais clareza. — *Heloíse, abre a porta!*

Bato com a mão aberta, fecho um punho, abro de novo. Fico de joelhos e tento enxergar alguma coisa com o rosto encostado no piso, mas o vão entre a porta e o chão é muito estreito. Me levanto outra vez. Grudo o ouvido perto do batente. Consigo escutar sua respiração na forma de um ronco baixo, que se torna um suspiro aliviado entre uma e outra.

— *Neno!* — chamo na direção da ponte. — *Neno!* — berro o mais alto que posso.

Ele aparece um instante depois, de olhos arregalados e as mãos para cima. Não costumo chamá-lo assim. Não costumo chamar ninguém assim, mas hoje não é um dia costumeiro. Percebo que meu rosto está todo molhado, e a primeira reação que tenho diante do garoto é a de me enxugar. Tento retomar o fôlego, mas não consigo dizer nada.

Vou dizer o quê? Ainda nem sei se é verdade ou se estou vendo coisas. Descubro que ao menos não estou enganado, porque noto a expressão dele começando a mudar. Neno olha para cima, para a mesma luz que eu vi. Quando volta a me encarar, eu balanço a cabeça. *Estou vendo também*, penso em dizer.

Não sabemos o que significa — se vamos ter notícias da garota que dorme do outro lado hoje, amanhã, no próximo mês ou nunca mais —, mas alguma coisa mudou. E eu tenho a impressão de que, se todos nós sentimos, ela também sente. Se podemos reencontrar nosso lugar, ela também pode.

Leva um piscar de olhos para Neno estar ao meu lado, e agora nós dois nos viramos para a porta.

— *Heloíse! Heloíse, abre! Abre, Heloíse!* — pedimos de todas as formas em que conseguimos pensar.

Estapeamos a porta, chacoalhamos as mãos em frente ao sensor, fazemos tudo que podemos. E então eu começo a rir, porque nada disso vai adiantar. Heloíse não pode sair, mas não tem problema. Volto até mais perto do batente para escutar sua respiração, e Neno me imita do outro lado.

Nunca o vi sorrir para mim desse jeito. Nunca antes soube o que ele sentia só de olhá-lo. Sua mão vem até a minha nuca. Ele me encontra no meio do caminho, encosta nossas testas. Eu observo suas íris amareladas até fechar os olhos. Já não sei se estamos rindo ou chorando. Não consigo me importar com mais nada.

Ela está aqui.

Agradecimentos

Antes de tudo, ao Sistema Orquestra, que me acolheu desde o primeiro contato, confiou em mim e teve tanta paciência com minhas dúvidas e tropeços. A experiência de escrever este livro não seria a mesma sem vocês.

A muitos outros criadores de conteúdo sobre TDI com quem não tive contato, mas compartilham suas experiências e pesquisas sobre o transtorno. Este livro não existiria se eu não tivesse acesso a tanta informação relevante sob o olhar da comunidade múltipla. Em especial, The Entropy System, Multiplicity & Me e DissociaDID.

Às minhas agentes da Increasy, pelo cuidado com o texto e o apoio na decisão de investir em uma leitura sensível. Nunca antes tantas delas estiveram envolvidas em um projeto meu, desde o pitching até as orientações e discussões incessantes.

À Heloísa Bernardelli e Osvaldira Costa, pelo olhar profissional tão empático e a empolgação. Marcela, Bruna e Raquel, minhas betas, pelos detalhes que nunca deixam passar. Giu Domingues, pelos corres de última hora. Beatriz, por ter me levado ao primeiro canal de YouTube sobre TDI, e tantas outras pessoas que me escutaram falar sobre este livro nos últimos anos.

À equipe da Livros da Alice, por ter confiado nesta história. Em especial à Mariana Rolier, por mais uma vez ter apostado em mim, mas também aos novos conhecidos que vêm me fazendo sentir em casa.

Como sempre, à minha mãe. Por me abrigar e alimentar sempre que eu preciso focar em um novo projeto. Por torcer junto comigo e não aceitar ficar de fora em nenhuma etapa do processo.

E a você, que leu até aqui. Eu já falo sozinha o dia todo. Não continuaria escrevendo se não tivesse a oportunidade de compartilhar uns pensamentos com você. Obrigada.

DIREÇÃO EDITORIAL
Daniele Cajueiro

EDITORA RESPONSÁVEL
Mariana Rolier

PRODUÇÃO EDITORIAL
Adriana Torres
Júlia Ribeiro
Allex Machado

COPIDESQUE
Thaís Carvas

REVISÃO
Letícia Côrtes
Mabi

DIAGRAMAÇÃO
Douglas K. Watanabe

Este livro foi impresso em 2023, pela Reproset,
para a Livros da Alice.